Rainer Kretzschmar – Des Teufels Kapitäne

Rainer Kretzschmar

DES TEUFELS KAPITÄNE

Kriminalroman

2017 Copyright Rainer Kretzschmar
Alle Rechte liegen beim Autor
Herstellung und Verlag:
BoD – Books on Demand, Norderstedt

Titelbild: Nach einem Motiv von M. Dittrich

ISBN 97873743197442

ÜBER DEN AUTOR …wurde bereits alles in seinen Büchern gesagt.
Rainer Kretzschmar, Diplom-Soziologe und Pferdewirtschaftsmeister aus Bad Saulgau in Oberschwaben, schreibt Romane, Krimis und satirische Mischformen.

„O diese Dichter! Hengste sind unter ihnen, die auf keusche Weise wiehern." F. Nietzsche

„Es blieb nichts übrig, als zu sehen, was er sehen wollte. Jeder x-beliebige Idiot kann ein Auge zudrücken, aber wer weiß, was der Strauß im Sande sieht?"
Samuel Beckett – Murphy
Was wir wissen:
„Wellen sehen mit Sand in den Augen!" M. D.

Dies ist ein Roman. Alle Figuren und Handlungen sind frei erfunden. Ähnlichkeiten zu lebenden oder toten Personen oder Ereignissen sind rein zufällig.

PROLOG

Holbein, fasst sich an seinen schweren Kopf.
Blei. Die bleierne Schutzfolie in seinem absurden Mützchen, wie eine Kippa auf seinem Schädel, chinesische Seide. Abschirmung gegen den räuberischen Zugriff unverfrorener Hacker und krimineller Geheimdienste.
Datenschutz in aller Munde.
Wer aber schützt das elitäre Gedankengut eines Krimischreibers?
Verschlüsselung natürlich auch hier das Zauberwort.
Doch Codierungen taugen nichts gegen echte Profis.
Zu seinem Glück präsentieren sich Holbeins Romane schon vom Autor aus extrem verklausuliert. Da stehen manchem Leser die Haare ohnehin zu Berge. Erst recht, wenn es gar keine Leichen und damit auch keine Mörder gibt. Wie in seinem letzten Werk. „Tanz um den Goldenen IQ"[1] Schlichtweg genial: wenn kein Mörder vorkommt, kann man ihn auch nicht ausplaudern.
Deshalb spricht Holbein auch nicht von dem kleinen Chip in seinem Hirn. Abschiedsgeschenk einer chinesischen Ex-Agentin. Ihm genügen seine berühmten „beigen Zellen".
Mit deren Hilfe beamt er sich einfach in die Synapsen seiner alten Romanfiguren zurück. Aktiviert ihr Denken Lässt sie wieder auferstehen. Aufleben zu neuen Taten. Sich fortsetzen.

---

[1] R. Kretzschmar „Der Tanz um den Goldenen IQ" ISBN...

Kein Gedankenraub, wohl gemerkt.
Viel perfider:
Frauenraub!
Eine bildschöne Frau …

TEIL I

1.

In Papua-Neuguinea ist die Hölle los.
Ex-Agentin Martha von Harris, jetzt liebevoll Mariam genannt, weg. Einfach verschwunden.
Wilde Hochzeitsriten. Riten wie eben bei den Wilden.
Plötzlich fehlt die Braut.
Der berühmte chinesische Spitzenwissenschaftler Professor Shi Lang hat sich vor den Klauen der Geheimdienste aus der Welt seiner militärischen Hightech-Erfindungen zurückgezogen. In diese tropische Naturidylle größter ökologischer Vielfalt. Weitgehend naturbelassen und nicht vollständig kartographiert. Wo im Hochland verborgen noch Stämme der indonesischen Ureinwohner hausen. Ein Gefahrenpotential von dem Professor, den wir aus Holbeins letztem Roman kennen (op. cit.), offenbar in seinem Naturoptimismus unterschätzt.
Anlässlich der Hochzeit mit seiner späten, großen Liebe, zeigen junge Männer folkloristische Vorführungen. Kunstvolle Kriegstänze in martialischer Stammesbemalung. Wie sie in früheren Zeiten ihr Dorf verteidigten. Gegen benachbarte Stämme und Frauenräuber (damals gang und gäbe).
Nicht nur für Touristen. Der Dorfplatz wimmelt von geladenen und ungeladenen Gästen aus der weiten Nachbarschaft.
Der *Mumu* (Erdofen) mit Bananenblättern ausgelegt für die Zubereitung der Schweine zum Fest. Verwilderte Hausschweine, Lieblingswild der Papua. Gezüchtet als Statussymbole auf der Insel.
Dem Professor schmeckt offenbar der Wein aus den Früchten des *Pandanus spiralis*. Lullt ihn ein. Ob die

Krieger davon trinken, weiß er nicht. Auch nicht, ob sie nach dem Genuss von den Nüssen einer psychoaktiven Pflanze an der Karuka-Wahnverrücktheit erkranken.
Der Bräutigam, sonst Blitzmerker mit goldenem IQ, will es zunächst nicht begreifen. Bis ihn sein Nachbar darauf hinweist:
Frauenraub!
Und gerade noch sieht er eine Horde buntbemalter Krieger hinter dem nahen Rücken des Bergmassivs verschwinden. Auf ihren hochgereckten Händen windet sich eine Frau in knallrotem Brautgewand. Das grölende Geheul um sie herum verhallt als Echo aus den Bergen…

2.

Wo bleibt denn bloß Holbein?
Zur Hochzeit vom Professor nach Papua-Neuguinea in dessen neues Liebesnest eingeladen. Er steckt mit seiner großartigen Biologin Janadine im Flugzeug fest. Bombendrohung beim Stopp in Singapur.
Erst am hellen Mittag Landung in Port Moresby. Von da im Mietwagen zu dem versteckten Küstendörfchen. Nur durch genaue Koordinateneingabe zu finden.
Die Schreckensnachricht des Professors von der Brautentführung und sein alarmierender Hilferuf auf der Mailbox. Aber Holbein sind die Flügel gebunden.
Er kennt bei all seiner Soziologiekompetenz nur bruchstückhaft Sitten und Gebräuche der Papuas. Aber schnell wird er im Internet fündig.
Und er erbleicht.

3.

Ankunft auf einem Dorfmarkt der Uneitelkeiten.
Hier bringen die schönsten Augen nichts. Betörendes Lächeln oder wohlgerundete Linien gelten für die Schönheit einer Papua-Frau als völlig unbedeutend.
Alles Attribute, über die Mariam nach dem Goldenen Schnitt im Überfluss verfügt. Wieso kann sie dann von einer Horde wildgewordener Eingeborener entführt werden?
Diese Frage bedrückt den Professor aber nicht.
Er will einfach nur höchst besorgt die Braut zurück.
- Ihr müsst mir helfen! Ohne Mariam bin ich verraten und verkauft! Schlimmer als in China mein Gesicht zu verlieren...
Eine rituelle Scheinentführung im Rahmen der vorgeführten Kampfspiele und Stammestänze scheidet aus. Das weiß Holbein. Die Dorfbewohner haben es ihm aufgeregt versichert. Die ganze Hochzeitsgesellschaft in Aufruhr. Sie kennen diesen Trupp maskierter Krieger nicht. Die gehören zu keinem der benachbarten oder befreundeten Stämme. Aber sogenannte Skelett-Krieger und Schlamm-Männer bevölkern den undurchdringlichen und weitgehend unerforschten Dschungel des unendlichen Hochlandes. Eine Million Ureinwohner leben auf einem Gebiet von 290000 Quadratkilometern. Unvorstellbar.
Nur Krieger aus dieser Region können die Frau entführt haben.
Sie zählen zu den letzten Kopfjägern und Kannibalen.

4.

Holbein drängt.
Eine Dschungelexpedition muss ausgerüstet werden.
Janadine und der Professor sehen das genauso. Sie können nicht einfach in dieser Wildnis den Räubern hinterherlaufen.
Mariams Handy orten?
- Hat sie es überhaupt dabei, Professor?
- Bestimmt. Sie verlangte von den Designern dafür ein Extratäschchen in ihrem Brautkleid. Aber ihr Spezialgerät lässt sich nicht ohne Weiteres orten.
Holbein zum Glück noch im Besitz seines Hightech-Zwillings aus der Asservatenkammer des damaligen und elendigen CIA-Chefs DaVinci:
- Hab ich gleich…Hier…bewegt sich in nord-westlicher Richtung …folgt offensichtlich einem Flusslauf, Nebenflüsschen des großen *Sepik*… entfernt sich mit der Geschwindigkeit von etwa 4 km/h…Abstand zu uns jetzt bereits 5 Kilometer. Diese Naturburschen sind verdammt flott unterwegs.
Janadine, die Biologin mit Tropenwalderfahrung, schaltet sich ein:
- Auf dem Landweg holen wir sie niemals ein. Mit einem Boot auf dem Dschungelfluss schon gar nicht. Denken wir an Werner Herzog mit dem irren Kinski in dem Kultfilm *Fitzcarraldo*. Wir brauchen einen Hubschrauber.
Der Professor quetscht schon seinen hilfsbereiten Nachbar *Soeharto* aus. Geschäftsmann im Ruhestand. Englisch sprechend. Mit Pilotenfreund am Flughafen Mores-

by. Von den nahen Murray Barracks soll ein Militärhubschrauber starten.
Proviant beschaffen und Medikamente. Vor allem Serum gegen die häufig vorkommenden Giftschlangen. Besonders die Neuguinea Todesotter (Acanthophis laevis). Allerdings hält Janadine den Neuguinea Taipan (Oxyuranus scutellatus) für noch viel gefährlicher.
Soeharto, der wie viele Indonesier nur einen Namen führt, warnt auch vor den gefährlichen Kegelschnecken. Sie schießen winzige Giftpfeile ab. In der Haut des Menschen bewirken sie Lähmungserscheinungen bis hin zu Herzversagen. Verlockende Aussichten! Janadine zeigt sich begeistert. Holbein hasst alle diese Ekeltiere.
Aber der gute Nachbar stellt seine ganze Serumreserve zur Verfügung. Und bietet sich außerdem als Führer durch den Dschungel an. Er kennt sich dort aus. Hat lange mit Holz aus dem tropischen Regenwald gehandelt.
Den verliebten Professor kann nichts schrecken. Als Kampfflieger musste er einmal über dem Dschungel den Schleudersitz benutzen. Jetzt hält er sich für dschungelresistent und will nur zu seiner Mariam…

5.

Konservendosen in ältere Zeitungen gewickelt. Holbein packt sie entgeistert aus, um den erspähten Text weiterlesen zu können:
FORSCHERIN IM URWALD VERGEWALTIGT
Eine US-Forscherin, ihr Ehemann und ein einheimischer Führer waren in der abgelegenen Dschungelregion der Insel Karkar unterwegs, um seltene Vogelarten zu studieren. „Wir liefen auf einem Urwaldpfad, als wir aus dem Hinterhalt von neun Männern angegriffen wurden, die mit Messern und Gewehren bewaffnet waren" erzählte die Frau laut der englischen Zeitung ‚Daily Mail' in Port Moresby, der Hauptstadt Papua-Neuguineas.
Die Angreifer zwangen zunächst den Ehemann sowie den Führer, sich auszuziehen. Danach wurden beide an Bäume gefesselt. Dann rissen die neun Männer der Forscherin die Kleider vom Leib, fesselten sie, schnitten ihr mit Buschmessern ihre Haare ab und vergewaltigten sie...(FOCUS ONLINE)
- Janadine, sieh dir das an! Vorschau auf unsere Dschungelexpedition.
- Holbein, haben dich alle guten Geister verlassen? Wir packen mühsam alles ein und du?
- So viel Zeit muss sein. Lies hier die Horrorstory über deine Kollegin im Dschungel.
Sie überfliegt den Text auf dem verschmutzten Packpapier.
- Kann mir nicht passieren. Du weißt hoffentlich, dass ich zu schön für den Geschmack von diesen Papua-Buschmännern bin.

- Zu schön für Sex vielleicht. Aber als Leckerbissen ein saftiges Stückchen aus deinen Lenden?
- Du...!
- Geschmacklos? Sag doch das nicht. Habe schon manches Mal bei dir bereut, dem Kannibalen von Rothenburg nicht ähnlicher zu sein.
- Hilf mir lieber, das ganze Zeug in dem Heli zu verstauen. Und halt dein blödes Lästermaul. Lass lieber die Zeitung verschwinden ehe sie dem Prof in die Finger fällt.
Der im Gespräch mit *Soeharto* und dem Piloten.
Der programmiert Holbeins Ortungsdaten in sein GPS.
Will endlich losfliegen.
Im Dschungel würde es sehr schnell dunkel werden.

6.

Der Militärhubschrauber fliegt sehr tief.
Knapp über dem Dampf des tropischen Dschungels nach kurzem Regenschauer.
35 Grad im Schatten. Allen kleben die Hemden am Leib.
Angst und Sorge machen sich breit. Der Pilot informiert über die Headsets.
- Die geortete Funkzelle auf meinem GPS-Display folgt einem mäandrischen Flusslauf. Sie könnten in Einbaum-Kanus unterwegs sein. Würde uns die Suche erheblich erleichtern. In zehn Minuten haben wir sie direkt unter uns.
Janadine zeigt Nerven:
- Und wo landen in dem mörderischen Urwalddickicht?
Der dschungelkundige *Soeharto* gelassen:
- Wir finden bestimmt eine der vielen Brandrodungsflächen oder eine verlassene Siedlung am Fluss. Ein paar Kilometer voraus, weiter flussabwärts. Dort gehen wir runter. Verschanzen uns und lauern ihnen auf.
- Klingt ja kinderleicht. Ihre Boote können wir wie Biber mit Baumstämmen aufhalten. Aber wenn sie bewaffnet sind?
Die clevere Biologin denkt mit. Der Prof beruhigt.
- In jedem Militärhubschrauber befindet sich ein umfangreiches Waffendepot. Damit sind wir gegen Pfeil und Bogen allemal gerüstet. Selbst gegen ihre uralten Karabiner.
Der entweibte (nicht entleibte!) Chinese hat das im Vorfeld abgeklärt. Als ehemaliger Kampfflieger zog er nie unbewaffnet in die Schlacht.
- Holy shit!
Der Pilot wischt auf seinem GPS herum.

- Das Signal ist verschwunden!
Der Professor zuckt zusammen. Hat das schon mitbekommen auf dem vorderen Sitz neben dem Piloten. Kampfflieger-like.
Profiler Holbein will beschwichtigen.
- Keine Panik! Das kann viele Gründe haben…zum Beispiel Satelitenloch…atmosphärische …
- Quatsch! Das weiß ich selbst, alter Schlaumeier. Aber wenn die Buschräuber Mariam das Brautkleid ausgezogen haben? Mit samt dem Handy… und sie…in einer Höhle … wir müssen sofort runter! Sie können jetzt nicht mehr weit sein. Mr. Pilot, landen Sie die alte Kiste um jeden Preis. Sonst zeige ich Ihnen mal, wie wir das in China machen!
- Wie denn, hier mitten im Busch?! Wenn wir den Heli bruchlanden, gehen wir alle drauf. Da können uns die Kannibalen gleich als Hackfleisch aus den Trümmern kratzen…prima.
- Anfänger! Lassen Sie mich mal an den Joystick. Und an den Pitch für den Heckrotor.
Protestierend gibt der Pilot vor dieser Autorität seinen Platz preis.
Der Prof ganz alter Kämpfer:
- Wir gehen runter bis an die Baumkronen…sachter Sinkflug…sehen Sie das Flüsschen jetzt? Der Rotordurchmesser beträgt etwa 8 Meter, also 4 Meter auf jeder Seite. Flussbreite 3 Meter. Wir schweben auf der Stelle…
Der Professor zieht dem Hubschrauber die Nase hoch. Der Heckrotor liegt jetzt deutlich tiefer. Direkt über den Baumkronen.
- Und nun mit Gefühl…zentimeterweise nach unten… skalpieren das Buschwerk mit dem Heckrotorblättern… nur keine Bange, die halten das schon aus. Mein Flugleh-

rer hat damals in Indochina so Schneisen für den Nachschub freigeschnitten. Achtung!
Es schüttelt den Heli wie Espenlaub. Gehäckseltes Blattgrün klatscht gegen die Scheiben. Es knirscht aus allen Dschungelfugen. Janadines presst sich an Holbeins Brust. Krallt sich stöhnend an ihm fest.
Soeharto schluckt nervös. Klammert sich an die Sitzlehne, Beine angezogen, Kopf zwischen den Schultern.
Das Heck des Helis schwebt zurück in die Waagerechte. Die Kufen berühren die Wasseroberfläche. Versacken dann noch 20 Zentimeter im Schlamm des Flüsschens. Angeschwemmt vom Hochwasser der Regenzeit. Heimat der Schlamm-Männer.
Motoren aus. Die Rotorblätter drehen langsamer und bleiben flappend endlich stehen.
Bei einem Charterflug hätten die Passagiere jetzt applaudiert. Erst mal tief und zitternd Luft geholt.
Janadine haucht nur ein bewunderndes „Chapeau!"
Professor Shi Lang lächelt kurz. Dann hechtet er nach draußen wie ein echter Dschungelkämpfer.
Punktlandung mit nassen Füßen. Das Wasser tropisch warm.

7.

Alle Mann von Bord.
Eine Frau, vier Männer.
Jeder bepackt mit Proviant und Ausrüstung. Nur Janadine lehnt Waffen ab. Im Gänsemarsch.
Natürlich weiß jeder Leser aus eigener Erfahrung, wie sich eine Dschungelexpedition voran bewegt.
Da hört alle Romantik auf.
Der Pilot hält eine Schlangenzange als MP-Ersatz in seinen Händen. Daumen und zwei Finger am Pistolengriff. Schlangenphobie? *Soeharto* hat auf Schutzkleidung und Gummistiefeln bestanden. Gegen Moskitos, giftige Spinnen, Kriechgetier und Schlangen in dem sumpfigen Gelände. Angst schleicht ständig mit. Nur der Professor unbeirrt. Als sei der Dschungel sein Zuhause. Holbeins Super-Handy in der Hand. Besser als das GPS im Heli.
Ganz schwach plötzlich wieder das Ortungssignal.
 - Halt! Hebt die Hand wie ein Apachen-Häuptling.
Links halten! Weg vom Fluss. Leicht bergan. Jetzt wird es noch unwegsamer.
Soeharto schneidet mit seiner Machete den Weg frei.
Laut kreischend fliegen immer wieder exotische Vögel auf. Die Biologin fängt an, den Dschungel zu genießen. Überholt Holbein. Steht dann wie angewurzelt:
 - Da! Siehst du das?! Ein Paradiesvogel…!
Holbein stellt sich das Paradies ganz anders vor. Sein Forschergeist kreist um das Auffinden der verlorenen Braut. In einer Höhle, wie der Prof andeutete. Ja, von solchen Höhlen hatte er gelesen. Aber im felsigen Bergland. Holbein pirscht nach vorne. Tippt dem Professor vorsichtig auf die Schulter:

- Was ist mit dem GPS-Signal? In Höhlen kann es doch gar nicht funktionieren. Was glauben Sie?
- Höhlen gibt es nur in den gebirgigen Abschnitten. Hier nicht. Hab ich in meiner Panik einfach so dahingesagt.

Soeharto mischt sich ein:
- Nicht weit von hier vermute ich ein bunkerähnliches Gebäude. Aus der Besatzungszeit der Japaner. Total verfallen und vom Urwald überwuchert. Aber mit Fensteröffnungen. Durch die könnte ein GPS-Signal nach außen dringen...
- Das sagen Sie erst jetzt, verdammt noch mal! Wo liegt diese alte Hütte?
- Kann ich ohne Karte nicht sagen. Vielleicht mit dem GPS...

Sie bleiben stehen und studieren das Display.
Holbein stapft langsam weiter. Sieht Janadine seitlich im Lianengestrüpp verschwinden. Scheinbar undurchdringlich. 2 Meter hoch. Will sie zurückrufen.
Ein greller Schrei...!
- Nein!
Er, ohne Zögern hinterher. Durch das stachelige Grün. Alte Armeepistole in der Hand.
Da steht Janadine. Die Hände vor den Mund gepresst...
Vor einer verlassenen Feuerstelle.
Rundum aufgestapelt Knochen und Gebeine. In Kopfhöhe auf Holzpfählen gereiht ... Menschenschädel!!
Ein makaberes Kannibalen-Golgatha. Überall weißbemalte Totenmasken. Buntgefiederte Pfeile in den Ästen. Über getrockneten Hautfetzen. Und kleinen Holzfiguren mit blutverkrusteten Menschenhaaren.
Holbein erlöst Janadine schützend in seinen Armen.

Der Professor flucht leise vor sich hin.
Sie verharren erschüttert.
Nur der Dschungel steht still und schweiget.

8.

Der Professor will es nicht glauben.
Zum Entsetzen der anderen reißt er einen der Schädel von den Pfählen. Sonnenweißgebleicht. Beschnüffelt ihn wie ein Hund. Leckt auch noch daran.
Ekelhaft.
Doch der hochbegabte Wissenschaftler weiß genau, was er tut. Er presst mit beiden Händen den Schädel zusammen. Lässt ihn auf den Boden fallen und trampelt darauf rum wie ein mieser Leichenfledderer. Hebt eine der Scherben auf. Betrachtet sie aus der Nähe. Zieht eine Lupe aus seinem Dschungelanzug und bricht in schallendes Gelächter aus.
Peinlich berührt der Rest der Expedition.
 - Na bitte. Hab ich's mir doch gedacht. Alles Fake! Halloweenzeug made in China. Billiger Spritzguss. Da hat sich jemand einen Werbegag ausgedacht.
Jetzt versucht auch die Naturwissenschaftlerin ein Lächeln.
 - Gag hier mitten im tropischen Regenwald?!
 - Vielleicht ein Filmteam für Dokus.
Holbein reicht's:
 - Und Ihre süße Mariam spielt darin eine Hauptrolle? Das glauben Sie doch selber nicht. Wir riskieren hier Kopf und Kragen.
 - Oder riskieren, uns unsterblich zu blamieren. Tolle Überraschung. Sehen Sie doch selbst, alles nur Plastikmüll. Wir ziehen weiter und finden diese Menschenfresser-Kobolde hoffentlich bald. Licht am Ende des Dschungeltunnels. Fehlt nur noch ein Kessel über dem Feuer für ein leckeres Kannibalen-Süppchen.

Waffen weggesteckt und weiter.
Trampelpfad. Wird allmählich breiter.
Sie kommen an ein Häuschen. Aus Lehm und Tropenholz. Wirkt nicht bewohnt. Aber der Geruch von gebratenem Fleisch liegt in der schwülen Tropenluft. Menschenfleisch?!
Der Professor will losstürmen.
Soeharto hält ihn zurück.
- Wir müssen vorsichtig bleiben. Diese Wilden sind unberechenbar. Immer noch Jäger, und sie stellen raffinierte Fallen. Hier mein Fernglas. Sehen Sie selbst. Da sitzen keine Filmleute. Nach der Skelettbemalung gehören sie zum Stamm der ‚Fore'. Bestimmt kein Fake!
Shi Lang, der gedankenschnelle Chinese, muss ihm recht geben und knirscht nur mit den Zähnen.

9.

Da sitzen sie, die Kannibalen.
Auf der Rückseite des Häuschens. In voller Kriegsbemalung. Abgenagte Knochen in den Händen.
Riecht so gebratenes Menschenfleisch?!
Der ortskundige Expeditionsleiter *Soeharto* schleicht sich von der Seite an. Der Prof dicht auf seinen Fersen. Geräuschlos vorsichtig, dschungelerfahren.
Holbein spielt am Sicherungshebel seiner Knarre.
Der Pilot ersetzt seine Schlangenzange durch eine Kalaschnikow.
- ...Da!...Die Feuerstelle... Rauch ... Ein großer Kessel aus Holz und Blättern...
Soehartos Flüstern verstummt. Der Chinese reißt ihm das Fernglas aus den Händen.
Über den Rand des Kochgefäßes quillt blondes Frauenhaar. Mariam hat seit langem ihre Haare wieder wachsen lassen.
Ein lauter Schrei...!
Aber aus einer Männerkehle, hart wie ein Kampfruf.
- Action!
Die kriegsbemalten Kannibalen springen auf und tanzen unter wildem Geheul um den Kochtopfkessel rum. Aus dem Pflanzendickicht taucht ein Dolly auf.
Schnell erklärt, ein Kamerawagen, der selbst auf unebenem Untergrund ruckfrei fährt. (Wikipedia)
Die Hydraulik hebt die Kamera und lässt sie von oben in den Bottich filmen. Darin aalt sich eine blonde Schönheit wie in einem Whirlpool. Das Wasser dampft und sprudelt. (Der Dampf chemisch von der Requisite hergestellt.) Die blonden Locken vom Kesselrand sind ver-

schwunden. Das knallrote Brautkleid hängt fetzig über einem Ast.
- Cut! Cut!! Das müssen wir noch einmal drehen.
- Ganz bestimmt nicht! Nur über Ihre Leiche!
Professor Shi Lang bedroht den überraschten Regisseur mit Pfeil und Bogen, die er vom Boden aufgehoben hat.
Ein bisschen sehr theatralisch meint Janadine.
Mariam erhebt sich triefnass aus dem Bottich.
Botticellis Venus. Sie jubelt dem Professor zu:
- Mein süßer Geliebter Langi, bitte nicht böse sein! Wollte doch schon immer mal zum Film. Und dir eine einmalige Hochzeitserinnerung bescheren!
Entsteigt krebsrot dem dampfenden Topf und stürzt sich triefnass in die Arme ihres Bräutigams. Die heiße Kannibalen-Konsommee tropft sang- und klanglos ab von seinem imprägnierten Dschungelanzug.

10.

Die Regie schreit hektisch nach Badetüchern.
Um die nasse Nackte schamhaft zu verhüllen. Diese aufgemotzten falschen Wilden, billige einheimische Dorfkomparsen. Täuschend echt von der Maskenbildnerin eingefärbt. Könnten bei dem schwülen Dschungelwetter übergriffig werden! In der rosig-appetitlich weißen Schönheit Freiwild wittern. Sie blähen schon lüstern ihre Nüstern. Besonders gefährlich als Träger der stammestypischen *Koteka* (Naturrohr-Intimlendenschurz, vorne am Bauch hochgebunden) als Hingucker natürlich um keinen Preis verzichtbar.
Der Regisseur baut sich herausfordernd vor dem gealtert wirkenden, völlig ausgepowerten Bräutigam auf. Doch der blafft ihn an:
- Sie Ausgeburt von Irrsinn und Cineasten-Blasphemie! Was zum Teufel wird hier denn gespielt?! Seid ihr noch zu retten?! Will ihm an den Kragen.
- Bei aller Bescheidenheit, wir dienen nur der Wissenschaft… für britischen Pharmakonzern…ein Schutz-Prion, das gegen die Geißel unserer Zeit, Alzheimer und Demenz eingesetzt werden soll. Diese Entdeckung basiert auf dem ursprünglichen Kannibalismus hier in Papua-Neuguinea. Die Hirne der Toten wurden aus Eiweißmangel vor allem von Frauen verzehrt. Wir drehen einen Werbespot und weisen zugleich auf die bedrohte Kultur der letzten Ureinwohner unseres Planeten hin.
- Aber meine Braut als Hochzeitsscherz zu entführen für diesen grotesken Kannibalen-Porno?
- Gut, gut. Unsere Kostümbildnerin repariert das Brautkleid, und wir übernehmen sämtliche Kosten für die doch

amüsant unterbrochene Hochzeitsfeier. Natürlich eine angemessene Gage für Ihre Frau…
- Die lächerlichen paar *Neuguinea-Kina* für die gebackenen Schweine zahle ich doch lieber selbst aus meiner Portokasse. Ich verlange mindestens 100000 Dollar Schmerzensgeld und Ersatz für unseren Aufwand.
- Och, liebster Lang, sie drehen doch einen Film über unsere Hochzeit als einmalige Erinnerung…
- Um ihn dann auf Facebook einzustellen? Damit jeder weiß, wohin wir uns zurückgezogen haben? Das hätte gerade noch gefehlt!
Janadine kennt selbstverständlich die neusten Ergebnisse der Prionen-Forschung englischer Kollegen.
- Professor, es geht offenbar um das V 127, eine Variante des Prionproteins. Gefunden in einem resistenten Gen beim Volksstamm der *Fore* hier aus dem Hochland Neuguineas. Tatsächlich entstanden durch den Verzehr menschlichen Gehirns, infiziert mit der tödlichen Kuru-Krankheit. Lange bekannt vor der Creutzfeldt-Jakob-Seuche (BSE).
- Ja, aber für ein solches „verheißungsvolles Medikament", gerade mal an Mäusen getestet, dreht man doch keinen Werbespot im Dschungel mit gefakten Kannibalen. Und röstet dazu meine Braut.
Der Regisseur im blütenweißen Hemd, sonst aber eher schmierig, versucht die kompetente Biologin auf seine Seite zu ziehen.
- Sie kennen sicher den Neurologen Professor John Collinge vom University College London. Ein guter Freund von mir. Der leitet das V127-Projekt und glaubt die noch bestehenden Probleme mit den veränderten Aminosäuren in den Griff zu bekommen, um Prionenkrankheiten zu behandeln.

Holbein hört das und spürt seinen Hals anschwellen. Die beigen Zellen funken ihm ‚Alarm'.
Spricht so ein Regisseur für Dschungeldokus? Und ausgerechnet über einen Neurologie-Professor? Zufall? Wohl kaum. Der Regisseur also auch ein Fake?
Holbein geht das ganze Kannibalen-Theater längst auf den Keks. Aber jetzt wittert er Gefahr. Eine erneute Falle, ein konspiratives Geheimdienst-Komplott? Die Pseudo-Filmtypen wollen über Mariam und diesen Mummenschanz in Wirklichkeit nur mal wieder an den Professor ran. Geheimdienstler im Dschungelcamp?
Nix wie weg hier, signalisiert sein Profiler-Instinkt.
Sie müssen schleunigst raus aus diesem tropischen Schlamassel.
Der Regisseur rotiert.
Will den abrupten Aufbruch der Retter abwenden. Der Professor aber teilt sofort Holbeins Verdacht. Kann seine Braut doch nicht länger in den Händen dieser zwielichtigen Wilden und ihres westlichen Anführers lassen. Zwängt Mariam kurzerhand in einige fremde Kleidungsstücke und verstaut das notdürftig reparierte Brautkleid.
Der Regisseur steckt heimlich Mariam seine Visitenkarte zu mit den üblichen Abschiedsküsschen.
Da springt der Prof dazwischen. Wie von der Kuru-Krankheit infiziert greift er sich den Schleimer.
- Sie verdammter Hardcore-Dokumentarfälscher, rühren Sie bloß meine Frau nie wieder an!
Wie auf Kommando spannen die regietreuen Papua-Komparsen ihre Bogen. Ziel: der wütende Professor!
Kein Fake, die Pfeile mit den eingearbeiteten Widerhaken aus Pflanzendornen sind echt. Trotzdem weicht er keinen Fußbreit zurück. Mariam baut sich als Schutzschild vor ihm auf.

- Wenn Du meinem Mann auch nur ein Haar krümmst, siehst du mich nie wieder!
Verständnisloses Entsetzen im Gesicht des Professors. Holbein zieht es den Magen zusammen. Tastet wieder nach seiner Pistole. Die Biologin fasst sich an den Kopf. *Soeharto* und der Pilot starren verunsichert auf die Bogenschützen.
‚Du'... *den Widerling auch noch wiedersehen?!*
Diesen verschlagenen Agenten! Hat dieser Pseudo-Dschungelkönig die entführte Braut etwa unter Drogen gesetzt? Ihr ein Zaubertränklein eingeflößt, damit sie freiwillig nackt in den dampfenden Kochtopf stieg?
Oder der chemisch erzeugte künstliche Wasserdampf, kann der ihren Verstand so eingenebelt haben? Das Versprechen einer weiteren Filmkarriere derart kirre machen?
Holbeins sprichwörtliche Schlagfertigkeit als Profiler unter diesen Umständen fast überfordert. Der gedemütigte Prof gefoltert durch Mariams rücksichtslose und unverständliche Äußerung.
Die urtümlichen Bogenmänner der Papuas folterten ihre erbeuteten Opfer auch auf grausamste Weise. Aber nicht um sich am öffentlichen Spektakel zu ergötzen. Nein! Um die Fleischqualität zu verbessern! (Bernd Keiner, East New Britain Cultural Centre)
Und man prügelt ja auch in China Hunde vor dem Schlachten. Das Adrenalin soll ihr Fleisch zarter machen.

TEIL II

1.

Die Dschungelexpedition kennt ihren Weg.
Zügig zurück zum Hubschrauber, um eine abgekochte Frau reicher.
Landet in dem kleinen Fischerdorf *Porebada*, 21km von Port Moresby. Direkt neben der Pfahlbauvilla des Professors im neuen Kolonialstil. 300qm Wohnfläche, überladene Pracht. Aber der Meerblick von der überdachten Terrasse versöhnt.
Kein Wort zu Mariams verbaler Provokation.
Von der Hochzeitsgesellschaft nichts mehr zu sehen.
Nachbar *Soeharto* verabschiedet sich. Weist jeden Dank zurück. Der Pilot nimmt freudig den Umschlag des Professors entgegen und zieht mit dem Heli röhrend ab.
Die Hochzeitsfeierlaune verraucht.
Der Professor holt Wein. Mariam stellt die Gläser auf den niedrigen Tisch. Als wenn nichts geschehen wäre.
Aber dann bricht es aus ihr heraus.
- Stiert mich bloß nicht so mitleidig an! Eure vorwurfsvollen Blicke können mich nicht töten. Habt ihr vergessen, dass ich mein Leben lang Agentin war? Da werde ich doch wohl einen gefährlich falschen Filmemacher nicht verprellen. Gerade erst listig angeködert. Nur weil mein eifersüchtiger Bräutigam den wilden Mann markiert?!
Dieser Typ kommt nämlich aus dem kriminellen Pharmasumpf und will ausgerechnet meinem geliebten Langi Chinesen an den Kragen...
Dem so Genannten gerinnt der Wein im Ausschank.

- Was sagst du da …? Mich vernichten? …Und ich Idiot mische mich da ein, zweifle auch noch an deiner Loyalität?!
Zieht sie hingerissen in seine Arme. Außer sich vor Glück.
Holbein und seine mitfühlende Biologin beeindruckt. Janadine drängt:
- Dem Dschungel sei Dank! Pack endlich aus. Was führt der Schmierlappen im Schilde, hat er genau vor?
- Erst mal was für meine trockene Kehle.
Shi Lang füllt die Gläser bis zum Rand. Unfein aber gut gemeint.
Holbein toastet in Bewunderung und Anerkennung:
- Auf die Wiedervereinigung unseres einzigartigen Brautpaares! Und wie es scheint, unserer unschlagbaren Mannschaft.
Mariam kippt ihren Wein auf ex runter.
- Fing alles so lustig an. Brautentführung mit echten Kannibalen. Wie die gute alte Tradition in Süddeutschland. Nur farbenfroher und erregender. Gepackt von starken wilden Kerlen, nackt bis auf ihre überdimensionierten Penisfutterale aus glänzendem Naturrohr. Prickelnde biostatische Entladungen aufragender Mannesköcher an meinem Brautkleid. (Triboelektrischer Effekt!)
Die beiden Männer schlucken. Janadine trinkt jetzt auch hastiger.
- Ernüchterung erst nach der Dschungelpassage am Kannibalen-Set. Da scharwenzelten plötzlich lauter Film-Fuzzis um mich herum. Ihr Einpeitscher, ein blonder Dandy im Tropenoutfit und protzigem Namensschild ‚REGIE'. Schwafelte in akzentfreiem Englisch von seinem wissenschaftlichen Dokumentarfilm und meiner tragenden Rolle darin. Versprach das Blaue vom grünen

Dschungelhimmel. Nachfolgende Filme, große Karriere und so. Bollywood-Spinner. Kam endlich zur Sache: Ich sollte als nackte Fleischeinlage für das Menschenfresser-Süppchen im Riesenkochtopf über dem offenen Feuer dienen. So ein Fiesling. Zeigte ihm den Vogel. Kannibalen-Pornos seien nicht mein Genre.
Mariam trinkt wieder schnell aus.
- Endlich brachte man eisgekühlte Getränke. Tropen-Cocktails, passend zum Regenwald-Ambiente. Balsam für meine ausgedörrte Kehle. Und blitzschnell bei mir Gesinnungswandel. Ananas-Drogenkomp(l)ott! Begriff ich aber viel zu spät. Schon reizte mich das Nacktposieren in dem Kannibalen-Kochtopf. Und ich weidete mich daran, den Schwätzer so selbst auf den Siedepunkt zu bringen.
Dem Professor zittert die Hand. Kleckert beim Füllen der Gläser. Vergeudet seinen exzellenten Haus-Roten „Pinot Bali", Hatten-Wines.
- Schnell ließ er die Schlange aus dem Korb (wie die Katze aus dem Sack). Der alte Flötentrick:
„Dein Bräutigam spielt in Kürze keine Rolle mehr. Den beglücken wir mit einem grandiosen Forschungsprogramm aus seinem ursprünglichen Fachgebiet. Ade Spießer-Lust auf trautes Eheglück .Wir sind in der Lage, ihn zu seinem Glück zu zwingen, wenn du weißt, was ich meine..."
Grinste unverschämt beim ‚Du'. Sein Gesicht mutierte zu einer bedrohlichen Diabolo-Fratze.
Besonders als diese ebenfalls mit Drogen aufgeputschten Wilden ernsthaft ihre Bogen spannten.
Nur deshalb signalisierte ich dem widerlichen Lüstling meine willige weibliche Verfügbarkeit. Er verstand sofort.

Mariam presst sich aufschluchzend in die Arme ihres geliebten Professors.
In stillem Mitempfinden legt sich Janadines Hand auf Holbeins Oberschenkel.
Doch die Haut des stets feinsinnlichen Profilers verweigert sich diesmal dem auffordernden Reiz.
Im Clinch mit seinen beigen Zellen lotet er bereits Sicherheitsstrategien aus.

2.

Remake der Hochzeitsfeier am nächsten Tag.
Ganztropen-Idylle. Weniger Kannibalen-Tänze.
Weniger Trommel-Tamtam. Aber dafür fette Erdofen-Schweine satt.
Holbein scheinbar lässig, ganz gespannte Wachsamkeit.
In Habachtstellung. Luchsäugig, Lauscher gespitzt.
Janadine, als verdeckte Hochzeitsfotografin. Beobachtet den nahen Dschungel durchs Teleobjektiv ihrer Spiegelreflex.
Mariam und der Professor ständig händchenhaltend. Anschmiegsam.
Der Pater vom Steyler Missionsorden (eine Bedingung des Nachbarn *Soeharto*) stellt gerade die eheliche Gretchenfrage.
Da! Tosender Turbinenlärm von der Seeseite. In hochsprühender Wassergischt weithin sichtbar braust es ran wie ein Tsunami. Sand spritzt hoch!
Holbein springt auf. Ein flaches Fahrzeug prescht über den Strand. Peilt mit großer Geschwindigkeit den sandigen Festplatz an. Längliches Vehikel ohne Räder. Der Motorenlärm infernalisch.
Die Brautleute schreien noch schnell ihr ‚Ja' hinaus. Dass sie sich für ewig wollen.
Stöhnt der Professor:
- Hovercraft Griffon 380TD! Ein verdammtes Luftkissenboot!
Holbein zieht seine Pistole. Zwei maskierte Kalaschnikow-Typen tauchen aus dem Sandsturm auf. Ein dritter blitzschnell mit seinem Messer an Mariams Kehle.

Die zwei Maskierten schleppen den apathischen Professor in das offene Hovercraft. Der Mackie-Messer-Mann lässt ab von Mariams schöner Kehle. Drückt die Braut dem ungläubig staunenden Pater in die Arme und spurtet zurück.

Das Spukschiff verschwindet mit seiner Beute sandaufwirbelnd in Saus und Braus.

Das Ganze eine Sache von 3 Minuten. Holbein steckt resigniert seinen Ballermann weg. Gegen eine solche Armee ist auch er unvorbereitet machtlos. Hilflos gegenüber der frischgetrauten Halbwitwe.

3.

Megaphon:
- Liebeshochzeit auf Papua-Neuguinea. Doku V 127, Braut mit Priester, Klappe 1, die Erste!
Wie aus der Erde gestampft das Filmteam.
Eine Furie fährt dem Dandy von der Regie an den Hals, Mariam in unbändiger Wut, herrlich!
Reißt ihm das protzige Namenschild vom Hemd und stopft dem Sprachlosen den Mund:
- Wenn meinem Prof was passiert, du widerlicher Reality-Bilderprotz!
- Liegt ganz bei dir, meine Süße. Aber wenn du mich so zerfetzt, siehst du deinen Frischvermählten nie wieder. Darauf kannst du das Gift der Neuguinea Todesotter nehmen. Wir haben ihn nur in Sicherheit gebracht, ehe der Polizei-Kommandant von Port Moresby ihn verhaften konnte. Dein hochgelobter China-Wissenschaftler dealt nämlich mit selbstgebrauten Drogen.
Holt einen Wisch aus seiner Tasche.
WANTED! CHINESE PROFESSOR FOR DRUG TRAFFICKING...
- Hier, Mrs. Dr. Dr. Dr. Dornier ... Hallo Mr. Holbein, wir kennen uns ja schon.
- Woher unsere Namen? (Holbein brüsk.)
- Dr. Madison, wenn Sie gestatten, wissenschaftlicher Assistent am Londoner Cruck Institute. Leite inzwischen ein eigenes Biomedical Research Center. Hier auf Papua. Wir arbeiten topsecret. Gut getarnt, was? Veränderungen am Erbgut von Embryonen sind neuerdings in England erlaubt. Wir würden es sehr begrüßen, Professor Shi Lang bei uns weiter forschen zu lassen. Auf seinem ur-

sprünglichen Spezialgebiet, damals am berühmten *BGI Shenzhen*. Wohl das weltgrößte Wissenschaftszentrum für Genom-Entschlüsselung. Natürlich unter der Voraussetzung, dass Frau von Harris ihn dabei liebevoll unterstützt...
Mariam, immer noch stinksauer:
- Du kannst hier so viel rumsülzen wie du willst. Die Anschuldigungen wegen Drogenhandels sind doch absolut absurd. Hast d u diese Ente in die Welt gesetzt?
- Hältst du mich für so blöde? Die Fahndung geht von China aus. Wie die Nachrichtenagentur *Xinhua* berichtete. Kann jeder im Internet finden. Der Professor heißt dort zwar „Zhang". Aber Namen sind bekanntlich Schall...
- Du willst ihn damit erpressen, du vorgetäuschter Dschungelknipser!
Holbein platzt der Kragen:
- So eine Entführung ist schon ein dicker Hund. Die Polizei wird bestimmt dafür sorgen, dass...
- Versuchen Sie es nur, verehrter Wohlstandsprofiler. Der Polizei-Chef ist ein guter Freund von mir. Und hier spielt Justitia ganz anders auf. Wie wir Engländer sagen, „the clocks tick differently".
Jetzt platzt die Biologin heraus:
- Sie großkotziger Erbgutschänder! Wissenschaftliche Kompetenz bei Ihnen?? Womöglich promoviert an der *University of Papua-Neuguinea*, hier in Port Moresby? Dass ich nicht lache!
- Unsere Uni gehört zur ACU (Association of Commonwealth Universities). Unser Lehrstuhl für Genom-Entschlüsselung wird in Zukunft noch weltweit Aufsehen erregen.

- Und an Ihrem ominösen Forschungszentrum werden Designerbabys produziert?
- Bingo! Und unbehelligt von scheinheiligen Ethikrat-Pharisäern wie in Europa.
- Mein Prof spielt da niemals mit. (Mariam trotzig). Und dann?
- Aber du, mein hinreißend schönes Kind, willst vielleicht schon bald ein *gesundes* Kind von deinem überalterten Gemahl. Und nicht eins dieser schrecklichen Kurzkopf-Kinder, infiziert vom Zika-Virus der Tigermücke.

Selbst Janadine der Spott verhagelt.

Dr. Madison, das Schaf im Realityfilm-Wolfspelz?

4.

DESIGNERBABYS NACH BAUPLAN
Für 140.000 Dollar
Während in Deutschland sogar die Pränataldiagnostik in der Kritik steht, können Paare in den USA Babys im Labor züchten und von Leihmüttern austragen lassen. Es ist ein Milliarden-Geschäft. (www. Welt.de/wissenschaft 2016)

Dr. Madison plötzlich wie vom Erdboden verschluckt.
Kinder? Auf diese Weise??
Das Fähnlein der drei Aufrechten in Aufruhr.
Internet liest sich wie ein Roman:
„Mason ist ein Musterkind. Aufgeweckt und mit ansteckendem Lachen, braunem Wuschelhaar. Ein A-Grade Embryo, ein Embryo der besten genetischen Güteklasse. Mason hat drei Eltern: Seinen biologischen Vater, seine genetische Mutter, und seine Tragemutter. Entstand in einer Petrischale aus dem Samen von Jay und einer Eizelle von Zoe, einer schönen und schlauen Studentin der renommierten Columbia University...für 140.000 Dollar. „Wir hätten auch das Zehnfache auf den Tisch gelegt", sagt Luke und streicht seinem Sohn durch das Haar. (Welt.de s.o.)
Und der entführte alternde Professor? Würde der etwa Kinder aus seiner eigenen Petrischale wollen? Schön angerührt? Den lahmgewordenen Spermien wieder auf die Beine und die flotten Schwänzchen helfen?
Nachbar *Soeharto* spricht von einem Tunnel unter den hohen Pfahlbauten zum Meer. Wo Kinder spielen und

Frauen Essen kochen. Aber ein Biomedical Research Center auf der Insel, nein...
Holbein profiliert:
Das Hovercraft Griffon 380TD vom Meer und wieder dorthin. Der Genom-Ingenieur Madison und Filmemacher bei der Heiratszeremonie aus dem Nichts aufgetaucht. Durch den Tunnel ab und nicht wie ein Heiliger übers Wasser? Handlungsbedarf bevor er wieder aufkreuzt und auch noch Mariam als Forschungsanreiz für den Prof abschleppt.
Er, Holbein, sollte diese Edelbabybrutstätte unter die Lupe nehmen. Aber erst mal finden!

5.

Kriegsrat im Haus des Professors.
Holbein besorgt:
- Wir müssen Madison und seinen Produktionsladen unbedingt und schnell finden, ehe die sich ins Nirwana verziehen.
Janadine hat bei einem Kollegen nachgefragt:
- Den Protz-Genetiker haben sie am Londoner Institut rausgeschmissen. Angeblich wegen pädophiler Neigungen.
Mariam lacht laut los:
- Nie im Leben! So brünstig wie der mich beim Baden im Kochtopf angeglotzt hat.
Holbein setzt noch einen drauf:
- Vielleicht ein Bi-Pädo, clont sich kleine Mädchen oder Jungen für spätere Verwendung.
- Bi-Pädo? Kenn' ich nicht trotz meiner 3 Doktortitel.
- Profiler-Jargon. Steht auf kleine und auf große Mädchen oder Jungens. Übergänge fließend. Besonders bei den 12 – 13Jährigen. Wie damals die Grünen propagierten.
- Kindisches Profiler-Gewäsch. Mal im Ernst, dieser Dschungelfilmer wirkt auf mich nicht wie ein wirklicher Wissenschaftler. Passt nicht in diese Spezies. Dr. Madison, wie er sich nennt, ist einfach nur geldgierig. Der forscht und fischt nach eitel Mammon. Sonst nach nichts. Seine Mafia im Hintergrund.
Mariam, ganz die gewiefte Agentin, nickt.
- Verdammt richtig. Geil auf Geld und zugleich auf Weiber aller Couleur.
Holbein schüttelt den Kopf:

- Auch auf die grässlichen dunkelhäutigen Papuanerinnen? Ich wette, seine Sprechstundenhelferinnen alle wie aus dem Ei gepellte Modeltypen. Muster seiner Designer Kinderlein. Selbst die Leihmütter kaum von hier. Wären natürlich kostengünstig. Aber seine Etepetete-Kunden wollen keine Kinder aus Kannibalen-Bäuchen!
Müssen ihm um jeden Preis auf die Schliche kommen.
Die Agentin jetzt in ihrem Element:
- Früher hätten wir ihm eine Überwachungsdrohne in den Pelz gesetzt.
Holbein pragmatisch:
- Erst finden, dann bedrohen...Mariam, versuch doch noch mal das Handy deines Mannes zu orten.
Janadine hängt im Internet. Anzeigen von Kinderwunsch-Zentren international. Und Werbung von Gentechnik-Firmen. Irgendwoher muss der Genprofiteur ja seine Kunden rekrutieren.
- Hier! **Kinderwunsch-Paradies Papua:**
„Absolute Diskretion. Hightech-Genom-Institut. In Obhut internationaler Elite-Wissenschaftler. Alle Optionen. Wir arbeiten nach Ihren Wünschen. Modernster Hotelkomfort auf unberührter Tropeninsel. Flughafen und Bootstransfer. Anfragen unter E-Mail ..."

6.

West Papua:
‚Papua Paradise Eco Resort in Raja Ampat'.
„*Auf der Insel Birie...Unberührter Dschungel ... Paradiesvögel, Nashornvögel und schwarze Kakadus...Lotus Hotels und Resorts nach ökologischen Standards... in traditioneller papuanischer Bauweise, die eine Klimaanlage überflüssig macht... Süßwasser ausreichend vorhanden... Warmwasser durch Gastherme... 16 Superior-Wasserbungalows.*" (Wirodive Tauchsafaris)
- Holbein, hör' endlich auf mit deinen Naturdetails.
- Schon gut, meine liebe Jana, aber genau so eine Insel suchen wir. Nur viel näher. Ich rufe mal beim Fremdenverkehrsamt in Port Moresby an.
- Schluss mit eurem blöden internet-lustig. Seht mal, da hab' ich was, ganz schwache Signale, schnell...
Agentin Mariams Brüstchen beben erregt.
- Ich hab' IHN, meinen Prof gefunden. Hier die Koordinaten...
Polternde Schritte auf der Seeterrasse.
Der Polizei-Präfekt. Gepflegter Oberlippenbart, strenge Amtsmiene, dicke Pistole im Halfter. Unangemeldet. Im Schlepptau zwei Subalterne in schmucken Uniformen. Wollen Spuren sichern. Im Haus.
Holbein:
- Was für Spuren denn? Der Professor wurde doch vom Festplatz entführt. Mit diesem Ungetüm von Luftkissenboot.
- Entführt? Lächerlich! Die Besatzung hat ihn nur in Sicherheit gebracht. Im Rahmen einer Anordnung unseres militärischen Rettungsteams. Professor Shi Lang fühlte

sich bedroht und in seinem Haus nicht mehr sicher. Deshalb sind wir ja hier.
- Von wem denn bedroht? Ihr Freund Dr. Madison...
- Ausgerechnet Dr. Madi? Der hat ihm doch erst Unterschlupf in seinem Institut gewährt.
Holbein jetzt wirklich in Rage:
- Das schlägt ja allen Kannibalen-Kochgeschirren den Boden raus! Und seine frischvermählte Ehefrau? Die sitzt hier völlig verunsichert und weint sich die Seele aus dem Leib.
Mariam baut sich vor dem Polizei-Präfekten auf, drohend wie eine Neuguinea Todesotter:
- Mit der Wahrheit auf Kriegsfuß, verehrter Herr Papua-Präfekt? Erst hat Ihr feiner Spezi mich zu den Kannibalen-Schmortöpfen entführt und dann meinen Mann abgeschleppt. Ich will auf der Stelle zu ihm!
- Beruhigen Sie sich doch, Frau Shi Lang, wir tun nur unsere Pflicht. Selbstverständlich können Sie Ihren Mann baldmöglichst besuchen. Sobald wir ihn in unserem speziellen Schutzprogramm gesichert haben. Er soll mit Abhörwanzen und Überwachungskameras hier in seinem Haus ausspioniert worden sein. Wir vermuten britischer oder chinesischer Geheimdienst. Deshalb sind wir ja hier.
Mariam muss schlucken.
Janadines entsetzte Blicke zu Holbein.
Geht das alte Theater etwa wieder von vorne los?
Der fragt geistesgegenwärtig:
- Können wir denn wenigstens mit Dr. Madison sprechen?
- Das lässt sich einrichten. Er wird sich bei Ihnen melden.

Die Männer gehen mit demonstrativem Eifer an die Arbeit. Unter Holbeins argwöhnischen Profilerblicken. Dilettanten bei einer Alibibeschaffung.

7.

Holbein erwischt den Dschungel-Hinterwäldler. Wie er klammheimlich ein flaches schwarzes Mini-Kästchen zwischen zwei Bildbänden im Bücherregal verschwinden lässt. Modernstes *Tonspy Vision* zum Abhören und Video-Aufzeichnen.
Holbein belächelt nur diesen uralten Bullen-Trick. Wohlbekannt vom Drogenunterschieben in den TV-Schnulzen.
- Da haben wir ja schon die Bescherung! Wanzentechnik made in China wie vermutet. Seht mal!
Seine ahnungslosen Subalternen diensteifrig staunend zur Stelle. Solch ein Chef!
- Genügt fürs Erste. Und entschuldigen Sie die Störung. Wird unseren Geheimdienst-Chef interessieren.
Mariam versucht noch dem papuanischen Obrigkeits-Trio den Aufenthaltsort ihres Ehemannes aus der Tasche zu leiern. Erfolglos.
- Dann nichts wie ran an die Koordinaten vom Handy! Seekarten auf den Tisch! Regionale mit großem Maßstab. Hoffentlich gibt's so etwas in diesem (p)fahlen Bau.
Holbein mitleidig:
- Nicht so analog, Agentin von Harris. Moderne Profiler und Koordinatoren setzen heute auf Google Earth! Hab's schon: 9° 26' 42'' S   147° 2' 10'' E... Tatsächlich eine Insel! Voilà! „Haidana Islands". Da müssen wir hin. Nein, nicht mit dem Boot. Wir chartern ein Wasserflugzeug. In Port Moresby bestimmt zu finden. Meine Fluglizenz, Bootsführerschein für Seefahrt und Sprechfunkzeugnis sollten in Papua genügen. Nachbar *Soeharto* muss das arrangieren, ohne dass der scheinheilige Polizei-Präfekt davon Wind bekommt.

Mariam flippt aus, erlöst von erzwungener Untätigkeit:
- Na endlich mal. Wenn wir meinen armen Prof finden, können wir ihn gleich einladen.
Janadine besonders albern:
- Holbein, der wahre Überflieger! Fluglizenz. Dachte, deine Tugenden lägen mehr...
- Keine abgeschmackten vulgär-ornithologischen Anspielungen! Selbstverständlich stehe ich überall, zu Wasser, zu Lande und in der Luft, in allen Lagen meinen Mann. Das weiß doch jedes Kind...
- Jedes Kind, du alter Grüner?
Holbein müsste seiner Biologin mal wieder ihre Flausen mit der Mistgabel austreiben wie der Lateiner sagt:
Naturam expellas furca tamen usque recurret... Aber eben sinnlos.
Die Anspannung in der schwülen Regenwaldluft fordert halt ihren Tribut.

8.

Verschlüsselte Mail erschreckt Janadine.
Der französische Geheimdienst verlangt ihren Einsatz in London. Flying-Holbein betroffen.
Sie achselzuckend:
- Meine Zeit mal wieder um, geliebter Hol-Beinling und die aufregende Zeit mit dir. Aber dieses ewige Warten, dies Dschungellungern mit Paradiesvögeln und Todesottern befriedigt auf die Dauer nicht. Macht doch euern Dreck schön aleene. Muss mich auch endlich um meinen neuronalen Impfstoff kümmern. Die V127 Prionen-Variante mit dem resistenten Gen der Kannibalen. Gegen Demenz und Zellverfall im Gehirn. Den Neurologen Professor John Collinge vom University College London kontaktieren. Und dann die frühere Wirkungsstätte von Dubioso Dr. Madi am Cruck Institute. Sie drängt sich neben ihn aufs Bambusblättersofa. Unerwartet schroff nur ein Abschiedsküsschen und verschämt ein Tränchen in den Tropenwind. Abschied, der großen Biologin Markenzeichen. Holbein verbeißt sich seine Enttäuschung mannhaft. Seit Jahren gewöhnt:
- Naja, Najadinchen, wir bringen dich zum Flughafen und sehen uns die Wasserflieger an.
Mariam platzt herein. Schön unpassend.
Neue Nachricht. DaVinci hat sich gemeldet.

9.

DaVinci?[2]
- Ja, mein Ex-Chef dieser Profigauner vom Bodensee und den Kaimaninseln! Den wirst du doch noch kennen, Holbein, oder?
- Spinnst du Mariam, den vergesse ich mein Lebtag nie! Aber woher weiß der, wo du bist?
- Analoger Anfänger. Von ihm stammt doch mein Hightech-Handy und deines auch. Durch den Schöpfer leicht zu orten. Schon Alzheimer? Solltest dich unbedingt von deiner Janadine impfen lassen. Aber die ist längst in die Luft gegangen. Schon Heimweh?
- Konnte mich nicht mal richtig verabschieden. Platztest ja dazwischen wie eine…
- Wolltest du etwa am helllichten Tage deinen Koteka-Köcher öffnen und…?
- Gegen das grelle Licht kann man schließlich die Augen senken. Lenk nicht ab. Was wollte er?
- Sein Hausbanker hat ihm eine äußerst lukrative Investition auf Papua-Neuguinea angeboten. Na, ist das nix? Beteiligung an sensationellem ‚Genetic Engineering-Project'. Unter Führung eines chinesischen Professors. Ob das etwa mein neuer Ehemann sei. Er brauche mehr Infos und zahle in großen Scheinen.
- Ehemann? Der alte Gauner hat nicht nur geortet sondern auch NSA-mäßig gehorcht! Verdammte neue gläserne Internet-Welt! Alles durchsichtig. Nur wir wissen nicht, wo er steckt.

---

[2] Der Tanz um den goldenen IQ, op. cit.

- Dieser in Kannibalen-Töpfen ausgekochte Dschungelgenetiker! Muss demnach mit meinem frisch angetrauten Shi Lang-Ehemann schon geworben haben bevor er ihn dann echt entführte. Alles lang-lang abgekartetes Spiel.
- Oder ein anderer Chinesenprof stand längst in seinen Diensten?
- Unwahrscheinlich. Egal, wir müssen seine verdammte Genetik-Werkstatt, sein elitäres Tropen-Urwald-Hospital endlich finden.
- Tropenwaldhospiz? Erinnert mich direkt an Lambarene, Albert Schweitzer. Da laufen meine beigen Profiler-Zellen heiß. Lambarene als Suchkriterium?!
- Versuchen wir's.

Irre Typen – irre Namen. Die gastlich stets zusammenkamen, oder?
Das Superhandy flimmert – liest der verdammte Spender wieder mit? Egal, Holbeins Finger kontaktieren rasend die Welt. Schweiß auf seiner Stirn in dieser Tropenschwüle. Kein Hauch von der See.
- Der Empfang ist gut, die Asiaten sind doch bestens aufgestellt. Aber kein passender Eintrag.

Die besorgte Ehefrau lehnt über Holbeins Schulter, erwärmlich nahe. Da war doch noch was?

10.

Motorenlärm aus der Ferne.
Ein Flugzeug mit Schwimmkufen wassert vor dem Prachtpfahlbau des Professors.
Soehartos Freund bringt den gecharterten Wasserflieger.
Der dschungelbekannte Hubschrauberpilot.
Wüsste der…?
- Lambarene? Tropenwald-Hospital? Nein. Aber „Lambarene Genetics"? Da fliege ich bisweilen eilige Kurierpost hin. Keine Klinik, nur die Briefkastenadresse in einem kleinen Wasserbungalow auf Haidana Islands…
- Bewohnter Bungalow?
- Gehört der Hotelkette *Papua Adventures*. Ideal für Vogelbeobachter…
Jetzt versucht Mariam es:
- Und andere größere Gebäude dort?
- Fehlanzeige. Nur unberührte Natur.
Das Bungalöwchen immerhin ein Angelpunkt. Und der Firmenname ‚Lambarene Genetics'. Der Briefkasten muss schließlich geleert werden. Dazu das Handysignal des Professors ursprünglich von dieser Insel.
Leider zu bald versiegt.

TEIL III

1.

Luftaufnahme. Doppeldeutig.
Das Wasserflugzeug nimmt Fahrt auf.
Im Cockpit Profiler Holbein in der Rolle des Chefpiloten.
Cooler Alltagsjob. Stolzgeschwellt. Graf Zeppel-Rotz lässt grüßen.
Copilotin und Strohwitwe, geborene von Harris, zappelt ungeduldig auf dem Co(it)pilotensitz. (*Angedeuteter Freud'scher Tippfehler.*)
Holbein abgelenkt: Lange nackte Beine in Minishorts.
Goldener Schnitt (Fuß: Knie: Hüfte).
Besorgt um die Sicherheit in dem leichten Flieger, versucht er mit seiner rechten Hand das erregende Zappelphilippinen-Syndrom zu dämpfen.
Endlich Land unten in der unendlichen See. Postkartenidylle. Der einzelne verlorene Bungalow. Genau wie vom Hubschrauberpilot beschrieben.
- Nu geh doch endlich weiter runter!
- Deine heißen Shorts?
- Diese Zeiten sind vorbei, elender Libido-Profiler. Sinkflug, wenn du das besser verstehst. Ich sehe ja schon den kleinen Wasserbungalow.
- Ach so…dachte, als Halbwitwe …
- Denk' bitte mit deinen beigen Zellen, nicht mit…
- Schnall dich an. Wir wassern! Oder muss ich dich halten?
Fliegerkapitän Holbein drückt die Kufen des Wasservogels behutsam runter auf die tiefblaue ruhige See. Wassert traumwandlerisch. Und vertäut ihn wie ein Boot fachmännisch an den Stelzen des Pfahlbaus im knietiefen Wasser.

Über eine Leiter kraxeln die beiden jetzt hoch auf die offene Terrasse des Holzhäuschens. Dort erwartet sie ein breitschultriger Mann in dschungelgrünem Tarnanzug. Fernglas und Fotoapparat um den Hals. Eindeutig Vögel-Tourist... doch der Krimischreiber nennt ihn später doch lieber *Amateur-Vogelkundler*. Dieser Hobby-Ornithologe also reißt zur Begrüßung außer seinem gelbzahnigen Papua-Pacus-Fischmaul auch noch die Arme auseinander.
- Willkommen in meiner Inseleinöde! Was treibt Sie her? Hier sagen sich nicht mal Fuchs und Hase gute Nacht. Gibt's einfach nicht. 43 Paradiesvogelarten. 12 Arten Laubenvögel. Und jede Menge Fledermäuse.
- Wir suchen nur einen Nistkasten...äh... Briefkasten.
- Aha, die neuen Luftpostkuriere? Gottseidank nicht so elendig laut und umweltfeindlich wie der Hubschrauber. Der vertreibt die Tiere für Stunden. Kommen Sie rein. Zeige Ihnen die Nistkästen.
Mariam sieht auf den ersten Blick das Lambarene-Logo. Lenkt aber erstmal den Vogelfotofänger ab. Holbein implantiert blitzschnell seinen Taschenschraubenzieher und reißt brutal den Kasten auf.
Leer!
- Wann wurde hier zuletzt geleert?
- Keine Ahnung. Bin erst seit einer Woche hier. Mit einem Charterbötchen gekommen. Liegt weiter hinten am Strand.
- Und mutterseelenallein? Gibt's sonst keine Gebäude hier?
- Nur den einen Bungalow. Die Baugesellschaft hat Pleite gemacht nach diesem Unikat. Hab das Häuschen über eine Tauchagentur gemietet.
- Andere Touristen? Andere überraschende Besucher?

- Nein. Kein Schwanz. Bloß vor zwei Tagen ein riesiges Kreuzfahrtschiff, weiter draußen natürlich. Ließen ein Schlauchboot zu Wasser und näherten sich der Insel. Habe gleich gewunken. Da drehten sie wieder ab. Komisch, oder?
Für Holbein und Mariam ganz und gar nicht.
- Was für ein Schiff denn? Namen, Nationalität?
- Mindestens 200 Meter lang. Riesen Deckaufbauten über mehrere Etagen. Den Namen konnte ich durch mein Glas erkennen. Wenn ich mich recht erinnere, so was wie „Lambada". Flagge von Papua-Neuguinea.
Kein Kommentar. Bloß keine verräterischen Fragen. Bestimmt nicht nach „Lambarene".
Ein Kreuzfahrtschiff als genetisches Traumlabor?!
Darauf muss selbst ein Top-Profiler erstmal kommen.
Überstürzter Aufbruch der falschen Luftpostkuriere.
Leise, mein Wasserflieger, schwimme erst ein bisschen. Mach' bloß nicht die Vögel scheu...

2.

Registrierung im internationalen Seeschiffahrtsregister? Negativ. Nur auf freiwilliger Basis.
Freiwillig aber wird der Lambarene-Madi seine brisante Tarnung niemals aufgeben.
Diskreter Rückflug. Der Hafenkapitän gibt keine Erkenntnis preis.
- Kreuzfahrtschiffe bei uns im Hafen? Aber sicher. Heute ja überall Mode. Die *MS Astor* etwa. Von Hongkong 19 Tage.
- Wir suchen ein Schiff „Lambada... Lambarene... oder so ähnlich. Flagge von Papua-Neuguinea. Ein Lazarettschiff.
- Noch nie gehört. Wen sollen die hier verarzten? Die großen Touristenkähne fahren alle unter der Flagge Bahamas. Aus steuerlichen Gründen.
- Einleuchtend... (Holbein braucht Zeit für seine beigen Zellen, der Profiler will nicht aufgeben)... und einen Dr. Madison kennen Sie wohl auch nicht?
- Den schnellen Dr. Madi? Den kennt doch jeder hier. Dem sind aber Schiffe viel zu langsam. Der düst mit seinem Learjet durch die Weltgeschichte!
- Und wo ist der zu Hause? (Holbein, sich für keine Frage zu schade.)
- Das weiß niemand. Aber seinen Flieger ziert die Kennung aus Großbritannien.

Unser cleveres Such-Team muss sich weitere Quellen erschließen. Nur eine Frage bleibt:

Ist dieses schwimmende Genetic-Traumlabor überhaupt realistisch? Oder nur eine Fata Morgana-Ente auf dem Papua-Bermuda-Dreieck?

3.

Gespenstische Leere auf dem Oberdeck.
Luxus-Liner auf hoher See.
Ein Typ im weißen Laborkittel erscheint auf der Treppe. Wie auf der Flucht. Petrischale in der Hand. Verfolgt von einem zweiten Weißkittel. Skalpell im Anschlag.
Grobpixelige bewegte Tele-Bilder. Horrorszenario vom Geisterschiff. Kein Ton!
 - Mariam, schnell! Komm sieh dir das an! Ich werd' verrückt. Ich hab hier das Bild einer Überwachungskamera von unserem Kreuzfahrtschiff! Holbein im Brustton seiner Profiler-Überzeugung am Notebook.
 - Spinnst du jetzt endgültig? Solchen Werbe-Shit aufmachen? Wo jeder vor gefährlichen Trojanern warnt? Der neue Bundestrojaner... Aber, bei allen Buschgeistern von Papua-Neuguinea, das ist doch Professor *Huang Hongyun!* Der chinesische Neurochirurg, der meinen Mann damals operiert hat!
 - Glaubst du mir jetzt?
 - Und mein Lang Langi, der hinter ihm, der sticht ihn ab!
 - Jetzt aber mal halblang, Agentin-Frischflottgetraut! Dein Gemahl, er treibt doch mit seinem Messerchen den Wissenschaftskollegen nur vor sich her. Er führt ihn vor. Uns vor!
 - Und die Petrischale? Was soll...
Aus! – Der Bildschirm flimmert grässlich grau.
 - Das darf doch nicht wahr sein...tu endlich was...!
 - Bin Profiler, kein Videojongleur ... kein professioneller Internetausbeuter.
 - Wiederherstellen?

- Wunschdenkerbaby! Nix da, diese PC-Funktion funktioniert so nicht. NIE...
- Wo hattest du das überhaupt her?? Lass mich mal.
- Immer gern.
- Hier ... *sent from my mobile device* ... *noreply* ...
- Hilferuf vom Prof. Der Hightech-Tüftler hat bestimmt die Überwachungsaufzeichnungen angezapft und an uns weitergeleitet. Wohl keine andere Möglichkeit sich zu melden.
- Werd' noch wahnsinnig. Wie finden wir bloß das Schiff?! Nochmal sein Handy orten?
- Sinnlos. Hab ich längst versucht! Bestimmt vom Madi konfisziert... Die Mail gerissen angezapft von einem geklauten Prepaid-Handy... ja, so kann er ihn vorführen ... genial... jetzt wissen wir, dass der Neurochirurg auch an Bord ist ...
- Und weiter, weiter... weiter ...!
- Der chinesische Geheimdienst weiß bestimmt, wo ihr Spitzen-Operateur sich gerade aufhält. Die orten jedes Schiff. Wir rufen die Ex-Frau deines Göttergatten an. Die Ex-Chefin der alten Stasi-Zentrale 610. Selbst als bekehrte Traum-Pianistin (Der Tanz um den Goldenen IQ, op. cit.) wird sie ihre alten Connections auffrischen können. Und die beiden chinesischen Top-Koryphäen finden....

4.

London. Royal Albert Hall.
Die Chinesin Shi Lang Lian spielt Chopin. Zelebriert hinreißend seine Etüden. Zwei mal zwölf (op. 10 und op. 25). Und die drei aus dem Nachlass.
Tosender Beifall. Eine Sensation. Trampeln ohne Ende.
Standing Ovations.
Chinesische Verbeugungen.
Zugabe der Pianistin.
Totenstille. Sie hebt die Hände...
Ein schriller Ton! Nicht vom Flügel. Nicht Chopin. Ein iPhone! Unfasslich! Der Fauxpas! Nicht etwa aus dem Publikum.
Von der Bühne, als käme es aus dem Steinway.
Nein, ein Brustton aus dem Silberpailletten-Kleid der begnadeten Künstlerin. Unvorstellbar.
Die Chinesin springt auf. Stürmt von der Bühne.
Holbein springt jetzt auch auf wie vom Neuguinea Taipan gebissen.
Diese tödlich giftige Natter kommt natürlich nicht in dem Konzertsaal vor.
Wieder schrillt das Handy.
- Gut, dass du so schnell zurückrufst! Gerade geträumt, du konzertiertest in der Royal Albert Hall. Mein Gott, ich schwelgte in ätherisch-sinnlichen Gefilden!
- Kein Traum! Hab's dir auf deinen Chip geschickt. Du erinnerst dich? Mein kleines Abschiedsgeschenk? (Der Tanz...op. cit.)
- Fantastisch. Funktioniert wie damals!
- Und, wie war ich?

- Mit Liszts Worten: „Hut ab, ein Genie!" Einfach göttlich!
- Genug des Lobes. Antworte als Dank auf deine Suchanfrage. Nächster Zielhafen des Riesenkreuzers ‚*Lambarene*' in L a e, Nordküste von Papua-Neuguinea, Ankunft Übermorgen 9 Uhr Ortszeit. Wirst du finden.
- Oh *Ašratu,* babylonische Göttin der Erfüllung, Erlöserin aus der Klemme. Wann gibst du ein Konzert, hier bei uns? Das wäre doch...
- Die ganze Wahrheit bitte: Göttin der *sexuellen* Erfüllung, alter Spätzünder! Hättest du damals doch alles haben können ... aber ich soll dich von Janadine grüßen. Saß in der ersten Reihe. Wir gehen jetzt zum Essen.
Und alles Gute für meinen Ex und seine neue Altersflamme. Wenn du Hilfe brauchst...

5.

Profilierte Vorbereitung, die Mutter aller Operationen.
Holbeins goldene Regel.
- Mit dem Wasserflugzeug bis Lae etwa eine Stunde. Wassern in der Nähe der *Lambarene*. Der Prof wird kaum auf Landgang dürfen. Wir nicht an Deck. Deshalb zunächst die Überwachungsdrohne. Verstanden Mariam?
- Ach, wie witzig, du großer Denker. Wer hat das Super-Dröhnchen denn besorgt? Schon vergessen?
- Wie könnte ich! Goldene Agentenextraklasse! Dein schamloses Rumscharwenzeln um unseren neuen Militärpilotenfreund bei den Murray Barracks in Port Moresby.
- Der Zweck heiligt...
- Na ja.
- Nix naja. Dich hat er doch erbärmlich auflaufen lassen.
- Ohne Frauenquote in diesen Baracken...
- Egal. Alles meinem armen Lang Langi zuliebe. Und ich kann diese Hightech-Hummel ja auch bedienen. Gar nicht so einfach, sag ich dir. Besonders dieses winzige Insekt zu programmieren auf die einzelnen Wegepunkte auf dem Kreuzfahrtdampfer.
(Diese Punkte werden laut Hersteller alle von dem Mini-Quadrocopter der Reihe nach abgeflogen, ehe er dann von alleine wieder an den Ausgangspunkt zurückkehrt. Bild und Ton werden digital auf sicherer Frequenz übermittelt. Steuerung und Ausrichtung der Kamera per Fernbedienung. www. Spy-cameras.de)
Will schnell noch mal zum Strand. Eine Runde schwimmen. Kommst du mit?
- Nein. Muss denken. Und pass ja auf die Haie auf!

Mariam längst überfällig.
Holbein besorgt.
Terrassenrundumschau.
Monotoner Singsang und Getrommel vom Strand. Aber keine Mariam im Wasser – der Hai? Nur eine Horde ekstatisch tanzender Papua-Mädchen in kurzen Röckchen aus Baumfarn, Bananenblättern und gefiederter Palme.
Natürlich, Nachbar *Soeharto* hat doch davon erzählt. Bald steigt das berühmte Kulturfestival von *Goroka*. Mit Gesängen, Tänzen und Ritualen der rund 500 Stämme des Landes. Nicht nur für Touristen.
Holbein schnappt sich das Fernglas.
Die Mädchen mit hellgrünen Büscheln an den Oberarmen. Unzählige Muschelketten bis zu den nackten Brüsten. Die Haare unter buntem Kopfschmuck. Eingeflochten Paradiesvogel- und Pfauenfedern. Gesichtsbemalung mit den bunten Farben und Mustern ihres Clans. Die Tänzerinnen alle eher klein. Bis auf die Große in der Mitte. Das muss doch Mariam sein! Die Einzige, die mit Blättern unter den Muschelketten ihre Brüste versteckt. Müsste sie wirklich nicht, weiß er schmunzelnd. Soll sie doch mit ihren wilden Schwestern weitertanzen bis sie schwarz wird. (*Lokalkolorit eher braun, kein Rassismus!*)
Und dann erscheint sie endlich auf der Terrasse. Tänzelt verlockend parfümiert mit allen Düften der Dschungelpflanzen. Geweitete Pupillen. Schwere Zunge:
- Ham die Puppen richtig tanzen lassen... wilde Hochland-Girls...und das Gesöff aus irgendwelchen Wurzeln... Kava-Kava... Vaka-Vaka... besser als jeder Cava Freixenet... sag ich dir...läuft runter wie Met.
- Hoffentlich kein Crystal Meth!

- Alter Spießer und verklemmter Drogenmuffel. Solltest du auch mal probieren... macht richtig heiß.
- Ich friere wirklich nicht in dieser verdammten Tropenschwüle.
- Quatsch, gib mal Pfötchen.

Nimmt seine rechte Hand und presst sie an sich, gegen die Muschelketten an ihrem Hals.
- Na, spürst du das...? Scharf und heiß... die Muschel...! Dabei verrutscht der Blätterschurz.

Ein Blättchen weicht dem anderen.
- Und weißt du, wie es weiter geht? Die *High*-Land Tanzgirls haben's mir genau erklärt.

Dreht ihm den Rücken zu. (*Typische rituelle Werbungseinleitung in ganz Ozeanien.*)
Hebt ihr Pflanzenröckchen neckisch schüttelnd an. Setzt so die schon durchs Tanzen aufgeheizten ätherischen Öle frei. Wedelt aufreizend vor Holbein. Lässt sich lasziv geschmeidig zart an seinen nackten Beinen hinunter gleiten. Ihr Vogelfederkopfschmuck zieht seine Papua-Shorts erbarmungsvoll mit zu Boden. Die ausgetretenen ätherischen Substanzen prickeln.
(*Prickeln vom Englischen „prick", Stachel. Anglophile kennen noch andere Bedeutung des Wortes.*)
Treibt den so Geölten blitzschnell in die Hocke. Von Ethnologen gern *Hochzeitshocke der Ureinwohner* genannt. Nicht zu verwechseln mit „Hocketse" der Schwaben im Biergarten.
Unter dem anhaltenden Background-Trommeln vom Strand versucht er diese Wilden-Riten nachzuempfinden. Fehlender Blickkontakt ersetzt durch forsche Tastgebärden. Lässt eine abgeknickte Paradiesvogelfeder elektrisierend über den erregten Körper seiner Wilden gleiten. Heizt das Zittern ihrer Haut noch mit den Lippen an.

Überall. Steigert das trommelaufgepeitschte Stakkato haydnischer Sinfonie-Paukenschläge. Auflaufende Flut. Überstürzendes Wellenschlagen. Gegen die Pfahlbaustützen. Das Klatschen jetzt auch am Boden. Bis es explodiert und die wilden beiden in ein Gefilde treibt, das jenem traumhaft bunten Vogel seinen Namen leiht.
Holbein, auch ohne Kristalline, verzückt-entrückt in ungeahnten *Methsextasen* ... Kein Druck-Schreibfehler!
Eine völlig neue Erfahrung und Profiler-Metapher. Hier am Wendekreis des Steinbocks (nicht des Krebses, der verläuft zu weit nördlich). In Memoriam Henry Miller.
Eine Gezeit später.
Nach der Flut. Nach dem Tsunami.
 - Holbein, du mein infamer Komaschänder und Profi-Wüstling, hättest mich zurückhalten müssen!
 - Konnte mich ja nicht einmal selbst zurückhalten!
 - Hat dir wohl auch noch Spaß gemacht, alter Situations-Missbraucher.
 - Hätte meine Spaßlosigkeit den Punkteeintrag in deiner Sündenkartei etwa gemindert?
 - Profi! – O, mein armer Prof! Darf das niemals erfahren, versprochen?
 - Großes Schänder-Ehrenwort. Doch nur ein bisschen fremdelnd bedrogen (nein, nicht betrogen!) mit einem sehr bekannten Lover. Nur aus guter alter Gewogenheit nicht widerstanden. Und bei unserem kleinen *à tergo* (siehe Hocke) merkt man ja kaum den Unterschied.
 - Hör bloß auf mit deinem Uraltkauderwelsch.
Jetzt wär ein kühles Bier nicht schlecht.
 - Kein Cava?
 - Es reicht. Obwohl...

Holbein stöhnt auf. Pricklebendig. *(Von prick = Stachel, siehe oben)*
Aber die Arbeit... Der eingesperrte Prof darf nicht noch länger warten müssen.

6.

Lae. Neuerbauter Hafen für Containerschiffe.
Eine Flugstunde von Port Moresby.
Holbein hat umdisponiert.
Ganz einfach. Das gecharterte Wasserflugzeug wäre allzu auffällig gewesen, ein (ins Auge) springender Punkt. In dem kleinen Hafen sieht jeder alles, wissen alle alles. Verdammt teuer zudem – ohne Geheimdienstmittel. Der großzügig eingerichtete Ehe-Fonds des Professors musste geschont werden. *Soeharto* hatte viel Mühe gehabt, noch zwei Plätze in der kleinen Turboprop nach Lae mit – ordentlichem Bakschisch zu ergattern. Und die paar winzigen elektronischen Utensilien durch die Kontrolle zu bringen. Bienendrohne, Ferngläser und die verkabelten Abhörmedien mussten schon verdächtig wirken im kleinen Bordgepäck.
Sie fanden einen neuwertigen Mietwagen mit Navi und getönten Scheiben. Ideal für ihre Zwecke und das Hightech-Material. Kinderleicht, so durch das chaotische Stadtgewimmel auf den verstopften, engen Straßen den Hafen zu finden. Lae, die zweitgrößte Stadt von Papua-Neuguinea. Bei den oft nötigen abrupten Bremsmanövern landet Mariams feuchte Hand auf Holbeins Oberschenkel, immer noch in Shorts. Sonst nicht die geringste Reminiszenz an die kleine Vorabendentgleisung.
Sie nutzen die Hektik am Anlegeterminal. Beziehen Position in einer geschützten Nische zwischen zwei Containern an der Verladerampe. Mini-Quadrocopter im Anschlag.
Ein Blick auf die Uhr, es wird Zeit. Ins ferne Blickfeld schiebt sich ein weißes Band, etagenhoch. Dumpf das

gewaltig sonore Schiffshorn. Pünktlich zur Hochflut, wie Holbein recherchiert hat.
Bei dem enormen Tiefgang von acht, neun Metern können die großen Kähne nur bei maximaler Tiedenhöhe ein- und auslaufen. Die Gezeiten bestimmen auch die Verweildauer. Bleiben also 12 Stunden als Zeitfenster für alle Operationen.
Hoch die Gläser! Nein, kein Alkohol. Die Ferngläser der beiden suchen systematisch die vielen Oberdecks während des Anlegemanövers ab.
An den Kabinenfenstern und auf den Balkonen auffallend schöne Frauen. In allen Haar- und Hautfarben. Die Gangways werden ausgefahren. Schiffspersonal in schickem Matrosendress. Alle weiblich. Der Kapitän: Eine glutäugige Mulattin in Marineuniform. Verhandelt mit dem Hafenmeister.
Kein einziger Arztkittel. Kein Kliniklaborant. Und erst recht keine Spur von dem einen oder dem anderen Professor.
Holbeingeflüster:
- Das kann ja heiter werden. Von außen betrachtet eine Klinik-Nullnummer.
- Heiter? Spinnst du?! Und wenn mein entführter Göttergatte gar nicht mehr an Bord ist? Was dann?!
- Bestimmt nur exzellente Dr. Madi-Tarnung. Wir müssen ans Eingemachte. Das Innenleben dieser Amazonengaleere ausbaldowern. Finden wo, was und von wem dort gerudert wird.
- Sturmangriff?
- Ruhig Blut, meine heiße Wilde. Erst lassen wir mal die Spionage-Drohne entern.

7.

Leicht gesagt.
Mariam flucht leise vor sich hin.
- Wie kommen wir da ran? Ist alles verrammelt. Kann unser Kopterchen doch nicht von außen an die Scheibe klatschen...
- Probier's von einem der Außendecks.
- Hab ich schon. Alles zu.
- Halt, versuch's über die Gangway ins Entree.
- Da stehen zwei bewaffnete Matrosenweiber. Sieh selbst.
Die Bildqualität beeindruckt.
- Sonderbar. Bewachen den Kahn tatsächlich wie eine feste Burg. Selbst die Lieferanten müssen ihre Waren außen abliefern. Egal...flieg rein mit dem Vögelchen!
Totale von dem Empfangsoval. Tageslicht durch eine Kristallkuppel. Emporen wie in einem Opernhaus. Die Ausladende Treppe in die nächste Etage.
Wie in einem Kreuzfahrt-Werbevideo. Ein Korridor vorbei an Büro- und Laboreinheiten.
Man hört eine weibliche Stimme dozieren.
- Dreh mal den Ton lauter und bieg links ab.
Durch die Glastür Blick in einen Vortragsraum. Große Leinwand, Overhead-Projektor, Beamer. Der Minispäher klettert durch ein offenes Fensterchen.
Die Dozentin ganz in Weiß, bebrillte Blondine, elegant, sexy.
- Unser Durchbruch bei der Implantation von Gefäßstielen unter Hautflächen und in sogenannte Collagen-Gel-Kammern macht die Aussprossung und Neubildung von Gefäßen (nach Prof. Dr. Germans Regenic-Prinzip, Hei-

delberg) so effizient, dass wir völlig neue Wege in der Anti-Aging-Therapie beschreiten können. In Verbindung mit der CRISPR/Cas9-Methode und der Verwendung von adulten Stammzellen können wir ohne Umweg über das Labor direkt in den Körper hinein verjüngen. Allerdings ist diese Verfahren bisher nur hier in Lae, für Tierversuche zugelassen. In dem neuerbauten und mit Australischen Millionen geförderten Hospital.

Mariam zu Holbein fragend:
- Verstehst du das?
- Na klar, alles was hier auf dem Schiff getrieben wird, ist absolut verboten…kriminell, lebensgefährlich. Begnügen sich nicht mehr mit der skrupellosen Produktion von Designer-Babys aus dem Wunschkatalog. Verschönern jetzt auch noch die Mütter mit Stammzellen und Skalpell zu ewiger Jugend. Money. Money, Money…
- Deshalb die Sicherheitsvorkehrungen?
- Anzunehmen…still!
Eine männliche Stimme aus dem Hintergrund des Raumes. Von der Kamera nicht einzusehen. Aber die Stimme kennen sie.
- Und genau aus diesem Grunde sind wir ja hier in diesem Papua-Kaff. Wir regeln das auf unsere Weise.
Die Stimme des gesuchten Dr. Madi.
- Wir haben eine Sondergenehmigung für diesen Chinesen Dr. Liú gewissermaßen ‚erworben'. Erlaubt ihm, seine Methode am Menschen einzusetzen. Und diesen Spezialisten holen wir auf unser Schiff als Aushängeschild für alle Fälle. Er ist zudem auch ein begnadeter Plastischer Chirurg und passt in unser Team. Zugleich entkräften wir damit die Bedenken von Professor Shi Lang.

Wortmeldung einer attraktiven Blonden in grünem Arztkittel:
- Den Professor kriegen wir auch. Nach den minimalkosmetischen Korrekturen gleicht unser Lockvögelchen seiner gerade erst angetrauten Ehefrau jetzt wie ein eineiiger Zwilling. Mental auf ihre Aufgabe gepusht, um ihm seine aufgestaute Sehnsucht mit echter Hingabe zu vertreiben.
Mariam zuckt zusammen. Die Fernbedienung in ihrer Hand zittert. Der Monitor flackert. (In Wirklichkeit aber trübt die blanke Wut ihre Sehkraft.) Holbein greift zu, beruhigt Bild und Bedienung
- Diese elendige Saubande! Verkuppeln meinen armen Langi mit Hurenweibern! Halt mich, Holbein, ich flehe dich an, sonst raste ich aus!
Fällt ihm nicht schwer, dem wiedererweckten Lover. Tröstet:
- Wir holen ihn da raus. Versprochen. Aber keine Panik! Dein hochbegabter Prof wird doch auf solche faulen Tricks nicht reinfallen.
- Da kennst du die Männer schlecht! Die Stärksten, besonders die im Geiste, werden schnell bereit. Weiß ich halt besser als du.
Holbein wusste es natürlich auch. Aber verzichtete trostgemäß.
Die Grünkittelfrau:
- Wir haben ihn vorsichtshalber noch mit einem Breitband-Aphrodisiakum konditioniert.
Jetzt hält Mariam nichts mehr in Holbeins Armen.
- Hast du das gehört?! Diese dreckigen Gen- und Body-Manipulanten machen ihn künstlich scharf. Ich brauche frische Luft!

- Warte! Man darf unsere fliegende Hilfskraft nicht entdecken. Erst deinen Prof finden. Ich probier's mal.
Er dirigiert die Mini-Drohne eine Etage höher. Dort landet sie auf dem unteren Fach eines Reinigungswagens. Geschoben von einer putzmunteren, dunkelhaarigen Rio-Schönheit im weißen Matrosendress. Sie benutzt den Lift zum offenen Oberdeck. Klarschiff machen. Vom nahen Whirlpool dringen Stimmen. Eine kichert sehr hell und mit Quietschsequenzen.
Mariam, zurück am Monitor. Große Augen, spitze Ohren.
- Fahr doch mal die Kamera näher an den Pool. Ich sehe einen Männerarm ... eine dunkle Stimme. Meiner Treu! *(altmodisches Zitat aus „Der Graf von Monte Christo")*...die Armbanduhr! Eine Chairman Mao Watch. So ein altmodisches Ding trägt nur mein Mann...allerdings mit Hightech-Innenleben. Geh doch endlich näher ran! Mach schon! Glaubst du, die sind nackt in dem Pool? O, o, oh...
- Glaub ich nicht... (Profilereinschätzung rücksichtsvoll, unter der Wasserlinie, aber völlig aus der Luft gegriffen.)
- Hoch mit der Kamera und Zoom! Ich will alles sehen!
- Mein armer Prof! Dem steht das Wasser bis zum Hals.
- Nur ruhig. Scheint ihm doch gut zu gehen.
Totale jetzt über den Pool, Gesicht der Badenixe gegenüber.
- Die ist mir ja tatsächlich wie aus dem Gesicht geschnitten! Könnte meine Zwillingsschwester...
- Hast du etwa eine?
- Allerdings, aber die ist Krankenschwester in Baiersbronn im Schwarzwald.
- In dem Sanatorium, das hat doch die chinesische Milliardärin *Wenhong Yu* gerade erst gekauft? Als Schönheits-

farm für superreiche Kundinnen aus dem Reich der Mitte?
- Du meinst…? Wir haben seit Jahren keinen Kontakt.
- Meine gar nichts. Aber meine beigen Zellen sehen da eine Möglichkeit, zu deinem Göttergatten …
- Du glaubst doch nicht an Zufälle.
- Wer sagt denn, dass es einer ist?

8.

Der Whirlpool wirbelt munter weiter.
Aus Holbeins beigen Zellen sprudeln Einfälle.
Nur mit dem Kran kommt Mariam auf das Schiff.
Hervorragend.
Der Profiler zählt schon seine Bakschisch-Reserven und zieht Mariam hinter sich her zu einem der Verladekräne. Hervorragend sein Ausleger bis über das offene Deck am Heck der *Lambarene*.
Der Mann versteht sofort die Scheine. Zeigt auf einen Mini-Container. Gondel für Mariam.
Fehlt nur noch ein Tarnanzug für sie.
Ein weißer Matrosenanzug?
- A white sailor suit?
Der Kran-Mann weist schmierig lächelnd auf einen großen Standcontainer mit angelehnter Tür. Pfeift auf zwei Fingern. Ein blitzgoldiges Mädchengesicht erscheint, sonst nichts.
- Your white sailor suit please, darling. I pay cash for it!
Ein nackter Arm reicht den Matrosenanzug so schnell nach draußen, dass man annehmen muss ...
Wohl eine kleine Hafenbekanntschaft. Ausgleich für den eklatanten Männermangel an Bord des Amazonendampfers.
Letzte Absprache mit dem Profiler. Keine Zeit für strategische Großplanung. Holbein verspricht visuelle Begleitung über die Drohne. Improvisieren tut not. Nichts wie rein in die kesse Uniform. Rein in den Kleincontainer.
Der Kran wird anderswo gebraucht.
Luftfracht marsch!

Mariam hat sich in alter Agentenmanier die Position des Whirlpools genauestens eingeprägt. Kaum aus der Gondel, auf federleichten und federleisen Sohlen über die Außengalerie zum Oberdeck am Bug des Schiffes. 150 Meter.
Holbein zurück zum Wagen. Zurück an die Geräte.
Am Pool wird tatsächlich Deutsch gesprochen. Aber im Flüsterton. Die beiden jetzt auf Hautfühlung Ohr an Ohr.
- ... und von Baiersbronn hierher?
Holbein regelt die Lautstärke auf Maximum.
Der fuchsschlaue Prof hat wohl längst Lunte gerochen. Deshalb nicht weiter in diese Falle getappt. Obwohl ihm der zum Greifen nahe, leckere Köder bestimmt eine Harpune wert gewesen wäre.
- ... viel Geld geboten.
Von den Rettungsbooten her pirscht sich Mariam an. Nach allen Seiten sichernd wie ein Indianer. Kauert sich hinter den Beckenrand. Ohr horchend an der Marmorwand.
„Baiersbronn"! Das muss sie sein!
Zischt aus der Deckung:
- Zwilla, Zwilla! ... (So nannten sich die Schwestern als Kinder.) ... Hände weg von meinem Mann! ... Hände hoch!
Wie ein dressierter Delphin schießt Zwilla aus dem Whirlpool. Die hochgestreckten Arme betonen ausdrucksvoll ihre nackten Brüste.
Ein Bild für die Götter. Für Holbein am Monitor. Sofort Zwillingsvergleiche.
- Doktorspiele unter Wasser? Du Schlampe! Schämst du dich nicht?
Jetzt taucht auch der Kopf des Professors erschrocken auf.

- Mariam! Dich schickt der Himmel...konnte ja nicht ahnen...
- Aber schnell mal Trost suchen?
Der Prof will aufstehen.
- Vorsicht. Wirst du nicht überwacht? Kümmere dich doch mal darum. Aber zieh dir vorher was an!
- Bin doch nicht nackt!
Steht auf in knielangen orange Badeshorts.
Mariam bleibt in Deckung. Zwilla, die in Wahrheit Marita heißt, schnappt sich hastig das Bikinioberteil vom Boden vor dem Pool. Da liegt auch ihre Borduniform.
Entwarnung. Keine Überwachungskamera. Aber das doppelte Lottchen, die Verdoppelung der Badenixe darf nicht auffallen.
Schnell unter die Plane in eins der nahen Rettungsboote. Genauso schnell der Entschluss. Mariam bleibt als ihr eigenes Doppel. Marita muss von Bord. Holbein wird sich um sie kümmern. Genial...
- Halt! Um Gotteswillen nein...!
Mariam, die echte, wirft sich auf den Prof. Blockiert geistesgegenwärtig seine ausholende Hand.
- Das ist doch unsere Drohne, kein Insekt... die musst du doch kennen... eins deiner Patente!
Sie beugt sich runter zu dem Tierchen und flüstert:
- Holbein, du musst den Kran nochmal bemühen. Wenn du mich verstehst, beweg die Drohne vor und zurück.
Das Tierchen reagiert mit einer Echternacher Springprozession. Zwei Schritte vor, einer zurück.
Holbein wird den Kranführer schon schaukeln lassen. Aber das kann dauern. Zeit für die Zwillinge, sich in die Arme zu fallen. Soweit das unter der Plane möglich ist.

Dann endlich darf der Professor um Mariams Hals. Zunächst ein bisschen gehemmt. Dann heftiger und mehr und mehr intimer.

9.

Schwesterlein gut entsorgt.
Wieder mit dem liebenswürdigen, geschmierten Kran.
Holbein macht das souverän.
Ab in die Falle. In die luxuriöse Kabine des Professors.
Frohgestimmt, ganz legal. Ganz offiziell und wie! Das verrückte Whirlpool-Pärchen. Endlich auf Hochzeitsreise, Flitterwochen... endlich!
Frohlocken auch bei den Aufseherinnen, Ziel erreicht, Professor erpressbar.
Unbemerkt der „Fliegende Wechsel", wie Pferdemann Holbein den heimlichen Zwillingsaustausch genannt hätte.
Großmütige Wiedervereinigung auf der breiten Doppelkoje in der maritimen Professoren-Suite. Ungeahnte, tropisch aufgestaute Leidenschaft. Sollten sie nicht die Handtücher vor die Kameraspione hängen?
Prof in Hochform. Gedopt wie er ist. Die Klimaanlage chancenlos, ihn abzukühlen. Nur Mariam mit Gänsehaut.
Wildes Klopfen! Rütteln an der verriegelten Mahagonitür!
- Jiàoshòu hěn kuài, xūyào bāngzhù! Hilfe!!
Der verfluchte chinesische Neurochirurg *Huang Hongyun*!
- Der hat gerade noch gefehlt. Braucht Nachhilfe wie immer, wenn er bei seinem irrsinnigen ‚Genom-Editing' mal wieder die DNA an der verkehrten Stelle geleimt hat!
Der Prof wirft sich wütend seinen Bademantel über.

- Muss ihm assistieren, sonst richtet er noch mehr Unheil an. Du bleibst hier. Es wird nicht lange dauern. Ich klopfe viermal. Sonst machst du nicht auf.
Mariam flüchtet in die Dusche.
Ruft Holbein an. Von ihrem Unabhörbaren.
- Na, alles gut verlaufen mit meiner Schwester?
- Schwesterchens Kranfahrt?
Peterchens Mondfahrt. Liebe Kinder, wenn euch eure ahnungslosen Eltern in diesen Roman verstrickt haben, legt das böse Buch schnell wieder weg!
- Die Ärmste muss doch völlig durcheinander sein nach den niederträchtigen Animationsmaßnahmen dieser Klabautermänner.
- Hab sie unter meine Fittiche genommen. Sie kommt mir so vertraut vor.
- Unter deine Fittiche? Wie Vögelein? Lass bloß deine Stoßfedern von ihr, alter Auerhahn!
- Bitte dich, wir sitzen hier im Wagen und holen gerade die Mini-Drohne ein. Soll ich...
- Nein. Grüß sie. Hier wird alles überwacht. Melde mich später.

10.

Die beiden Forscher in forschem Lauf.
Durch die langen Gänge, Treppen runter, atemlos.
2. Unterdeck. Fingerlinienerkennung an der automatisch gesicherten Schiebetür ins Allerheiligste.
Das superfeine Genlabor auf der *Lambarene*. Modernste Ausstattung.
- War ganz dran, und dann das ... mit CRISPR/ Cas9 nur noch ein RNA-Schnipsel als Leit-DNA einfügen!
(Mandarin Chinesisch)
Aus dem oxygenierten Brutschrank, die Petrischale in seiner Hand. Die Hand zittert. Die Augenlider und das Kinn auf dem Weg nach unten.
Prof Shi Lang erstarrt in panischem Entsetzen.
- Sie, größenwahnsinniger Frankenstein, Sie wollen doch nicht etwa ...
Reißt ihm die Gen-Schere aus der Hand. (*Schönes Bild für den Vorgang auf molekularer Ebene).* Die Petrischale fliegt durch die Luft. Zersplittert auf dem Labortisch.
Huang Hongyun brüllt und tobt wie ein waidwundes Tier. Schlägt die Hände über seinem Kopf zusammen. Und schluchzt wie ein kleines Kind. Ballt opernhaft die Fäuste.
- Das hätte ein Mozart werden können! Oder wenigstens ein Lang Lang, Sie 2-mal verfluchter Ethik-Spießer! Meine letzten pluripotenten Stammzellen aus dem Fruchtwasser ihrer schwangeren Exfrau ... Jahrhundert-Pianistin Shi Lang Lian... sinnlos versprengt!
- So einen Homunculus von Lians Gnaden basteln Sie nur über meine Leiche! Wie sind Sie überhaupt an das Material für dieses Teufels-Experiment gekommen?

- Geht Sie nichts an. Sie haben diese Frau doch verschmäht und plötzlich...
- Sie skrupelloses Schwein, was hat man Ihnen für diese Genmanipulation geboten?
- Geht Sie auch nichts an. Aber das werden Sie mir büßen. Ich mache Ihnen das Leben auf diesem Luxus-Liner zur Hölle. Darauf können Sie Gift nehmen! *(Er wechselt ins ordinäre Pinyin.)*
Jetzt geht's zur Sache, Professor Hoch-IQ und Wohlgetraut! Jetzt werden Sie eben spenden! Bau ich halt Ihre Gold-Gene in meine Schöpfung ein. Hier auf dem Nobeldampfer entkommen Sie mir nicht. Der Chip in Ihrem Oberstübchen, damals von mir persönlich implantiert[3], macht Sie zu meinem gefügigen Beutesklaven. Zu meiner heimlich-unheimlichen Gen-Bank, auf der ich Sie ausweiden werde wie ein Opferlamm. Ja, klonen werd ich Sie, wie das Schaf „Dolly". Da wird sich Dr. Madi die Hände reiben. Für so einen kleinen *Dolly-Prof* werden seine Kunden lässig Millionen hinblättern ...
Den Professor würgt's. Stürmt kopfschüttelnd aus dem Labor.

---
[3] Der Tanz um den goldenen IQ, op. cit.

TEIL IV

1.

Lippenbekenntnisse.
Unter Holbeins Fittichen ist gut hudern.
Hudern, net hudla, wie die Schwaben zu sagen pflegen.
Mariams Zwillingsschwester Marita genießt ihre neue Sicherheit an Holbeins Seite. Und sie packt aus.
Abwerbung aus der Klinik Baiersbronn. Schmeichelnde Avancen eines Dr. Madison auf der *Lambarene*.
- Zeigte mir das ganze Schiff. Der geht vielleicht ran ... so wie du, (*kichert*) ... aber nicht so hingebungsvoll zärtlich ... Ja, lach nicht!
Zugegeben, Holbein unterlaufen minimale Streicheleien. Rein vertrauensbildender Art. Aus dieser verdammten Zwillingsähnlichkeit heraus. In dem heißen Mietwagen. Bis in die Haarspitzen gleichbetörender Duft. Gleich anschmiegsam ihre Haut. Zu allem Überfluss auch noch in Mariams Klamotten.
Holbeins Arm rutscht ab. Versehentlich. Diese verdammte Schaltung.
 - Das ganze Schiff? Wo befinden sich die Labors und wo die OPs?
 - Auf dem 2. Unterdeck. In die Labors durfte ich natürlich nicht. Aber in einen der OPs. Da nahmen sie mich von Kopf bis Fuß unter die Lupe. Und dann unter Laser und Skalpell. Tat nicht gerade weh, aber schon ein seltsames Gefühl. Später musste ich Verbände wechseln bei frisch Operierten und makellos Verschönten. Erst später stimmten sie mich mit einem Sonderbonus von 10.000 Dollar auf den Professor ein. Tat auch nicht weh.

Auf den oberen Decks die Kabinen. Luxus-Suiten von mehr als 100 Quadratmetern. Für mehr als 1000 Kundinnen. Alles irrsinnig betuchte Luxus-Geschöpfe.
- Was zahlen die denn so?
- Hat er nicht rausgelassen. Aber wenn die reichen Chinesinnen in Baiersbronn schon mal 50.000 Euro pro Woche blechen müssen...(Schwäbische *Zeitung: Frau Wenhong Yu und die Chinesen vom Obertal* v. 16.03.16) ... Die kommen überhaupt nur, wenn es richtig teuer ist. Chinesische Neureichenmentalität. Irrsinn auf der ganzen Linie.
Aber den Damen da drüben auf dem Riesenschiff wird noch mehr geboten. Alles aus einer Hand. Optimierte Reproduktions-Medizin und radikale Schönheitschirurgie. Inklusive Knochenbrechen und Transplantationen. Und vor allem die angepeilte Gentherapie. Rechnen wir also ruhig mal das Doppelte auf schwindelhohem Kreuzfahrt-Luxus. Das Beste aber für diese Lumpen, sie bleiben mindestens 100 Tage.
- Das bedeutet ja mehr als eine Million Euro pro schöne Dame. Mal 1000! Eine schlaffe Milliarde, die Unkosten bereits abgezogen! Das alles in einem Jahresdrittel! Traumprofit!
- Ja, die 500 Bediensteten verdienen überdurchschnittlich. Ich zum Beispiel 4000 pro Monat, alles andere frei.
- Und die Professoren natürlich noch ein bisschen mehr, sicherlich ein gutes bisschen. Nicht zu sprechen von Dr. Madi-Mafia. Da amortisieren sich die Anschaffungskosten von geschätzten 200 Millionen für den Dampfer tsunamischnell. Ein irres Geschäft mit abstrusen Leistungen.
Noch schneller arbeiten die beigen Zellen des großen Profilers. Diesen Höllenpfuhl trockenlegen?

Das Monopol der Genexperimente und die Verschlimmschönerung des Menschen aushebeln. Reproduktion von Monsterwesen. Der Mensch als Manipulationsobjekt. Und das noch gegen freiwillige Zahlung. Neue Weltordnung.
Holbein muss beide Hände zu Hilfe nehmen, um den Mini-Quadrocopter neu zu programmieren.
Er hat letztendlich die Verantwortung für den Professor und dessen Frau. Mehr als in Lebensgefahr.

2.

Außer Atem.
Klopft viermal wie vereinbart. Der Prof mit hochrotem Kopf zurück vor seiner Kabine.
Der Drehriegelverschluss klickt. Durch die Tür in die einladend offen Arme Mariams. Doch noch einen Blick zurück sichernd auf den Gang.
Und genau diesen Augenblick nutzt ein kleines schwarzes Kriechtier. Krabbelt über die Messingschwelle am Boden unbemerkt nach innen, ehe sich die Tür wieder schließt. Mariam hat in seiner Abwesenheit die Abhörmikros mit ihrem Handy-Laser gestört.
Der Atemlose holt erst mal tief Luft. Kann seine Frau gar nicht loslassen. Lässt sich dann doch in den Sessel fallen.
- Man sollte dieses monströse Schiff mit samt seinem wahnsinnigen Frankenstein-Genetiker und seinem Mafiaboss in die Luft jagen!
Konnte ihm in letzter Sekunde sein teuflisch zusammengestückeltes mozartträchtiges Machwerk mit der Petrischale an die Wand knallen. Stammzellen meiner Exfrau Lian! Aus dem Fruchtwasser! Kannst du dir nicht vorstellen. Damit nicht genug. Jetzt will er mich benutzen. Mich zwangsklonen. Und dann kleine Dolly-Profs produzieren! Stell Dir vor, Kinder und Brüder und Duplikate von mir. Womöglich ausgetragen auf Papua von Leihmüttern, ehemals Kannibalen. Dann mit irrem Gewinn verkaufen. Wie warme Semmeln an den Mann oder die Frau bringen.
Alarmierend die Gesichtsröte bei Professor Shi Lang.
Mariam beschwichtigt.

- Wir müssen runter von diesem Kahn. Die machen Genfood aus uns.
- So einfach geht das nicht. Wie sollen wir das machen, alles überwacht. Holbein! Der wüsste bestimmt ...
- Ja, zum Glück! Wie auf dein Stichwort!

Schwarzes Krabbeltierchen mit Hummelflügeln schwirrt auf den niedrigen Mahagonitisch und zelebriert dort wieder seine Echternacher Springprozession.
- Sieh doch! Er hat Kontakt mit uns.
- Hallo, Holbein, Gott sei Dank. Wir brauchen dich. Hilf uns hier raus. Schnell! Die Pürieren uns sonst zu omnipotentem Plazentabrei.

Futuristische Super-Technik. Aber keine Antwort von dem kleinen Quadrocopter. Bleibt nur das abhörsichere Handy von Mariam.

Wieder Klopfen an der Tür. Schüchtern diesmal. Kaum von Männerhand. Chinesisches Stimmchen:
- Professor Shi Lang, Direktor Dr. Madison wünscht Sie zu sprechen. In der Konferenz-Lounge. Vorstellung Ihres Kollegen Dr. Liú, hier aus Lae. In einer Stunde.
- Danke, Kim Wang, werde da sein.

Trippelschritte kaum hörbar auf dem Gang.
- Die Sekretärin vom Labor. Niedliches Ding. Der falsche Drecksack will mich bloß wieder einwickeln. Nach dem Eklat mit dem Mozartmacher. Braucht mich doch. Kann mir schon denken, welche menschenverachtenden Methoden der neue chinesische Kollege praktiziert.
- Willst du Holbein jetzt anrufen?
- Nimm ihn doch einfach mit in die Konferenz. Lass unsere kleine geflügelte Horchhummel in deiner Hosentasche brummen. Dann kann er vor Ort mithören. Das Tierchen wird doch wohl durch die Sicherheitsschleuse kommen?

- Wenn ihr keinen Ramsch eingekauft habt. Meine patentierten Brummer sind Bio und gegen Digital-Scanner immun.
- Willst du mit, Holbein?
Erneut das Ritual aus Echternach. Mariam legt ganz vorsichtig ein Kissen über das Drohneninsekt.
- Muss ja nicht alles mitkriegen...
Der Prof verunsichert:
- Was muss es nicht?
- Meinst du nicht, wir sollten mal wieder unseren Überwacher-Äffchen Zucker geben? Wenn sie schon nichts mehr hören.
- Zucker?
- Ja, was Süßes. Sonst glauben sie, ich käme meiner wichtigen Aufgabe nicht nach. Dich kirre zu machen.
- Ach das ...
Zieht sie liebevoll auf seinen Schoß. Der Sessel stört.
- Wir müssen schon aufs Bett. Hier dein Sessel verdeckt nämlich die Ü-Kamera. Sie umschmeichelt ihn verführungstoll.
- Möchte zu gern wissen, wer diese intimen Kamera-Aufzeichnungen auswertet.
- Mit Sicherheit eine Frau. Die drei Männer auf dem Dampfer haben andere Aufgaben. Warum? Liebst du es etwa nicht, vor einer Kamera zu posieren?
- Liebe nur dich. Das weißt du doch. Aber ein zärtlich langes Vorverweilen gefällt mir – wie vielen Frauen – besser, als...
- Bin ich zu stürmisch? Die lange Trennung! Aber ich vorverweile ja schon. Ist oft schöner als der Augenblick! Wie vor dem Essen. Die Vorfreude. Das Wasser im Munde. Der wundersame Pawlowsche Reflex. Ob der alte Goethe ihn schon kannte? So besser ... ?

- Fack ju Göthe, wie die Jugend heute sagt, ich meinte nicht vorher labern!
Jetzt hält den großen Wissenschaftler nichts mehr. Er folgt bedingungslos Mariams fordernder Hand unter seinem Tropenhemd. Zum Glück das Kissen über dem Dröhnchen!
So versteht Holbein am Monitor nur sehr gedämpft: ...*ju*...*Goethe* ... dicht bei seiner Schutzbefohlenen. Ihr Augen und Ohren zuhalten? Zu spät. Aber sein warmes Mündel mit dem guten Ohr der Jugend hat das erste Wort sehr wohl verstanden. Ihr wird jetzt erst richtig heiß.
- Was treibt mein liebes Schwesterchen denn da an meiner Stelle? Okayjj...(*die letzten Konsonanten hochgezogen!*)

3.

Wissenschaftsgläubige Andacht in der Konferenz.
Dr. Liú, der ortsansässige Chinese aus Lae, expliziert seine reagenzglasperfiden Methoden. Als Zugabe preist er die eigene schwarze Salbe aus Dschungelwurzeln an. Blitzschnelle schmerzlose Wundheilung ohne Narbenbildung. Bei maximal invasiver Plastischer Chirurgie.
Akademisches Beifall-Klopfen. Big Boss Madi würdigt den neuen Kollegen. Bereicherung fürs Team.
Nimmt seine dunkle Brille ab und kaut nachdenklich auf einem der Schildpattbügel.
- Unsere einzigartige, schwimmende Geschäftsidee boomt prächtig. Wir sind seit Monaten komplett ausgebucht. Das soll allen zugutekommen. Ich habe Ihre Gehälter mit sofortiger Wirkung um 10% erhöht.
Dankbar ehrfürchtig reagiert der gesamte Mitarbeiterstab auf die Gehaltserhöhung.
- Nur gibt es da ein kleines Problem. Viel Ehr – viel Feind! Aus Port Moresby kommt eine Anzeige. Londoner Ethikkommissionen behaupten unerlaubten Gentransfer. Einfach lächerlich! Aber der Gouverneur verlangt jetzt Zutritt zu unserem Schiff. Bisher konnten wir alle Besucher abwimmeln und stellten den Schutz vor multiresistenten gramnegativen Stäbchen in den Vordergrund. Soll der Herr Gouverneur also kommen. Wir veranstalten einen Tag der offenen Gangway. Natürlich nur für exklusiv geladene Gäste. Unter strengsten Sicherheitsvorkehrungen. Als besondere Überraschung mit einem Konzert der chinesischen Starpianistin Shi Lang Lian, Exfrau unseres verehrten Professors. Ihre Zusage verdanken wir der Vermittlung von Neurochirurg Huang Hongyun!

Anschließend Schiffsbesichtigung mit Galadinner und Präsentation einer ausgesuchten Gruppe „eingeweihter" Patientinnen.

- Ein Konzert mit Shi Lang Lian?! Meiner überirdischen Klaviermentorin aus vergangenen Tagen. (Der Tanz um den Goldenen IQ, op. cit.) Hier auf dem monströsen Schönheitsschiff! Da muss ich hin!
Holbein, immer noch pflichtschuldig beim Abhören im Mietwagen. Immer noch neben ihm die heiße Zwillingsschwester.
- Du willst auf die *Lambarene*? Wie denn ohne Einladung? Dich lassen sie schon gar nicht rein. Der Ober-Guru kennt dich doch…
- Das lass mal meine Sorge sein. Aber erst müssen wir hier raus aus dem verdammten Brutkasten. Ich such uns ein Hotel und du hältst solange die Stellung am Monitor.
- Halt, warte, das wird dich interessieren. Big Boss Madi zitiert gerade den Prof zu sich.

4.

Die Besprechung in der Konferenz-Lounge endet. Nach ein paar danksagenden Lobeshymnen auf die gesamte Mannschaft. Dann wendet sich der Chef vom großen Zukunftsschiff wie nebenbei an den Professor.
- Verehrter Professor Shi Lang, auf Sie wartet eine ganz besondere Aufgabe. Kommen Sie und Ihre Begleitung doch gleich mit in mein Büro. Es geht um...

Holbein wirft nochmal einen Blick auf den Monitor, zuckt zusammen. Mit der winzigen Kamera des Quadrocopters geht's unerwartet schnell im Lift nach unten. Wo kann der listige Prof das spähende Dröhnchen nur so sicher und unbemerkt postiert haben? Jetzt sieht es dem hinterhältigen Dr. Mabuse II in seine 1000 bösen Augen. (Anspielung auf den berühmten Film von Fritz Lang.)
- Lieber Professor, wollen Sie nicht endlich mit uns kooperieren?! Meine Geduld ist am Ende. Halten Sie mich wirklich für so dämlich und naiv, auf den Taschenspielertrick mit Ihrer ausgetauschten Frau reinzufallen?
Habe nicht umsonst die Muttermale von Gesicht und Körper der Zwillingsschwester entfernen lassen. Und Ihre liebe Frau ist ja ganz freiwillig an Bord gekommen. Jetzt habe ich euch beide! Da frohlocke ich doch über alle Maßen! Sie wollen sicher nicht, dass unsere Ästhetik-Chirurgie aus dem Gesicht Ihrer reizenden Gemahlin eine schrumpelig hässliche Altweiberfratze modelliert. Wie die der Hexen aus den grimmigen Märchen.
Wir brauchen die genauen Baupläne Ihres in letzter Minute entwickelten Lasers. Die hochfrequente psychotro-

nische Schallwellenwaffe. Ihr netter Kollege, der dämliche Neurochirurg Huang Hongyun, hat Ihnen den Chip gegen Ihre damalige Amnesie implantiert. Konnte jetzt aber nichts finden. Sie haben ihn reingelegt bei der OP. Die chinesische Mafia will Millionen an Schutzgeld erpressen.
Holbein sieht durch das Hummel-Okular den nackten Horror in Mariams Gesicht. Die coole, durchtrainierte Agentin. Sie ist bei ihrem Mann. Endlich doch. Nach vermeintlich raffiniert ausgeklügeltem Tausch. Aber in welch teuflischer Falle, naiv selbst hineingehievt!
Holbeins beige Zellen arbeiten im Akkord. Sein langjähriger Profiler-Riecher wird ihn doch hier nicht verlassen? Seine Idee aufgeben, den Designer-Sumpf des skrupellosen Menschen-Züchters Dr. Madison mit Hilfe des Professors und seiner cleveren Agentenfrau trocken zu legen?
Der Prof gibt noch nicht auf:
- Sie wollen mit meinem Laser gegen Ihre Mafia vorgehen? Das ist doch lächerlich. Die lässt sich nicht einfach durch Lasern ausrotten. Mal abgesehen davon, wo sind denn meine Pläne? Alles geraubt und gestohlen. Das wissen SIE doch am besten. Meine alten Pläne sind mir längst entfallen.
- Sie haben sich lang genug dumm gestellt. Darauf falle ich nicht mehr rein. Die Mafia droht, unser Schiff mit Ebola-Viren und Lepra-Erregern zu verseuchen. Und wenn das nicht reicht, unser gesamtes Klinikareal mit der ägyptischen Tigermücke und ihrem Zika-Virus zu fluten. Prima Klima hier dafür. Nicht auszudenken! Unser Genetic-Traumlabor und Hochburg der ästhetischen Regeneration produziert Kinder mit zu kleinen Köpfen. Mit Mikrozephalie. Jetzt wollen sie sogar die Olympischen

Spiele in Rio wegen dieser Mücke verlegen! Und die Gesichter unserer Schönen für immer entstellt, soweit sie überleben sollten. Verstehen Sie endlich?! Und die werden sich sicher Ihrer selbst oder zumindest Ihrer Forschungsergebnisse bemächtigen, soweit sie Ihre Pläne nicht schon haben.
Gegen diesen Albtraum wird uns nur Ihr verdammter Laser schützen. Oder wissen Sie was Besseres? Der kann doch die Viren und die Bakterien punktgenau vernichten. Mit Ihrem biologischen subzellaren Immunsystem. Wir dürfen keine Zeit verlieren. Das müssen Sie doch endlich begreifen. Da sitzen Sie und Ihre schöne Frau schließlich jetzt mit uns allen im selben Boot!

Holbein lauscht geistesabwesend. Sein harmloser Hochzeitsbesuch und nun die China-Mafia, die in Port Moresby Polizei und Regierungskreise flächendeckend korrumpiert. Die Mafia? Wäre das die Lösung? Als Profiler-Racheengel sich mit ihr verbünden, um den monströsen Machenschaften des Dr. Madi Einhalt zu gebieten?
Des Teufels Höllenpfuhl mit Beelzebub austrocknen? Im Pakt mit der Teufelsmücke Zika?!
Seine Ü-Drohne zeigt jetzt nur ein Teilprofil des Professors. Tolles Gerät. Doch die Dame mit dem goldenen Schnitt bietet ein so erbärmliches Bild, dass man sie auf dem Schönheitsschiff am rechten Platz sieht. Aber sie den Horrorviren zum Fraß überlassen? Bei ihrem schönen Leibe nicht!
Das Brautpaar gehört von Bord geholt. Keine Frage. Profilers Chefsache! Doch dazu muss er seine schlaksigen Hol-Beine erstmal persönlich an Deck klettern lassen. Seine weltmeererfahrenen, plankenerprobten Skipper-

Stelzen, die längst mit allen Wassern und Wässerchen gewaschen sind.
Natürlich in Verkleidung. Nicht als Pirat und nicht als Zollbeamter. Holbein schwebt da etwas ganz Besonderes vor. Hat mit dem Konzert zu tun.

5.

Der Kran mit einem Konzertflügel in den Fängen. Steinway & Sons D-274. Ohne einen solchen Flügel spielt die chinesische Star-Pianistin Shi Lang Lian nun mal nicht. 274 cm lang, 156 cm breit, 480 kg Gewicht.
Auf das 3.Oberdeck.
Diensteifrige Matrosenmädel in weißen Uniformen schieben das Ungeheuer auf Messingrollen unter die hochovale Silberplane der einmaligen Freilichtbühne des riesigen Traumschiffs. Im gebührenden Abstand rote samtgepolsterte Sessel für die handverlesenen Konzertbesucher.
Die Piano-Diva erscheint in legerer weißer Seidenbluse und engen schwarzen Designer-Jeans. Silbergraue Gabor Ballerinas. Hinter ihr tänzelt der aufgebrezelte große Madi-Boss wie ein schwuler Impresario.
Die gertenschlanke Pianistin schlägt ein paar Töne an. Dann ein paar Arpeggien...
- Wǒ de shàngdì! My God! Wo bleibt denn der Klavierstimmer?!
- Gibt es nicht auf unserem Schiff.
- Schon klar, deshalb habe ich ja extra meinen eigenen mitgebracht. Er soll sofort erscheinen!
- Mein Sicherheitsteam hat keinen gesehen und keinen an Bord gelassen. Da bin ich aber sicher!
- Keinen alten Mann in verschlissenem Cordanzug und Lederköfferchen? Sehr zurückhaltend. Vielleicht hat er sich nicht auf die Gangway getraut. Lassen Sie ihn suchen, sonst fällt das Konzert ins Wasser.
- Selbstverständlich, Gnädige Frau, wird schon veranlasst.

Der schleimige Impresario spricht aufgeregt in seine Bordtelefonie.
Als erstes erscheint eine bildhübsche Stewardess mit eisgekühlten Getränken auf einem Servierwagen. Antiker Nautic-Look.
- Bitte etwas ohne Alkohol.
- Sehr gerne. Und Sie, Dr. Madison?
- Champagner, was denn sonst! Wir setzen uns an den kleinen Tisch am Gang, wenn Sie gestatten. Kann ja nicht lange dauern, bis meine Leute Ihren Kammertonexperten gefunden haben.
Von wegen! Erst nach weiteren zehn Minuten schleppen zwei stämmige Damen von der Sicherheit einen torkelnden alten, stark alkoholisierten Penner an.
- Na p...p... prima, endlich was Flüschisches, ich nehme ein G...G...Gläschen Roederer Cristal, Brut Millesime 2002...
Spricht es mit schwerer Zunge und Schweizer Akzent. Auffällig nur, dass er die komplette Champagnercharge problemlos artikuliert.
Dr. Madi schüttelt es.
- Verzeihen Sie, Gnädige Frau, aber diesen alten Suffkop werden Sie doch nicht an den kostbaren Steinway lassen?
- Davon verstehen Sie nichts. Nur der darf bei mir ran. Dieser überragende Meister der Klavierstimmung braucht gelegentlich ein Schlückchen, um sein Gehör einzustimmen. Und erst danach geht er ans Werk als der Größte seiner Zunft.
Erst mal auf Ihr Wohl, Maestro Clavichordes! (*Klavierstimmer im Cordanzug*)
Maestro jovial:
- Salut Madame! Hic!

- Lieber Dr. Mad, so darf ich Sie doch verkürzen, lassen wir den Meister besser allein werkeln. Würde mich gerne noch ein bisschen zurückziehen. Mein Lebenspartner und Vater meiner... mein Jean-Claude, wird schon auf mich warten.
- Sehr gerne, Madame, Sir Hundertwasser wartet im Whirlpool auf Sie.

Vom Flügel her jetzt immer wieder diese selbe Tonfolge. Kammerton A und Quintakkord. Die ganze Klaviatur rauf und runter. Nervtötend. X-mal hinter einander. Hallt kalt und schallt laut durch das ganze Schiff. Der Klavierstimmer im braunen Cord weiß genau, was er tut. Über den Flügel gebeugt. Stimmhammer auf dem Wirbel für die Saite, die anderen abgedämpft durch einen Kunststoffkeil. Nur sein leises Murmeln hört keiner:
- Dieser verdammte Hundertwasser! Den hätte sie besser zu Hause gelassen. Doch vielleicht ließe er sich ja nützlich einsetzen, der umgedrehte Ex-Agent mit seinen alten Kontakten zu chinesischen Geheimdiensten.

Wieder chromatisch aufsteigende Oktavenklänge und das sanfte Hochziehen der Saite auf die Frequenz der benachbarten. Geschafft. Wie alle Klavierstimmer überprüft jetzt auch der Cordillere abschließend das gesamte Abstimmergebnis mit eigenem Präludieren.

Dann bricht er plötzlich ab und spielt die ersten zwei Takte des Mozart-Klavierkonzerts KV 466, D-Moll. Dreimal hintereinander. So laut er kann. Der Professor – einst Erfinder dieses Codes (Der Tanz ... op. cit.) – soll es hören als verschlüsselte frohe Botschaft.

Vom Hafen her ganz andere Klänge. Aufheulende Polizeisirenen. Blaulichtblitze. Der feiste ordengeschmückte Gouverneur in weißem Prunkanzug. Grüßt aus der offenen Staatskarosse huldvoll nach allen Seiten wie einst der

Duce. An seiner Seite ein bildhübsches Model. Mit auffallend großer Nase. Motorradeskorte. Großer Bahnhof auf der *Lambarene*. Die breite Gangway gegen unliebsame Besucher abgesperrt. Überall weibliche Sicherheitskräfte, reizend um den Besuch bemüht.
Professor Shi Lang, links elektronisch fußgefesselt, schleicht sich im Schutze dieses Tohuwabohus zum frisch gestimmten Flügel. Tippt dem Maestro auf die Schultern.
- Hätte dich fast nicht erkannt, Klavierclown. Aber dein Anschlag verrät dich. Komm schnell!
Der Mann im braunen Cord fährt herum. Springt auf. Nimmt den Prof ganz kurz in seine Arme. Und als Alibi eine Flasche mit. Der lotst ihn hinter sich her durch eine Stahltür mit roten Pfeilen auf gelben Dreiecken. Hochspannung! Lebensgefahr! In dem neonhellen Raum Mariam. Erkennt den Mann vom Klavier erst auf den zweiten Blick.
- Endlich! Wie kommst du denn in diesen braunen Schlabber-Look mit Hornbrille und Schnäuzer?
- Papuanischer Kostümverleih. Hier im Hafen gibt es alles. Und warum ihr in diesem Hochsicherheitstrakt?
- Eben drum. Kann nicht elektronisch überwacht werden. Wir brauchen Verstärkung. Mein armer Mann darf nur noch ins Labor, um seinen Scanner zu bauen. Wird ständig kontrolliert.
Holbein mit gespielter Zuversicht:
- Zu fünft werden wir den Ozeanriesen schon schaukeln. Lian, die Pianistin und ihr Kindsvater, der alte Bruchpilot, beide auf unserer Seite. Nach meinem Hilferuf hat sie alle möglichen Hebel in Bewegung gesetzt und mir mein Stimmer-Köfferchen mitgebracht.

Aber den Augiasstall in diesem riesigen Schiff auszumisten, bleibt eine Herkules-Aufgabe. Nicht zu sprechen von dem mit allen Petrischalen gewaschenen Dr. Mabuse. Sie dürfen uns keinesfalls zusammen sehen. Alarmstufe I. Muss meine beigen Zellen bemühen. Im Konzert und dann beim Diner.
- Dahin dürfen wir ausnahmsweise. Der Gouverneur will den berühmten Professor kennenlernen.
- Wir sehen uns. Beim Konzert und dann beim Diner.
Flüstert Mariam schnell noch was ins Ohr.
Rückt seine Tarnkappenbrille mit dem buschigen Schnurrbart zurecht und schwankt schlurfend zurück aufs Deck. Die Alibiflasche in der Hand.

6.

Beim Prof kribbelt es in der Hose.
Fasst freudig in die Tasche. Holt seine Drohne vorsichtig aus ihrem Versteck und setzt sie vor Mariam auf den Beistelltisch. Tolle Technik, kaum verbogen, die Antennen. Hatte sie völlig vergessen.
- Oh, geliebter Drohnenmann, wir haben an meine Schwester gar nicht mehr gedacht. Holbein hat mir doch was von ihr geflüstert.
- Hab's gesehen, wie er dich abschlecken wollte. Was denn?
- Pst! Wir sind doch auf einem Kahn mit Rundumbewachung, die kriegen alles mit.
Das Drohnentierchen zappelt mit den Flügeln.
- Achtung, da...sieh mal, sie hört uns.
Mariam beugt sich über den Tisch. Formt aus beiden Händen einen Schalltrichter und flüstert dem künstlichen Insekt ins Ohr, wo sie das Mikro vermutet.
Der Prof ungeduldig:
- Wir müssen runter zum Empfang. Komm endlich!
- Ja, sofort. Will nur noch sehen, ob sie verstanden hat. Das ist lebenswichtig! Unser letzter Kontakt nach draußen. Wir sind doch Gefangene hier.
Die Mini-Hummel antwortet mit einem Schwänzeltanz, den es nur bei Bienen gibt. Immerhin.

Highlife im überladen geschmückten Empfangsoval des Schönheitsdampfers. Alle Welt, streng handverlesen, drängt sich in der Tropennacht. Dr. Madi lässt Champagner fließen. Begrüßt leutselig und weltgewandt auf Englisch seine Gäste. Ganz dem geschmeichelten Gouverneur und seiner Vorzeigebegleiterin zugewandt. Um sie herum die Bodyguards aus der Motorradeskorte. Unauffällig der Sicherheitskordon des Gastgebers, lauter reizende Damen zur Bedienung. Dahinter die geschniegelten Herren und zwei ungeschminkte Ladys der Londoner Ethikkommission. Sehen eher aus wie Geheimdienstler vom CI6. Werden besonders herzlich begrüßt. Schließlich noch eine ‚Wirtschaftsdelegation' des Gouverneurs. Unschwer an ihren dicken Havannas und ihren Wohlstandsbäuchen als Mafiosi zu erkennen.

Dann die Jahrhundert Pianistin aus dem Reich der Mitte. Vermittelt durch ihren Landsmann und Schönheitschefchirurgen Prof. Dr. Huang Hongyun, Honkong, hier an Bord.

- Und last not least unser Experte für somatische Gentherapie, Professor Shi Lang vom weltgrößten Wissenschaftszentrum für Genom-Entschlüsselung in *Shenzhen*, als unser ständiger Mitarbeiter. Unterstützt von seiner jungen Ehefrau, die heute extra zum Konzert gekommen ist.

Bewundernder Beifall von allen Seiten.

- Unser gesamtes Team, dem ich zu ganz besonderem Dank verpflichtet bin, werden Sie bei der anschließenden Schiffsbesichtigung kennen lernen können.

Die biedere Ethikkommission drängt wichtigtuerisch nach vorn und demonstriert unbestechliche Kontrollkompetenz. Dem großen Schiffsfürsten immer erwartungsvoll auf seinen schleimigen Fersen. Nicht ahnend, mit wieviel Barem der heimliche Wohltäter später ihre Bedenken über Bord(!) spülen wird. Große Scheine in den Seiten der Informationsbroschüre. Wie schnell und schmerzlos doch Gewissensbisse narbenlos verheilen. Ein wahres Genesungsschiff!

Gewissensbisse, die der korrupte Gouverneur gar nicht erst kennt. Aus Betriebsgründen per se korrupt. Fragt unverblümt nach einer zusätzlichen kleinen Gefälligkeit für seine Dienste. Eine neue Nase für die Vorzeigedame. Selbstverständlich eine ‚Mang-Nase'. Kein Problem. Ein Schüler von Professor Mang am Bodensee produziert nebenbei an Bord nur edle Nofretete-Nasen.

Endlich Gelegenheit für Mariam und den Prof, Lian, die Pianistin und Exfrau, wie auch bedeutende Ex-Agentin zu begrüßen. Unauffällig tappt wie zufällig auch der Mann im braunen Cord dazu. Sir Hundertwasser vertraulich im Gespräch mit den (ge)wichtigen Wirtschaftsdelegierten. Dem Stimmer klingen die Saiten. Da kann doch was nicht stimmen?

Die Karawane der High Society zieht staunend treppauf. Nicht das Mindeste von einem Lazarett. Luxuriöse Krankenresidenzen. Ein paar durchgestylte Vorzeigemodels mit auffälligen Schönheitspflästerchen, angeblich gerade frisch operiert. Verherrlichen selig lächelnd die Philosophie einer minimalinvasiven Ästhetik-Chirurgie.

Pro forma zeigen auch die vier Interesse an der exklusiven Führung. Besonders die Pianistin.

- Da lass ich mir doch morgen gleich mal meine Schwangerschaftsstreifen glätten. Ambulant natürlich.

Der Prof verwundert:

- Aber du Naturanbeterin warst doch immer gegen solche Eingriffe? Und dein betörendes Aussehen, meine Liebe, dein Markenzeichen, völlig unverändert.

- Ja, vielleicht oben herum. Aber wie's unter der Robe aussieht, weiß nur mein Spiegel und…Hu Was, wie ich meinen Hundertwasser jetzt chinakonform nenne. So eine Schwangerschaft… Doch du ziehst jedenfalls auch alle Register der Verschönerung.

- Ich? Verschönerung? Dass ich nicht lache, gegen alle chinesische Tradition. Altersfalten, – die den Geist gestalten!
- Durch die Liebe, altes Genie, du bist doch jungverheiratet. Und wie!

Der Mann im braunen Cord drängt sich zwischen die Turtelnden.

- Genug der Liebenswürdigkeiten, begnadete Pianistin! Warum bist du wirklich hier?

7.

Alles Klarschiff.
Die Kleingläubigen gebührend eingeseift. Und die Bedürftigen mit kleinen Opfern aufgewertet.
- Sie schon wieder! Ist was mit dem Flügel, Maestro Clavichordes?
- Nein. Aber haben Sie *Lepanthes* für die Pianistin besorgt?
- Lepanthes? Kenne ich nicht. Und wofür?
- Für nach dem Konzert natürlich, Sie Kulturbanause...
Der Mann lallt immer noch oder schon wieder.
- Ihre absoluten Lieblingsblumen...die Lock-Orchidee *Pseudo-Sex* ... kein Witz, so heißt sie wirklich...ohne die dreht sie durch... wie die Insektenmännchen, welche die kleinen duftenden Blütenblätter für weibliche Geschlechtsorgane halten.
- Und wo gibt es dieses Gestrüpp?
- Direkt am Hafen. Soll ich welche besorgen?
- Unbedingt. Brauchen Sie Geld?
Der Mann winkt ab. Geste: Bin doch kein Penner.
Kultur verpflichtet.
Schnell noch ein Gläschen Champagner. Ein paar Kanapees mit spitzen Fingern. Runtergewürgt. Kann sich ja hinziehen so eine Sonate.
Später dann Unruhe bei der Security. Der Mann im braunen Cord schiebt ein schwarzgelocktes Blumenmädchen vor sich her. Riesen Bouquet in der Hand. Geschützt durch glitzernde Klarsichtfolie. Glutrotleuchtende Orchideen.
- Lassen Sie uns durch...wir müssen...
- Schon gut! Lassen Sie die beiden durch!

Big Boss Dr. Madison winkt seine Sicherheitsgirls zurück.
- Na endlich, geben Sie mir mal das großartige Gebinde, sieht ja wirklich verlockend aus.
- Aber Vorsicht, Sir, die Schutzfolie erst ganz zuletzt entfernen. Sonst fallen die empfindlichen Orchideen schnell zusammen.
Das Blumenmädchen, in Landestracht und buntem Gesichtsschleier, scheint vom Fach.
Lautes Prasseln vom 3ten Oberdeck.
Der Beifall beim Auftreten der Pianistin geht unter in einem Monsunwolkenbruch auf der hochovalen Silberplane der Freilichtbühne.
Shi Lang Lian, ganz in Rot, der chinesischen Glücksfarbe, nimmt Platz vor dem Flügel. Die Goldpailletten ihrer hautengen Seidenrobe spiegeln sich im schwarzen Hochglanzlack des Steinways. Wartet wie in Trance bis das Prasseln verebbt. Und beginnt dann, anders als im Programmheft vorgesehen, mit dem Regentropfen-Prélude op. 28, Nr. 15, Des-Dur von Frédéric Chopin.
Einfach genial. Das pausenlos klopfende „As", zunächst mit dem kleinen Finger, dann mit dem mittleren der linken Hand, imitiert das monotone Tropfen des Regens. Hunderte Mal. Läuft über in die Rechte, ohne den Takt zu ändern. Verstärkt sich durch die Oktave.
(*Wer's nicht kennt und nicht vom Leben bestraft werden will, der höre es: Chopins Raindrops - YouTube*)
Es folgen 23 weitere Préludes. Dann die Nocturnes. So bricht die Nacht herein.
Jetzt Beifall von den Begeisterten.
Keine Zugabe!
Der strahlende Konzertdirektor Dr. Madison eilt zum Flügel. Eingedenk der Blumenmädchenwarnung öffnet er

erst auf dem Weg die Klarsichthülle. Schüttelt der Jahrhundert-Pianistin überschwänglich die Hand. Und ohne es zu wollen zugleich den Strauß der Orchideen.
Da geben die glutroten Blütenkelche plötzlich einen Schwarm von ekelhaft langbeinigen Mücken frei.
Schwirren um den Kopf des erstarrten Klinikfürsten, bis der ohnmächtig zu Boden sinkt. Opfer des angedrohten erpresserischen Angriffs der Mafia mit den Zika-Mücken? Sein Lebenswerk für immer zerstört?
„Ein Arzt...?"
Keine Frage. An Bord wimmelt es doch vom Medizinischen. Drei unglaublich Adrette kauern schon am Boden um den Gestrauchelten (Strauch von Blumen!).
Die Eifrigste zieht an der Smoking-Schleife, fällt über ihn her und reißt das Seidenhemd auf. Weiter, als für eine Herzdruckmassage erforderlich.
Mund-zu-Mundbeatmung. Erfüllt sich offenbar eine langgehegte Begierde. Nestelt jetzt auch noch am Hosenbund des Wehrlosen...
Eifersüchtige Entrüstung bei den andren Ärztinnen ob dieser altmodischen Behandlung. Sauerstoffmaske und Defibrillator kommen mit einer Bahre.
Zu spät.
Der blasse Schiffsherr schlägt die Augen auf und noch im Dusel nach einer der Mücken.
 - Zika-Mücken? Sofort vernichten, sonst gehen wir alle unter!
Die bebrillte Dozentin aus dem Genlabor erwischt geschickt eine. Blut und Insektenreste auf ihrer Hand. Betrachtet alles akribisch.

- Zika? No way! Harmlose Pilzmücken. Lassen sich gerne von der Lepanthes anlocken. Dumme Männchen eben. Aber sie stechen nicht.
Die Pianistin hat sich längst zurückgezogen.

8.

Gala-Diner ohne den großen Zampano.
Der lässt seine Zika-Phobie von der Eifrigsten weiterbehandeln.
Reservierter Sondertisch für *„Pianist & Friends"*.
Fünf Personen unterhalten sich angeregt über das Festmenü.
Chinesische Crassostrea Austern
Oktopus mit Ananas und Zitronengras-Kokosmilch
Hornhechtfilet aus der Salomonsee
Papua Wildschwein in der Kruste
Sorbet von der Vandopsis-Orchidee
Mengino-Ziegenkäse
Papua New Guinea Desserts
Hundertwasser, genannt Hu Was, spielt den Tischherrn.
Bestellt eine Runde *Maotai*. Einen Schnaps als erstes, sowas Prolliges!
- Auf unser großartiges Wiedersehen! Diesen chinesischen Schnaps für Staatsbankette trinkt man auf ex.
„Gan bei"! Sagen wir bei uns.
Immer noch der alte Wichtigtuer. Nimmt einen goldenen Stift aus seinem makellosen weißen Smoking und schreibt damit unten auf die Speisenkarte:
„Für lautlose Verständigung. Die Schrift verschwindet nach 50 Sekunden. Unter der Hand lesen!"
Lässt die Karte und den Stift rumgehen.
- Mein Poesiealbum. Ihr müsst Euch hier alle verewigen. Die Austern kann ich nur empfehlen…
Hu Was bestellt einen Dom Pérignon Rosé Vintage 2002, Grande Champagne, Frankreich.
Der Prof schreibt als Erster:

„2. Unterdeck Labor 3A. Neben der Raucher-Klause. Da darf ich hin – Fußfessel. Treffen 23 Uhr."
Schiebt die Karte zu Hu zurück. Der nickt und schiebt sie weiter zu Holbein im braunen Cord. Der verdeckte Ermittler lässt unter der Hand die restlichen Sekunden verstreichen. Die Sommelière bringt den Champagner im Eiskühler, schenkt gekonnt ein.
- Wo kann man denn hier auf dem Schiff rauchen? Wenn schon nicht hier…
Die knusprig-knackige Getränkemeisterin erklärt es ausführlich.
Der Rauchsüchtige scheint sich Notizen zu machen.
„Kann ich das Blumenmädchen mitbringen? Versteckt sich in der Kabine einer Freundin.
Zurück zum Prof.
„Laborkittel, Kopfhaube und Mundschutz!"
Selbstherrlich Hundertwasser:
- Zum Krustenwildschwein den chinesischen Roten? Einen "Xiao Feng", was so viel wie Berggipfel bedeutet. Der Wein ist prämiert: Hat bisher 174 Auszeichnungen gewonnen, darunter 2014 den *Chardonnay Du Monde*-Preis und Gold beim deutschen *Mundus Vini*-Preis.
Die appetitanregende Sommelière hört staunend mit.
- Sie sind nicht zufällig Mr. Robert Parker, der großartige Weinkritiker?
- Sehe ich so alt aus? (Hu Was entsetzt.)
- Sein Sohn natürlich. Sollte ein kleiner Scherz sein. Lächelt charmant und leicht ironisch.
Der Pianistin reicht es.
- Hu Wässerchen, bleib bei deinen Leisten! Verschone uns mit weiterem Sommelier-Smalltalk. Wir wollen schließlich das Menü genießen. Erzählt doch mal von eurer Hochzeit bei den Ureinwohnern.

Mariam aus allen Wolken:
 - Lieber nicht. Wie geht es deinen Zwillingen? Alle gesund und munter?
Shi Lang Lian zuckt zusammen. Die spätberufene Mutter und Virtuosin verliert ihre Leichtigkeit.
 - Nicht so ganz. Deshalb bin ich ja auf dieses Schiff gekommen.
Bis zum Dessert nachdenkliches Schweigen.

9.

Im abhörsicheren Labor 3A.
Es brodelt es aus den konspirativen Kehlen:
Alles dreht sich um den zwielichtigen Klinik-Mabuse Dr. Madison und seine Machenschaften auf diesem Luxusdampfer.
- Wenn mich mein Profilerblick nicht täuscht, war sein Ohnmachtsanfall heute doch wohl nur Fake. So ein ausgebuffter Ganove fällt nicht gleich um wegen ein paar harmloser Pilzmücken. Zugegeben, ich wollte ihm mit den Viechern einen Schreck einjagen. Um zu sehen, ob seine Angst vor der angeblichen Zika-Bedrohung durch die Mafia ernst zu nehmen ist. Extra Mariams Zwillingsschwester dazu als Blumenmädchen importiert. Aber der Typ kam verdächtig schnell wieder zu sich. Vielleicht hat ihm ja die Mund- zu Mundbeatmung nicht „so" geschmeckt. Wohl den raffinierten Burschen mal wieder unterschätzt?
- Ja, und wie. Hat sich längst mit der China-Mafia arrangiert!
- Und woher weißt ausgerechnet du das, Hu Was-Schlaumeier?
- WER?? Die Brüder berate ich mit meinen alten Kontakten zum Geheimdienst. Natürlich als Undercover.
Der Prof schüttelt ungläubig den Kopf:
- Der alles beherrschende Madi wird gar nicht bedroht?! Was will er dann mit meinem Scanner?
- Ablenken. Nicht nur von seinem gigantischen Genbetrug und seinen überteuerten Verschönerungsmaschen. Nein, völlig unfassbar, er hortet Nuklearmaterial. Im großen Stil!

Mariam zerreißt es:
- Du, also wohl wieder bei den Diensten, Jean-Claude? Als Familienvater? Wie kommt der Verbrecher denn an solches Zeug? Und was will er damit?
- Cäsium-137, Kobalt-60, Iridium-192 und Strontium-90 alles das wird in Krankenhäusern, Forschungslaboren und Industriebetrieben gebraucht. Für Geräte zur Strahlentherapie hier an Bord unauffällig. Leicht zu beschaffen. Fast unkontrollierbar auf See.
Die Pianistin klopft nervös mit den Fingern einen Rhythmus auf den Labortisch. Holbein versteht: ‚Auf in den Kampf, To…re…ro'!
Alle Augen auf sie.
- Ihr seht meinen Hu Was nicht mehr im Vaterschaftsurlaub. Wieder voll in Aktion. Nach der schlimmen Fehlgeburt mit meinen Zwillingen. Hat mich völlig aus der Bahn geworfen. Und die verdammten Schuldgefühle. Hatte mich viel zu eng gewickelt. Bauch im Konzert ein No-Go! Die Ärzte haben mich ausgelacht. Die Nordhalbkugel wäre bis vor etwa 100 Jahren entvölkert worden, wenn das Korsett Geburten wesentlich behindert hätte. Aber das brachte mir meine kleinen Lieblinge auch nicht zurück. Jetzt will ich ein Designer-Kind mit höchstem IQ. Wenn möglich von meinem genialen Prof…und noch ein, zwei anderen Musikgiganten. Am liebsten von meinem Kollegen und Klaviergott Lang Lang. Weiß nicht, ob der schon in Samenbanken vertreten ist.
Alle Augen jetzt auf Professor Shi Lang.
- Bin dabei, alte Ex-Flamme, wenn es über die Petrischale läuft. Und dein junger, spritziger Virtuosen-Kollege wird bestimmt mit sich reden lassen, oder so…
- Nein, nix mit „oder so". Ein Zweiväterkind klappt nur in der Retorte. Das wirst du Super-Genetiker doch wohl

wissen. Außerdem muss ich weiter konzertieren. Und die befruchteten Eier einer Leihmutter einverleiben. Verstanden? Deshalb bin ich schließlich hier.
Eine Leihmutter?!
Mariam schmiegt sich an ihren Ehemann. Nolens volens. Holbein spielt mit dem Gedanken, sich auch anzuschmiegen. Aber vor Mariams Augen an die Zwillingsschwester? Kommt nicht in Frage. Große Aufgaben liegen an.
- Dann müssen ja einige der Anwesenden erstmal noch auf der zukunftsträchtigen Genetik-Fähre bleiben, oder?

10.

Plötzlich Vibrationen im nächtlichen Geheimlabor. Laborglas klirrt. Eine Petrischale zittert. Dröhnende Geräusche von draußen. Da steppt der Bär draußen. Papuanische Rumba-Combo spielt zum Tanz auf. Der ausgebuffte Schiffsherr und Schiffshallodri hat für seine besonderen Gäste an alles gedacht.
Der XXL-Dampfer scheint mit zu swingen. Aber das kann doch nicht sein. So ein Koloss…?
- Nein! Nicht der Bär, mich knutscht eine Riesenkrake (*Enteroctopus dofleini*). Ja merkt denn hier keiner was, außer mir??
Holbein hechtet zum Bullauge. Stielaugen nach draußen.
- Bei meinem Skipper-Ehrenwort, die Lambarene hat soeben abgelegt! Wir laufen aus.
- Das glaubst du doch selber nicht! Mitten in der Nacht, mit all den Gästen an Bord! Du spinnst! (Spottet Hu Was höhnisch.) Die Runde pflichtet ihm bei. Sowas!
- Ihr armen Optimisten! Man schleppt uns ab. Wir werden entführt!!

TEIL V

1.

Sprengstoffverdacht auf Kreuzfahrtschiff?
16.01.2016, 15:55 Uhr| dpa, t-online.de
Sprengstoff an Bord? Ein Kreuzfahrtschiff mit rund 4000 Menschen an Bord musste in der Nacht zum Samstag seinen Kurs ändern. Eine griechische Zeitung berichtet von einem Terrorverdacht. Die Reederei dementiert. –

- Damit ihr mir glaubt!
Holbein zeigt das Bild auf seinem iPhone.
Jetzt erinnert sich auch der Prof.
 - Ja, verdammt, 2012 tauchten geheime Al-Quaida-Pläne zur Entführung eines Kreuzfahrtschiffes auf. Mit der Drohung, Passagiere hinzurichten. Verschlüsselt in einem Porno-Video versteckt. In der Unterwäsche eines verhafteten Terroristen. (laut CNN).
Die Pianistin erregt:
 - Der allmächtige Dr. Madison entführt sich doch nicht selbst! Ergibt einfach keinen Sinn!

Mariams Zwillingsschwester, schüchtern aus der Reserve:
- Das sind bestimmt Piraten aus dem Südchinesischen Meer. Die haben schon mal versucht, ein Kreuzfahrtschiff zu entführen.
- Schwesterherzchen, davon verstehst du nichts. Eine solche Aktion ist für die Simpel-Piraten vom Senegal eine Nummer zu groß. Diesen Riesenkahn mitten in der Nacht kampflos aus dem Hafen schleppen zu lassen! Und mein Agentinnen-Näschen sagt mir auch schon, wessen Handschrift dieses Hightech-Unternehmen trägt.
Nimmt Holbein ins Visier.
- Ich wittere etwas, das du nicht mal profilierst...
- **Achtung! Achtung! Hier spricht die neue Schiffsführung!**
Die Bordlautsprecher dröhnen.
- **Es handelt sich um eine friedliche Übernahme. Keine Panik! Niemandem wird ein Haar gekrümmt. Dr. Madison wurde seiner Ämter enthoben. Alle Patienten werden weiter optimal behandelt. Die Gäste an Bord zu gegebener Zeit ausgebootet und sicher nach Hause geflogen. Die Hafenbehörde und die Sicherheitskräfte an Land sind informiert!**
- Na, was habe ich gesagt?! Die Stimme kennt ihr wohl, allein euch fehlt der Glaube?
Die Pianistin kocht jetzt vor Wut und Empörung.
- Darf doch nicht wahr sein! Mein alter Nobel-Lover und Geheimdienstsupergangster ... DaVinci!
Holbein verflucht zerknirscht seine beigen Versager-Zellen. Den hatte er unterschätzt, abgehalftert, wie es schien, nicht mehr auf der Agenda.
- Mariam, der alte geldgierige CIA-Bandit hat doch erst kürzlich mit dir telefoniert. Und ??

- Ja, ja wollte mehr Infos über das Lambarene-Projekt für seine Briefkastenfirma auf den Kaimaninseln. Die nutzt er jetzt wohl. Unbeeindruckt von den Panama Papers Enthüllungen.

2.

Der skrupellose Albatros wie ein Phönix aus der Asche. DaVinci auferstanden, um sich voll gesund zu geiern an dem prallen Kreuzfahrtgoldesel *Lambarene*.
Der alte Seevogel und Aasgeier als nimmersatter Raubinvestor flattert ins gemachte Nest. Verstößt das Lebenswerk des approbierten Dr. Madison wie ein heimtückischer Kuckuck das bereits gelegte Ei aus dem gemachten Nest. Bei Nacht und ohne Nebel. Hedgefonds Hattrick!
Armer Holbein! Seine geschmähten Zellen rotieren im Turbotakt. Wer was wo wie .... konnte sowas ablaufen ohne jeden Widerstand?
Wüstes Rütteln und Rappeln an der Metalltür des Labors.
- Aufmachen, ihr armseligen Petrischalen-Fischer und Genprofiteure! Dalli, dalli, sonst fliegt Euch hier alles um die Ohren!
Elektronische Türentriegelung.
- Offen!
Im Türrahmen der große DaVinci. Nachtblauer Trockentauchanzug aus Neopren. Mit angesetzter Kopfhaube, nach hinten geklappt. Graumelierter Vollbart und Cherokee Schnitt. Imposante Erscheinung. Kein Vergleich zu früher.
- So sieht man sich also wieder! Meine Konten damals abgeräumt. Unter Hypnose alles zu Schnäppchenpreisen abgeluchst! Mein Ruin. Aber ich habe längst wieder aufgerüstet. Diesmal im professionellen Format. Für meine Spezialtruppe die Schiffsübernahme eine Fingerübung. Ein paar Blendgranaten, ein bisschen Druck… und schon an Bord. Die Sicherheitsmädels waren eh alle in Feier-

laune. Freuten sich fast auf meine Jungs. Ziemlich leichtsinnig dieser Genschönling Madison.
Zwei Schritte auf Mariam zu.
Der Prof richtet sich schützend vor ihr auf.
- Du hinterhältiger CIA-Günstling hast uns damals mit Cristal Meth gepanschtem Cognac vergiftet. Aus reiner Notwehr haben wir dich ruhigstellen müssen.
Hält eine Flasche Labor-Salzsäure drohend in der Hand.
- Nicht doch, ich will ja nur mein Geld zurück! Keine Angst – mein schönes Ex-Agentenmündel! Martha, jetzt Mariam, dir verdanke ich ja den Tipp! Als mir mein Hausbanker die äußerst lukrative Beteiligung an einem sensationellem ‚Genetic Engineering-Project' unter Führung eines chinesischen Professors auf Papua-Neuguinea anbot, schrillten bei mir alle Geldglocken. Rief bei dir an und fragte, etwa dein neuer Ehemann? Du erinnerst dich? Versuchtest es abzustreiten. Aber da witterte ich meine Chance. Und welch Ironie des Schicksals, meine super Überwachungsdrohne (Patent deines Ehemannes!) begegnete sogar mal eurem Spähbrummer auf der *Lambarene*.
Grinst selbstgefällig in seinen grauen Bart.
- Jetzt sitzt Ihr erst mal fest auf diesem Wunderdampfer. Abhauen ist nicht. Die Rettungsboote werden bewacht. Ihr könnt euch frei bewegen. Aber keine Fisimatenten. Vorsichtshalber nehme ich das reizende Zwillingsschwesterchen als ‚Geisel' in meine persönliche Obhut. Die hat sich ja mir gegenüber bisher nichts zu Schulden kommen lassen. Morgen wird als erstes Madisons Hirn umprogrammiert. Neurochirurg Huang Hongyun wird ihn auf Kurs bringen. Mit mehr Erfolg, als dich damals, mein lieber Shi Lang, hoffe ich. Sonst geht er selbst über Bord zu den hungrigen Fischen.

Winkt zwei bewaffneten Typen.
Kümmern sich amüsiert um Marita. Das arme Ding wehrt sich mit Händen und Füßen. Tritt um sich, schreit, beißt, kratzt. Zum Kavalier-Erweichen.
Also Holbein dazwischen. Bis ihn der Revolverlauf des grinsenden DaVinci in seinem Rücken umstimmt.
- Hab ich mich nicht klar ausgedrückt, alte Profiler-Spaßbremse? Nichts Fieses hieß es doch.
- Du kriegst deine Scheiß-Kohle schon noch zurück!
-Das lässt sich hören. Und ihr Jungs, mehr Feingefühl mit der jungen Dame! Ich will sie unversehrt in meiner Suite.

3.

Blind Talk.
Papier aus dem Labordrucker. Der Hu-Was-Geheimstift macht wieder die Runde.
Empörung!
Alle sind sich einig:
Vom Regen in die Traufe! Dieser schleimige Widerling muss um jeden Preis gestoppt werden. Ihm die Kohle zurückgeben und keine Schwäche zeigen! Abwarten, was er im Schilde führt.
Die Schrift auf dem Papier verschwindet wie von Geisterhand.
Alle reichen sich ihre Verschwörer-Hände.
Erst mal drüber schlafen. Bleibt eh nicht mehr viel von dieser Nacht.

4.

Frühstück bei Schlitzohr-Pirat DaVinci.
Auf dem Display der Bord-TV:
EINLADUNG IN DIE TROPICAL OASIS.
*Kleines Frühstück. Wichtige Lagebesprechung mit Euch
– ehemalige Weggefährten. Viertes Oberdeck. Direktzugang mit Lift IV. 10 Uhr 15 Ortszeit.
Admiral DaVinci gibt sich die Ehre.*
Sehr irritierend, beängstigend. Ein frühes Friedensangebot?
Die fünf Eingeschworenen als „freie" Gefangene im Lift. Lassen diese heikle Frage offen. Was bleibt ihnen denn anders übrig, wohl oder noch übler. Hier wird sicher abgehört. Professor Shi Lang verdattert. Seine verzagte Frau, die gewiefte Agentin muss stark sein. Holbein gedankenverloren, aber allzeit kampfbereit. Die Pianistin gereizt, macht nervöse Fingerübungen auf ihrem Bauch.
Die Aufzugstüren öffnen sich:
Open Air!
In der romantischen „Nautic Bar" impressionistisches Ambiente. Eduard Manet lässt überraschend grüßen. ‚Frühstück im Grünen'.
Nicht gerade auf dem Boden wie beim Original. Auch nicht auf Schiffsplanken, sondern mit Silber eingedeckte opulente Festtafel. Und Mariams Zwillingsschwester in einem buntbetupften Hauch aus Tüll wie von Degas gemalt. Sehr tief dekolletiert, aber keineswegs zu nackt. Völlig locker, entspannt, bezaubernd, hinreißend. Anlehnungsfreudig neben dem alten Schwerenöter, (neudeutsch) dem coolen Frauenflüsterer, offenbar liebevoll, verbindlich, ganz in Schwarz.

Mariam starrt entgeistert. Der Prof stöhnt auf. Hält sie und sich nur mühsam im Zaum.
- Elender Frauenfresser, Wolf im Smoking-Pelz! Mein armes Schwesterchen! Mit Drogen gebändigt? Wieder deinen kriminellen süffigen Cristal-Cognac eingesetzt?
Selbstbewusst das Zwillingsschwesterchen:
- Aber Mariam, du weißt doch, Alkohol? – Nie! Ich trinke niemals Alkohol. Meine Droge ist einzig und allein ER… auf den ersten Blick!
Betretenes Schweigen.
- Nicht so voreilig. Erstmal willkommen, alle zusammen! Ihr wundert euch? Hier geht alles mit rechten Dingen…
Holbein unterbricht:
- Mit rechten Dingen? Seit wann denn das? Da lacht mein viel gepriesenes Profiler-Memory!
DaVinci grinst und zeigt seine makellos geweißten Wolfszähne.
- Veni, vidi, DaVinci … Cäsars Wahlspruch! Und meiner. Kam, sah und siegte mit ‚rechten Dingen'. Mir gehört die ‚Genetic Engineering Lambarene'. Hab den ganzen Kahn gekauft. Alles legal, wie man auf den Kaimaninseln sagt. Bin hier quasi als Vorstandschef der AG. Auf meinem schwimmenden Altersruhesitz. Agiere nur hinter den Kulissen. Und dazu brauche ich jetzt euch. Als Schutzschild und Geisel-Beschwörer. Mein Alibi. Und ihr werdet gern mitmachen, das schwör´ ich euch.
Theatralische Handbewegung.
- Unter der Flagge des Roten Kreuzes sicher überall. In der Bilge das nukleare Material. Das ist ein ultra-mariner Schatz. Und dann als moderne Arche-Noah unseren internationalen Gästen eine einzigartige terrorfreie Heimat bieten. Wie da sind: Die Londoner Ethik-Kommission,

der Gouverneur von Papua-Neuguinea, ein chinesischer Top-Wissenschaftler mit seiner Frau, ein weltbekannter chinesischer Neurochirurg, unser deutscher Spitzen-Profiler, der das LKA Stuttgart berät, und last not least die begnadete China-Pianistin Shi Lang Lian. Nicht zu vergessen die mehr als 1000 jungen, unschuldigen Frauen (Patientinnen) aus aller Welt! Falls uns dennoch eine Weltmacht anzugreifen versuchen würde, könnten wir drohen, alle einzeln hinrichten zu lassen. Enthauptet auf Video. Ihr selbstverständlich nicht! Na wie gefällt es euch jetzt auf meinem Kahn?
Mit seiner Omnipotenz prahlend lässt der selbsternannte Imperator die linke Hand nonchalant über die tüllverhüllte Schulter seiner anschmiegsamen Eroberung gleiten. Zieht sie hingerissen an sich.
Unerträglich! Mariam springt aus den klammernden Armen des Professors. Hin zu ihrer Zwillingsschwester. Die sackt plötzlich zusammen. Verdreht die Augen. Der Körper windet sich in Krämpfen. Schaum vor dem Mund. Zähneklappern wie bei Schüttelfrost. Schlägt zuckend um sich.
- Schnell, ein Beiß-Holz...epileptischer Anfall! ... ich kenne das ... nicht anfassen!
Mariam ergreift gekonnt die Initiative.
Hu Was, der alte Flieger und Erste-Hilfe-Profi will helfen:
- Keinen Beiß-Keil! Hier wird es doch wohl einen Arzt geben!
Mariam drängt DaVinci zurück und beugt sich über ihre zappelnde Schwester am Boden. Ein Röcheln an Mariams Ohr. Die Schwester erschlafft, die Augen weit und starr geöffnet.
Der Spuk auch gleich wieder vorbei.

- Sie braucht jetzt Ruhe. Hatte sie als Kind schon.
Ein ganzes Ärzteteam kurvenreicher eleganter Weißkittel erscheint mit Tragbahre.
DaVinci verstört, fast schuldbewusst:
- Bringt sie in meine Suite! Ihr entschuldigt mich.
Mariam lächelnd, leise zu den anderen:
- Haben wir als Kinder immer gespielt! Riesen Spektakel! Damit haben wir sie alle geschockt und gefügig gemacht. Aber jetzt alles nur für uns. Hat den großen Boss so bereits unter ihrer Kontrolle. Gekonntes Spiel!!
Holbein skeptisch:
- Meinst Du wirklich? Mit solchem Kinderkram wird sie diesen gefährlichen Psychopathen nicht unter Kuratel stellen! Da müssen wir schon wirksameres einfädeln.
- Gut ausgebildet ist sie jedenfalls (der Prof schmunzelnd) ... unter dem ehemaligen Madi-Regime mit einem Sonderbonus von 10.000 Dollar auf mich angesetzt. Und die ging ganz schön ran. Im Whirlpool! Wenn ich nicht so verdammt standhaft...
Professor Shi Lang schielt scheinheilig zu seiner jungen Ehefrau.
- Ja, zum Glück kam ich noch rechtzeitig. Und du meinst, mein armes Schwesterherz soll diese unverdiente Prämie jetzt an dem alten Wüstling abarbeiten?
- Abarbeiten? Nein, nein, Ihr seid doch meine Gäste!
DaVinci schon wieder zurück.
- Sie schläft ganz friedlich. Aber zu unserem Geschäft – Ihr sollt lediglich, zusammen mit mir, unsere vielen Gäste und die über 1000 Patientinnen überzeugen helfen. Du, Lian, kannst dich deinen Brutgelüsten ungestört hingeben. Und weiter konzertieren. Dein Schützling Hu Was wird unser Presseattaché. Das kann er ja blendend, wirklich blendend! (Lacht übertrieben laut.)

Der Prof kann forschen, was er will. Mariam und ihre Zwillingsschwester betreuen ausgesuchte Patientinnen. Und du, mein Freund und Profiler Holbein, wirst ein überzeugendes Sicherheitskonzept für die Lambarene ausarbeiten. Denn unser Kreuzfahrt-Lazarett krankt an einer empfindlichen Schwachstelle: Wir sind Angriffen mit schwereren Waffen und vor allem unter Wasser hilflos ausgesetzt. Ein U-Boot könnte uns verdammt gefährlich werden.

5.

Wahnsinnseingriffe am Hirn des Dr. Madison.
Neurochirurgische Meisterleistung von dem gewissenlosen Hirnjongleur Huang Hongyun, diesmal erfolgreich.
Nach Kurskorrektur des Denkmodus tritt der eine Finanzhai freudig seine Einnahmen aus dem Traumgeschäft der *Lambarene* an den anderen Finanzhai DaVinci ab. Zusätzlich das Albert Schweitzer Lambarene-Gen direkt in die Großhirnrinde appliziert. Überzeugender Erstversuch am Menschen. Grandiose technisch-digitale Leistung.
Der ehemalige Genetik-Guru und Chef-Aktivist arbeitet auf eigenen Wunsch jetzt in der Patientenpflege. Aber immer noch eine heimlich tickende Zeitbombe für die scheinbar geniale Konstruktion DaVincis.
Die chinesische Mafia-Wirtschaftsdelegation hat sich abgesichert. Natürlich an alles gedacht. Da braucht es ja nur ein banales Handy zur Kommunikation. Und schon das hatte DaVinci nicht neutralisiert. Sträflicher Leichtsinn.
Eine ultramodern ausgerüstete, hochtechnisierte und digital top-versierte Marineeinheit stand rund um die Uhr in allen Häfen der Mafiahochburgen einsatzbereit. Um notfalls den Geschäften der Bosse Nachdruck zu verleihen.
Die ließen es sich aber erst mal scheinbar unbedarft gutgehen. Die überwiegend weibliche Mannschaft umsorgte sie auf besonderen Befehl des Chefs mit der äußersten, vorauseilenden Befriedigung unausgesprochener Wünsche. Das lässt man sich doch nicht entgehen. DaVinci hatte besondere Geschäfte ungewöhnlichster Art in Aussicht gestellt. Da lohnte ein bisschen verwöhntes Abwar-

ten. Ein Treuhandkonto war vorsorglich bereits bedient, unverbindlich für die Luxus-Gästemannschaft.
Wenn sich aber nun die ungewöhnliche Konzert-Einladung auf das Kreuzfahrtschiff als Hinterhalt erweisen sollte, würden die geprellten Mafia-Bosse unverzüglich Alarm schlagen und ihre kampfbereite Schutztruppe ein- und angreifen lassen.
Da Vinci der Ältere war ein Genie gewesen. DaVinci vom Schiff rotierte in seinen Aufgaben und Zwängen wie seine Schiffsschrauben in der Gischt. Ja, auch seine neue Feuerqualle hielt ihn in Atem. Und so passieren Fehler!
Als einziger hatte der lauschfreudige Hu Was in Gesprächen mit der Delegation von deren Absicherungs-Strategie Wind bekommen. Dank seiner späterworbenen Chinesisch-Kenntnisse. Ja, hielt sich denn dieser blauäugige DaVinci für unangreifbar? Gerade hatte er doch noch von einer Gefahr durch U-Boote gesprochen?!
Und diesen ungeheuerlichen Widerspruch klatschte er jetzt dem ahnungslosen DaVinci angriffslustig um die Ohren.
- Glauben Sie etwa, Ihre eingeladenen Mafiosi lassen sich so ohne weiteres entführen? Deren maritime Eingreiftruppe wartet doch längst in den Startlöchern der umliegenden Häfen. Davon habe ich schon vor dem Konzert läuten hören.
- Nein! DaVinci wütend-verstört, springt auf. Die ganze Festtafel der geladenen Frühstücksrunde scheppert.
Holbein cool:
- Wenn man vom Teufel spricht, hat man die U-Boote manchmal ganz flott unterm Kiel.
Der Prof mit Blick und Griff nach seiner Frau deutlich beunruhigt:

- Dann sind wir ja alle in Gefahr. Vor Gericht und auf See ist man in Gottes Hand (alte Skipperweisheit und Juristenslang)... aber wir armen Schweine sind da noch schlimmer dran: in den skrupellosen Fängen der China-Mafia! Ich kenne meine Landsleute!

DaVinci ringt um Fassung.

- Holbein, raff dich mal auf, alter Kumpel! Alles vergessen? Du hast doch immer dein geniales Hintertürchen, dein Sicherheitskonzept! Gebe dir alle Freiheiten und Möglichkeiten, die du willst. Wir brauchen einen ultimativen Plan. Jetzt schlägt deine Stunde!

- Du meinst also, den Genius aus dem Ärmel schütteln, einen Deus ex machina. ‚Win-win', klingt ganz chinesisch. Ich soll Dir gegen ein Bakschisch wieder den Hintern retten? Gut, aber dafür die Freiheit, die ganze Freiheit für alle hier! Wir wollen schließlich mit heiler Haut alle hier rauskommen.

- Concedo! Einverstanden!

6.

Wachablösung auf der Brücke.
Kapitän Korsakow, alte Piratenfamilie, vom Schwarzen Meer traut seinen Ohren nicht. Gerade erst die *Lambarene* übernommen und schon ins Abseits befördert?
DaVinci mit hochrotem Kopf:
- Ein Notfall, mein lieber Korsakow, aber wir brauchen einen Lotsen. Darf ich dir den internationalen Hochsee-Profiler Heiner Holbein vorstellen?!
- Noch nie gehört, was will dieser Zivilist denn?
- Keine Zeit für lange Fragen. Es eilt. Wir werden angegriffen!
Holbein, militärischer Ton:
- Danke für Ihr Verständnis Kapitän. Ich brauche alle Wassertiefen-Karten der Region. Sie navigieren ab sofort nach dem Echolot! Sonartiefenalarm auf 20,5 Meter! Die seitlichen Stabilisierungsflügel unter Wasser einfahren! Und – stieren Sie nicht so ungläubig – steuern Sie die nächste Untiefe an!
- Die nächste Untiefe?! Ich bin doch nicht lebensmüde… Erst kürzlich hat ein Kollege von mir den russischen 7000 Tonner ‚Lysblink' in Schottland gegen einen Felsen gesetzt. Nach einem halben Liter Rum. Aber ich bin stocknüchtern. Und der Kapitän der ‚Costa Concordia' steht gerade vor Gericht! Soll 20 Jahre in den Knast!
- Tun Sie, was ich sage. Es geht um einen Unterwasserangriff. Alles genau berechnet. Das U-Boot darf sich nicht unter unser Kreuzfahrtschiff mit 8 Meter Tiefgang setzen können. Deshalb das Einholen der Stabilisatoren und die maximale Wassertiefe von 20,5 Metern. Bei sei-

ner eigenen Höhe von 11,5 Metern. Können Sie mir endlich folgen?!
Widerwillig ändert der Kapitän den Kurs.
- Nein, immer noch nicht. Sie können uns doch einfach unter Wasser torpedieren! Aus jeder Wassertiefe.
- Sie wollen uns ja nicht versenken, guter Mann, ihre Leute sind doch hier an Bord. Sie versuchen uns zur Umkehr zu zwingen.
Winkt DaVinci zu sich heran:
- Welche Waffen gibt es auf diesem Dampfer? Was hattet Ihr im Sturmgepäck?
- Alles was an tragbaren Vernichtungssystemen Rang und Namen hat.
- Mensch DaVinci, wann schnallst du es endlich? Es kann sich nicht um Vernichtung handeln. Bloß kein Abschlachten! Sonst versenken sie uns letztendlich doch! Ich meine EMP-Waffen ... um sie zu blockieren!
- EMP ? Was soll das sein?
- Russlands neue Superwaffe legt jede Elektronik lahm.
Kapitän Korsakow schmunzelt:
- Kenn' ich. Ein Störgerät für die Aktentasche mit Impuls von 1 Giga Watt. Haben wir aber noch nicht.
- DaVinci, verdammt noch mal, hol' mir sofort den Professor auf die Brücke!

Bester Laune, Strahlefrau Mariam im Schlepptau, stürmt der Prof in das noble Steuerhaus.
- Freigänger! Überall hin... ohne Fußfessel... zusammen mit meiner Eheholden.... wie auf der Hochzeitsreise. Macht's Spaß, den großen Pott zu steuern?
- Alter Spaßvogel! Versuche, unser aller Haut zu retten. Wir brauchen ein leistungsstarkes EMP-Störgerät. Das

wirst du doch wohl noch hinkriegen, begnadeter Tüftel-Rentner?

Mariam vergeht das Strahlen schlagartig.

- Schon wieder die verdammten Kriegsspiele?
- Lass nur mein schönes Herz, Basteln gilt als Kreativität der Genialen. Hält jung. Großer Bodenseeskipper, wo brennt's?
- EMP wie es die Russen jetzt bauen. Signalstärke des Impulsgebers 1 Giga Watt, Reichweite 200 Meter. Das müsste reichen, um angreifende Boote zu blockieren. Nicht Torpedos aus der Ferne, aber feindliche Übernahme. Darum geht es nämlich. Mit einer sicheren Richtantenne und einer Abschirmung gegen unsere eigene Schiffselektronik...
- Hältst du mich für einen Amateur, Schlaumeier? Bis wann brauchst du mein Kofferchen?
- Am liebsten bis gestern. Die können jeden Augenblick auftauchen.
- DaVinci, einen Hochspannungskondensator, ein Magnetron (notfalls aus einer Mikrowelle)... oder halt! am besten eine Impulsröhre aus dem Radar. Sie, Kapitän, haben da ein russisches Spezialradar. Ideal, davon brauche ich eine Röhre. Aus der Ersatzteilkiste.

Kapitän Korsakow rotiert.

- Nur über meine Leiche, das Radar wird nicht angerührt!
- Geben Sie dem Professor, was er benötigt, Korsakow, wir besorgen Ihnen später Ersatz. Das festinstallierte Schiffsradar bleibt doch davon unberührt.

Ehe der Russe sich beruhigen kann, hat der Professor längst die Röhre in der Hand.

- Kommandant Holbein kann nicht warten! Komm Mariam…runter ins Labor! Endlich mal wieder was Handfestes statt der schmierigen Petrischalen.

7.

Erstürmung der Brücke.
Holbein studiert seine Seekarten, die Untiefen, die er gerade sucht. Mit des Professors Konstruktion wird ein U-Boot da nicht an die Lambarene rankommen.
Die Tür wird aufgerissen. „Kein Zugang zur Brücke für Unbefugte" steht da groß. DaVinci springt vom Kartentisch hoch – in die Arme von drei kräftigen Typen, den Gouverneur hinter sich: wie lebende Kalaschnikows.
- Wir haben die Schnauze gestrichen voll! Schluss mit Ihrer Frühstücksfahrt jetzt! Lassen uns nicht länger für dumm verkaufen. Keine faulen Versprechungen mehr! Sofort an Land zurück, oder unsere Sicherheitsreserve entert diesen ominösen Luxuskahn! Unsere Triaden machen Fischfutter aus Ihnen!
DaVinci wird blass.
- Aber meine Herren, Sie wissen ja gar nicht in welcher Gefahr wir uns— (ordentliches Englisch).
- Wir! Uns! Hört Euch den an! Als ob wir uns nicht selber schützen könnten! Und wer soll das da sein?
Holbein versucht eine verbindliche Erklärung. Schubsen ihn auf die Seite und drängen sich nach vorn.
- Hier! (Holbein weist cool auf einen der Bildschirme). Warnung vom CIA, sehen Sie selbst, mit Sonarbildern unbekannter Objekte, diese Punkte da. Was wollen Sie denn tun? Landstrichmafia, Kleinpiraterie oder IS? Hätten alle draufgehen können. Wurden zum Glück rechtzeitig gewarnt. Unser neuer Schiffseigner hat Sie, gerade Sie, bisher vor dem Zugriff des großen Bruders bewahrt. Sie haben jetzt die Wahl, erst mal zu kooperieren. Herr DaVinci wird sich bestimmt großzügig erweisen und sei-

ne Zusagen einhalten. Oder wir alle sitzen hier schon in der Hölle, wenn wir es überleben. Über diesem flachen Unterseerücken, das Korallenriff als Flankendeckung, schaffen wir es vielleicht, ihnen den Weg abzuschneiden. Uns freizuschwimmen. Dann kommt ihr bald nach Hause. Seid froh, dass ihr so gut von ihm versorgt werdet. Er meint es gut mit euch.
Versteinerte Mienen. Verstohlenes Einverständnis.
Die bedrohliche Aufdringlichkeit lässt Platz für verständige Kumpanei. Doch noch gemeinsame Geschäfte? Damit wäre ja allen gedient. Und der Konkurrenz ein Schnippchen geschlagen.
Holbein lässt das ERP unerwähnt. Seinen Trumpf in der Hinterhand. Jovial lässt er weitere Erklärungen vom Stapel. Man nickt beifällig.
Der Gouverneur spricht es aus:
- Da müssen wir unsere See-Kavallerie zurückpfeifen. Auf zur Beratung, Leute! Hoffentlich sind sie nicht schon unterwegs!
Endlich wieder Ruhe im Kartenhaus.
Doch jetzt flattern die Zwillingsschwestern aufgedreht herein.
Wie aus einem Munde:
- Haie, Haie! Wir brauchen ein Seefernrohr, Kommandant Holbein!
- Haie? Wo sollen die denn sein?
- Wir waren am Pool. Da hat sie ein Typ gesehen. Weitdraußen im offenen Meer. Behauptete, die Eingeborenen fangen sie für ihr berühmtes Goroka-Fest.
- Hier, mein Fernglas, aber wiederbringen!
Holbein wirft schnell einen Blick durch das stationäre Nikon Aussichtsfernrohr 20 X 120III und zuckt zusammen:

- Halt! Bleibt hier! Das ist kein Hai! Bei Neptuns Zinken, DaVinci, sehen Sie selbst! Der Schnorchel eines auftauchenden U-Bootes.

8.

Kursänderung.
Backbord Süd/Südost 157,5 Grad.
Kein Hai mehr zu sehen, kein Schnorchel. Abgetaucht.
Es wird eng!
 - DaVinci, schnell, den Professor und seinen Koffer!
Maschinen Stop! Maschine I Achtung! Maschine rückwärts! Halbe Fahrt! Verziehen uns bis zum Korallenriff! Soweit es die Wassertiefe zulässt. Unser Plan scheint aufzugehen. Aber wo bleibt der Rest der See-Schwadron?
Holbein ruhelos zwischen Kartentisch, Radar und Fernrohr.
Der Prof im weißen Laborkittel stürmt auf die Brücke. Koffer in der Hand wie ein Handlungsreisender.
 - Zur Stelle, Kommandant! Auf in die Elektronikorgie.
Wieviel feindliche Objekte?
 - Einziges U-Boot bisher! Aber da gibt es ein Problem. Wenn wir ihre elektrischen Systeme mit dem EMP lahmlegen, kommt die Besatzung nie mehr aus dem See-Sarg heraus. Das können wir doch nicht riskieren!
 - Erst auftauchen lassen, natürlich. Die kommen in dem Flachwasser ja nicht an uns heran, und abschießen wollen die uns ja auch wohl nicht mit den 1000 Passagieren und ihren Bossen an Bord.
 - Wenn sie den Schnorchel wieder recken, funken wir sie an. Am besten auf Chinesisch. Könnte der alte Funkprofi Hu Was machen. DaVinci, rufen Sie ihn aus!
 - Da! Schnorchel auf 2 Uhr, Steuerbord voraus. Jetzt versuchen sie es von der Seite!
Hundertwasser poltert die Treppe zur Brücke hoch.

- Was? Ich werde noch gebraucht?
- Die China-Mafia, die hast du doch aufgedeckt. Funk sie an. In deinem besten Chinesisch. Sofort auftauchen. Die gesamte Mannschaft evakuieren. Wir blockieren ihre Elektronik per EMP. Klappe zu, Affen tot!
- Darauf sollen diese Ganoven eingehen? Gib ihnen lieber eine kleine Probe. Lass ihre Bildschirme flackern.
- Die werden auch so kapitulieren. Los, mach schon!
Hu Was stellt routiniert die U-Bootfrequenz 0,003 MHz ein. Lässt sein Chinesisch los, spricht in das Funkmikro. Der Prof nickt zufrieden. Hätte er noch besser gekonnt. Aber lieber das Köfferchen nicht aus der Hand geben. Lässt jetzt einen Miniimpuls in Richtung U-Boot los. Bisschen drohen kann nicht schaden. Gibt Hu, dem hundertwässrigen Bordfunker recht.
- Achtung! Hol mich der Klabautermann: die tauchen auf!
Wie ein Wal kämpft sich das Ungeheuer aus dem Wasser. Das Periskop langsam zuerst. Der Turm mit den seitlichen Tiefenrudern rauscht hoch. Mannschaft einer nach dem anderen an Deck. Adrett in Reih und Glied angetreten. Ganz vorne der 1. Offizier Pei Cheng Wang, Ex-Geheimdienstler aus dem MSS, Ministerium für Staatssicherheit der Volksrepublik China. Der Prof erkennt mit dem Glas den verhassten Geliebten seiner Frau sofort.
- Sollte der nicht auf ewig im Kloster verschwunden sein? Hundertwasser, dein Vorgänger. Der freut sich bestimmt auf dich. Kennt doch deine Stimme!
Der Hotelkoloss Lambarene zwischen Riff und Sandbank. Das kleine U-Boot treibt mit matter Motorleistung scheinbar unaufhaltsam heran. Glatter Kollisionskurs.

Hoher schriller Walsingsang aus dem Megaphon des entlaufenen Mönchs als Ansager. Holbein wütet.
- Das versteht doch kein Mensch! Will der uns rammen?
- Verlangt Anweisung seines Chefs. Der Gouverneur, auf der Lambarene soll sich zeigen. Sofort. Sonst tauchen sie wieder ab!
Die Persenning wird von der U-Boot Kanone gezogen. Bis auf die 3 Kanoniere verschwindet die Mannschaft hinter dem Turm. Sieht schon gefährlich aus. Die werden doch nicht...
Die überwiegend weiblichen Passagiere drängen sich an der Reling. Einzelne spitze Schreie nach Rettungswesten! Hobbynautiker Holbein fühlt sich als Admiral in dieser Seeschlacht arg in die Enge getrieben.
- Diese Wahnsinnigen stellen Forderungen? Wir hätten sie doch besser in ihrem See-Sarg verrecken lassen! Los Professor, brüllt er, puste denen den Abzug weg, den elektronischen Auslöser. Schnell! Befehl! Die machen uns noch platt!!
Der neue Starartillerist steht schon draußen in Positur. Reißt den Kofferdeckel hoch. Richtantenne raus. Spannt mit einem Ruck die Abschirmfolie. Unbedingt die eigene Schiffselektronik schützen!
Fernbedienung in der Hand.
Drei Schritte zurück. Nichts passiert.
Mit zitternder Hand greift der Konstrukteur in sein Wunderwerk, und ....
In milliardstel Sekundenbruchteilen zuckt der Blitz über die See.
Kein Donner! Nur der Hauch des Meeres. Sonst nichts.
Gespenstisch totenstill. Was nun?
Holbein starrt leichenblass auf den Kunstschützen. Das feindliche Boot treibt schwappend weiter heran. Die

Mannschaft hantiert hektisch am Geschütz. Kein Dieselgeräusch, kein Laut aus dem Megaphon.
Ohne Glas ist der entlaufene Klosterzögling zu erkennen.
Kommandant im Veitstanz mit erloschener Flüstertüte.
Nichts geht mehr bei ihm.
Holbein schnappt sich den Professor.
- Was ist? Verdammt, sag' was! Treffer?? Ganz sicher?? Das kann doch nicht alles gewesen sein! So ein Püsterchen....
- 100 pro! Mit ähnlichem EMP haben die Russen schon eine Falcon F-16 einfach so vom Himmel geholt. Deshalb wollte ich damals nicht mehr mitspielen. Niemand sollte so ein Ding in die Finger bekommen!
Schüttelt sich vor Entsetzen.
Das Boot treibt in immer gefährlichere Nähe zum Crash. Kein Ausweichen mehr.
Holbein verflucht sein Geschäft. Nicht ohne Häme zittert der russische Kapitän um sein Schiff. Die Mafia rückt ihm fordernd vorwurfsvoll auf den Pelz.
- DaVinci, schnell einen Schuss vor den Bug! Deine Panzerfaustmänner!
Granatendonner. Aufspritzende Wasserfontänen direkt vor dem Bug des lahmen Hais.
Nichts!
Neuer Versuch. Drei Einschläge im Wasser...
- Das darf doch nicht wahr sein! Die sollen draufhalten, verdammt noch Mal! Drauf!! Ohne Rücksicht auf Verluste!
Da! Ein markerschütterndes Knirschen. Sand wirbelt hoch.
Das U-Boot bäumt sich auf. Der ‚Weiße Hai' zeigt seinen Rachen.
Auf Grund gelaufen. Steuerlos, wehrlos.

Der angriffslustige Mörderhai hilflos gestrandet. Hysterisches Geschrei verängstigter Passagierinnen auf den oberen Decks.

9.

Die Schiffbrüchigen bergen.
Verlangt die Genfer Konvention. Aber vorher noch ein bisschen zappeln lassen, diese Piratenbrut. Das erlaubt die christliche Seefahrt.
- DaVinci, eins eurer Patrouillenboote zu Wasser! Mit ein paar von deinen bewaffneten Männern. Falls es Schwierigkeiten gibt. Und nehmt Hundertwasser mit. Der wird Wunder wirken.
- Ich doch nicht! Nicht in einem Boot, mit diesem Stasi-Monster, der meine Frau…
- Reiß dich zusammen. Das wirst du doch noch schaffen, pfiffiges Großmaul!
- Und das U-Boot?
- Holt ihr später. Läuft ja nicht weg, ha, ha!
- Kapitän Korsakow, Sie können wieder übernehmen. Und du, DaVinci, lässt den Gouverneur und die Bosse antanzen. Begrüßungs-Komitee. Ich kümmere mich mit Mariam und ihrer Schwester um unsere sicher verängstigten Damen. Der Prof darf sich endlich ausruhen.
- Lass ihre Schwester aus dem Spiel, die muss ich doch…
- Mal langsam! Erst die Arbeit. Noch gelten für mich alle Freiheiten. Schon vergessen? Du überwachst die Bergung. Halt' die Augen offen. Mit der vereinten Mafia-Mischpoke an Bord sitzen wir auf einem nuklearen Pulverfass. Nur eine beiläufige Komplikation …

10.

Manchmal bringt Regen tatsächlich Segen. Tropischer Platzregen fegt die sensationslüsternen Schaulustigen von den Decks. Zu flotten Big-Bandklängen und Champagner in den zentralen Ballsaal.
Die gestrandete U-Boot-Crew, ihr 1.Offizier und die Seenotretter in DaVincis Office. Der Gouverneur in flüssigem Englisch:
- Kommandant Wang, was haben Sie sich gedacht bei diesem Alleingang? War doch alles längst abgeblasen.
- Waren schon unterwegs. Keine Nachricht. Warum haben Sie uns nicht angefunkt?
DaVinci dazwischen:
- Haben wir. Doch Sie bedrohten mit der Bordkanone unseren harmlosen Passagierdampfer.
- Unsere gesamte Elektronik war von euch blockiert. Waren hilflos ausgeliefert. Hätten mit Mann und Maus absaufen können! Dann lieber Gefangene auf diesem Teufelsschiff... wo meine Todfeindin unbehelligt Konzerte gibt!!
- Was faseln Sie da? Verstand verloren?!
- Wo ist die falsche Pianisten-Schlange Lian, die mich heimtückisch ins Kloster schickte?!
Der massige Chinese stürzt sich wie eine Furie auf den völlig überrumpelten Hu Was. Würgt ihn und schreit:
- Bring mich zu ihr, oder ich knicke dir dein Hälschen, schmierige Langnasen-Fratze! (Akzentfreies Englisch.)
Holbein, gerade rechtzeitig in der Tür, will ihm zu Hilfe kommen. Sofort umringen die U-Boot-Getreuen loyal ihren tobenden Chef. Drängen Holbein ab.

Einer der bewaffneten DaVinci-Männer droht mit seiner Kalaschnikow.
- Alle zurück! Keinen Schritt weiter!
Jetzt verlieren auch der Gouverneur und zwei der Mafia-Bosse die Geduld. Aber DaVinci ist schneller:
- Lassen Sie sofort den Zivilisten los! Schluss mit diesem Affentheater! Dienstlicher Befehl! Sonst lasse ich euch alle wie Galeerensträflinge in Ketten legen!
- Mich in Ketten? Nur zu, war lang genug weggesperrt im Kloster. Macht mir keine Angst!
Aber er lässt von seinem Opfer ab.
- So nehmen Sie doch Vernunft an, Kommandant Wang Pei Cheng, die Pianistin Frau Shi Lang Lian ist für niemanden zu sprechen. Liegt im OP unter Vollnarkose.

TEIL VI

1.

„Weltweit wächst die Sorge über chinesische Verbrechersyndikate, die mittlerweile allgemein als Triaden bezeichnet werden. Die chinesischen Triaden, die „gelbe Mafia", kooperiert mit anderen asiatischen Tätergruppen. Davon soll es allein in Hong Kong 160.000 geben. Gegen Ende des 17. Jahrhunderts gründeten fünf Mönche, Angehörige des FOOCHOW-Klosters im Süden Chinas, diese gefährliche Geheimbruderschaft. Vor der Aufnahme muss der jugendliche Mitläufer Aufträge übernehmen, die ihm von einem „älteren Bruder" befohlen werden. Ist die Triade mit dem „Fußsoldaten" zufrieden, wird er durch zeremonielle (Blut-)Eidleistung aufgenommen und bekommt seinen Rang." (weltweit-auf-leisen-sohlen-chinastriaden.html)

Der U-Boot Kommandant Wang Pei Cheng.
Im Rückblick:
Ex-Stasi und Chef einer eigenen Geheimdienstbrigade. Saboteur und Umstürzler, im Begriff ein U-Boot der China-Navy mit ballistischen Interkontinental-Raketen zu requirieren. Um mit der Drohung eines Atomschlags im Südchinesischen Meer die Weltmächte zu erpressen. Gerade noch rechtzeitig in einem ähnlichen Triaden-Kloster von Hongkong, getarnt als Mormonen-Refugium, entsorgt von der Pianistin Shi Lang Lian, damals Chefin des Geheimdienst-Büros 611. Hatte ihren ehemaligen Geliebten Wang durch einen Gehirn-Chip gefügig gemacht. Und damit für immer aus der Schusslinie. („Tanz um den goldenen IQ", op. cit.)

Glaubte sie. Ahnte aber im Traume nicht, dass sie diesen gefährlichen Verbrecher ausgerechnet in eine der brutalsten Triaden-Hochburgen verfrachtet hatte. Mangelnde Geheimdienstinformation.
Der vermeintliche Abt des Klosters und *Daih-Loh* (Bezeichnung für einen Triaden-Boss), ein gebildeter weiser Mann. Anhänger der traditionellen chinesischen Medizin. Zugleich vertraut mit modernen Neurowissenschaften. Skrupellos in der Verfolgung seiner kriminellen Ziele. Ein Altmeister des organisierten Verbrechens.
Ihm fiel sofort der völlig verwirrte Novize bei der ersten Vorstellung auf. Seine auswendig gelernten absurden Mormonen-Weisheiten. Ein athletisch untersetzter Typ im besten Mannesalter, testosteronstrotzend. Wohl kaum der lebensuntüchtige Schwächling, der sich freiwillig hinter Klostermauern verkriecht. Gehirnwäsche, Drogen oder neurochirurgische Manipulation?
Im CT sprang der Chip ins Auge. Unglaublich! Sollte da etwa ein Maulwurf in das Triaden-Heiligtum klammheimlich eingegraben werden?
Der mit allen Klosterwässerchen gewaschene Abt ließ diese gefahrenträchtige Cyber-Falle sofort auslesen, für Hacker ein gefundenes Fressen, und aus dem Kopf des neuen Mönchanwärters entfernen. Übernahm fortan persönlich die Umerziehung. Im festen Glauben an das schlummernde Triaden-Potential des zukünftigen „Fußsoldaten" seiner perfiden Geheimbruderschaft.
Der Reinkarnationstherapeut des Klosters sah Wang Pei Cheng in einem seiner früheren Leben 1906 als Kapitän des ersten deutschen U-Bootes der Kaiserlichen Marine. Das bestimmte seine weitere Schurkenkarriere. Nach gründlicher Ausbildung und Ableistung des traditionellen Bluteides wurde „Bruder Wang" zur „Gelben Mafia"

nach Papua-Neuguinea abkommandiert. Als Chef einer ultramodern ausgerüsteten, hochtechnisierten und digital top-versierten Marineeinheit. Einsatzbereit in allen Häfen der Bismarck- und der Salomonsee und des Korallenmeeres von Lae bis zur Landeshauptstadt Port Moresby. Um notfalls den gigantischen Schutzgeld-Geschäften der nimmersatten Triaden-Bosse dort Nachdruck zu verleihen.

2.

Sagenhaft.
Im türkischen Dampfbad der *Lambarene* ‚Bruder Wang' und seine U-Boot-Crew.
Die Hamam-Bademeisterin verwandelt die gestrandeten Irrfahrer in Wellness-Schaumgeborene. Bilderbuchschöne Nixen massieren die athletischen Männer mit kundigzarten Händen. Lassen die frauenlose Zeit auf und unter See lustvoll vergessen.
Unserem einfallsstarken Holbein ist es gelungen, die angestauten Aggressionen des aufsässigen Triaden-Kommandanten so einzudampfen. Dessen loyale Bootsbesatzung folgte ihm nur allzu gern ohne Murren.
Der gesamte Dampfbadbereich hermetisch abgeriegelt. Risikovorsorge gegen angekündigte Übergriffe auf die beschuldigte Pianistin.
Sie erwacht gerade aus der Kurznarkose. Nach dem Absaugen der Eizellen für die geplante In-vitro-Fertilisation. Sieht Holbeins und Hundertwassers besorgte Mienen. Wirkt gleich wieder hellwach.
 - Welches Meeresgetier ist euch denn über eure Zirrhosen gekrabbelt? Hu Was, du siehst aus, als sei dir das Ungeheuer von Loch Lae erschienen!
 - Schlimmer! Das Ungeheuer aus dem Mormonenkloster! Dein alter Stasi-Galan und Kriegstreiber ist hier an Bord. U-Boot-Kommandant der China-Mafia. Verlangt deinen Kopf. Lechzt nach Rache für seine Einkerkerung.
 - Das gibt's doch nicht! Entsprungen?! Aus dem Hochsicherheitskloster? Hat der denn seinen Chip verloren? Hu Was, schnell mein Schlangentäschchen aus der Kabine … ich muss neu programmieren!

- Und wenn er nicht mehr funktioniert? (Holbein cool.)
- Deiner arbeitet doch noch einwandfrei. Hast ja mein Konzert aus London empfangen. Schon vergessen?
- Wie könnte ich! Aber wenn er ihn hat entfernen lassen?
- Im Kloster? Das können bestenfalls Spezialisten...bloß keine Aufregung, das haben wir gleich. Als ich Hus Trauermine sah, dachte ich schon, er sei doch sauer wegen meiner In-vitro-Fertilisation ohne sein verschmähtes Erbgut.
- Nicht einfach für einen Macho. Selbst wenn das Kuckucksei von einem Mozart stammt. Wen hast du denn jetzt als Spender auserkoren?
- Zwei, wie geplant. Den Prof und einen russischen Weltklasse-Pianisten ... namentlich nur mir bekannt, versteht sich. Weiß nicht, wo dieser Petrischalen-Teufel Huang Hongyun das Sperma hergezaubert hat...
Hundertwasser stürzt endlich wieder herein.
- Na gib schon, das hat ja gedauert!
Lian fischt ihr Super-Handy aus dem Täschchen. Tippt den endloslangen Geheimcode ein.... Nichts! Wiederholt das Ganze wutentbrannt.... Nichts!
- Und jetzt?! Die Herren wie im Chor.

- Ruhig Blut, Ihr Kleingläubigen! Mein guter Wang liegt mir auch ohne Chip zu Füßen. Immer noch. Da reicht ein Schnipp! Ein Fingerschnippen, ein Fingerwischen über meine speichelfeuchten Lippen. Ein kurzes schlangenfrivoles Züngeln und ich wickele ihn um eben diesen Finger.
Hu Was entsetzt:
- Und wenn er dir vorher dein Alabasterhälschen zudrückt?!

Holbein, der Vorsichtige, will sich auf eine solche erotische Verwickelung auch nicht verlassen.
- Viel zu riskant. Hu Was hat recht. Einzige Möglichkeit: Du sprichst erst mal mit diesem Rachelüstling durch die bruchsichere Scheibe der Isolierstation!
- Schöner Gedanke, Sicherheitsbeauftragter. Aber selbst meine Verführungskunst lebt von der magischen Wirkung der Duftmoleküle. Das männliche Unterbewusstsein reagiert sekundenschnell auf solche Pheromone, die feuchte Frauenlippen ausströmen. Solltest du eigentlich wissen, Profiler und Frauenflüsterer.
- Eigentlich? Kommt bei mir nicht vor. Hörte allerdings schon von ‚betörendem Männerschweiß'. Doch dein Ex-Galan wird gerade im türkischen Dampfbad davon befreit. Nur, damit du nicht etwa ihm zu Füßen fällst!
Hundertwasser völlig verstört. Jetzt ohne Kontrolle über seine Gesichtszüge. Schlimm. Aber besser, als das Gesicht zu verlieren.

3.

Kein Halten mehr. Genug der Kreuzfahrerei.
Die Bosse der ‚Gelben Mafia' haben sich den Eingang der enormen Lambarene-Schutzgelder auf ihren heimischen Konten bestätigen lassen. Der Gouverneur strahlt über seine feisten Wangen: Der grobe Riechkolben seiner Schönen, von Meisterhand zu einem Kate-Middleton-Näschen auf Weltklasseniveau gestutzt. Dank der Dschungel-Heilsalbe des umstrittenen Dr. Liú aus Lae schon fast abgeheilt. Muss aber noch geschont werden. Nasenküsse wie bei den Maoris sollen tunlichst unterbleiben. Aber der Gouverneur liebt es ohnehin vollmundig. Nur der Geruchssinn durch die Tamponaden eingeschränkt. Aber der verlockenden Pheromone (siehe oben) bedarf die immer bereite Gouverneursgespielin längst nicht mehr.
Lae in Sicht! Alle, die wollen dürfen endlich von Bord.
Schlusskommuniqué mit DaVinci.
- Wir haben uns verstanden. Alle Absprachen werden eingehalten. ‚Pacta sunt servanda'. Gibt es noch Fragen?
In der Runde auch Holbein, der Prof, Hundertwasser und auffällig, der Neurochirurg Huang Hongyun. Was hat denn der hier zu suchen? Nur die Pianistin fehlt.
Immer noch aufgebracht der U-Boot-Kommandant:

- Wo ist die Pianistin, Shi Lang Lian?! Soll ihre skrupellose, rechtswidrige Freiheitsberaubung meiner Person etwa ungesühnt bleiben? Ich verlange Satisfaktion!
- Kommandant Wang Pei Sheng, wir befinden uns hier auf der *Lambarene*. Nicht im rechtsfreien Raum. Erst recht nicht vor Gericht. Schon gar nicht auf einem Forum

für Ihre persönlichen Auseinandersetzungen mit Frau Shi Lang Lian. Und hoffentlich meinen Sie mit Satisfaktion nicht Lynchjustiz. Klagen Sie vor einem internationalen Gerichtshof, wenn Sie wollen. Aber auf Sie wartet eine ganz andere Aufgabe, wenn ich den Herrn Gouverneur richtig verstanden habe. (DaVinci lehnt sich zurück.)
Gouverneur:
- In der Tat! Es geht um Wichtigeres. Sie haben das U-Boot ohne jeden Befehl grobfahrlässig auf Grund gesetzt. Sträflich eigenmächtig und selbstherrlich. Könnte Sie standrechtlich erschießen lassen! Soll unser Eigentum etwa in die Hände von Unbefugten fallen? Verlieren Sie keine Zeit. Das Wrack bergen und in den Heimathafen zurückbringen! Haben Sie das verstanden?!
- Zu Befehl, Gouverneur! Benötige dazu zwei Boote und DaVincis Männer, die uns gerettet haben. Meine paar Leute schaffen das nicht allein.
DaVinci gönnerhaft:
- Einverstanden. Nehmen sie, was Sie brauchen.

4.

Was tun, sprach Zeus.
Ohne äußere Bedrohung spitzt sich die Lage auf der Lambarene zu. Große und größere Gauner unter sich. Auf engem Luxus-Raum zusammengenötigt. Diese ehrenwerte Gesellschaft will nichts weiter, als endlich zu den einträglichen Tagesgeschäften zurückzukehren.
Einzig die Pianistin hat guten Grund zu bleiben. Bis ihr Super-Erbgut den Weg in eine Leihmutter findet.
Zurück in ihrer Luxus-Suite. Die Freunde um sie herum. Der Prof, Mariam samt Zwillingsschwester und Hundertwasser. Holbein hat sie zusammengetrommelt. Unauffällig. Der große Sicherheitschef mit seinen Befugnissen. Alle Wanzen und Kameras eliminiert. Wer weiß, wie lange DaVincis Freiheitsgarantien noch gelten.
Hundertwasser, nicht mehr zu halten.
 - Entsetzlicher Verdacht! U-Boot-Kommandant Wang gab unserem Neurochirurg versteckt Handzeichen! Die geheime Fingersprache der Triaden. Hand mit eingezogenem Ringfinger, ausgestreckter Mittelfinger, Daumen und kleiner Finger weit abgespreizt: *Das Zeichen des Triaden-Chefs.* Huang antwortete: *Bin dabei.*
Wang: *Bestrafung nötig!* Reibt sich das linke Auge. Bedeutet: *Mordankündigung.* Huang berührt seine Pfeife mit den Zähnen vor dem Anzünden: *Bin auf deiner Seite!*
Hu Was springt auf.
 - Der Neurochirurg ist ebenfalls ein Triaden-Bruder! Nicht auszudenken. Alles von langer Hand geplant. Hat schließlich Lian als Pianistin vermittelt. Und jetzt wollen diese Brutalos sie hinrichten! Höchste Zeit, das ‚stinkende' Schiff zu verlassen!

- Langsam, Hu, mein süßes Wässerchen, die bringen mich doch nicht um, mitten in der In-vitro! Macht keinen Sinn. Durfte mir sogar die Leihmutter persönlich aussuchen, nicht wahr Marita, keine weiß das besser als du!
Alle Augen auf Mariams Zwillingsschwester. Die stottert mit hochrotem Kopf:
- Einzige Möglichkeit ... DaVincis schmierigen Klauen zu ent ... hielt es nicht mehr aus...und ... das viele Geld!
Mariam dreht durch. Schüttelt ihr Zwillingsschwesterchen wie ein Frau-Holle-Kissen.
- Du als Leihmutter? Sag, das ist nicht wahr! Hast du den Verstand...
- Er wollte mich heiraten! Um jeden Preis! Nur ein Kind von Lian in meinem Bauch schreckte ihn davon ab. Der Tipp kam von Huang Hongyun. Der hat mich erst darauf gebracht. Und er fackelte nicht lang.
- Und dieser widerliche Petrischalen-Opportunist hat dir auch Geld geboten?
- Eine halbe Million!
Holbein fixiert die Pianistin:
- Die Kohle kommt doch von dir, oder?
- Vorschlag von Huang, der meinte ...
Hundertwasser verliert endgültig die Fassung:
- Ausgerechnet mit diesem Triaden-Schwein machst du gemeinsame Sache! Unfassbar! Zieht dich über den Tisch und wetzt schon seinen Krummdolch, um dir die Haut bei lebendigem Leib abzuziehen. Triaden-Spezialität! Und das alles, um einen neuen Mozart in die Welt zu setzen?!
Der Prof interveniert:
- Unterschätzen wir diesen Petrischalen-Psychopathen bloß nicht. Schließlich hat er mir damals mein Gedächtnis wiedergegeben! Genialer Bursche. Hier im Labor

uferte er aus. Besessen von der Idee, ein überragendes Wunderkind-Genie aus der Retorte zu zaubern. Als Weltsensation. Kurz vor dem Durchbruch, mit den pluripotenten Stammzellen aus dem Fruchtwasser der schwangeren Lian! Weiß der Teufel, woher er sie hatte! Ich vermasselte ihm die Tour in letzter Sekunde. Und jetzt kommt diese begnadete Pianistin quasi aus freien Stücken an Bord. Er wittert seine Chance. Macht sie zu seinem Aushängeschild. Verspricht sich von ihr in seinem Wahn den Nobelpreis. Und allein aus diesem Grunde lässt er sie niemals ermorden. Seinen Triaden-Bruder Wang wird er rechtzeitig unter Kuratel stellen. Weiß schließlich, wie das geht.
Mariam, immer noch außer sich:
- Und was passiert mit dir, Schwesterchen? Hält er dich die neun Monate unter Quarantäne? Abgeschottet in einem Laborverlies?! In einer gläsernen Wurfkiste, bis du dein Kuckuckskind geworfen hast?
- Mach mir bloß kein schlechtes Gewissen! Du bist fein raus mit deinem genialen Prof. Aber ein Kind von ihm hast du noch lange nicht. Vielleicht brauchst du ja auch nochmal den Retortenrührer! Lian nimmt mich mit zu sich nach China. Als Konzertbegleiterin und später dann als Kindermädchen. Darf solange bleiben wie ich will. Kann das Kind aufwachsen sehen. Wie mein eigenes.
Die Pianistin schmunzelt:
- Und wir sind frei! Lebenslänglich unter dem Schutz der Triaden. Zwar nicht ganz gesetzkonform. Aber sicherer als bei allen Bodyguards. Außer bei dir selbstverständlich, Holbein, unserem grandiosen Safety-Boy.
- Zu schön, um wahr zu sein. Also Freunde, was hält uns noch auf diesem Geisterschiff? Land in Sicht: in Lae nix

wie von Bord! Der Prof und Mariam wollen mit uns endlich ihre Hochzeit nachfeiern…
Hu Was ungerührt:
- Und was ist mit dem Chaoten U-Boot-Kommandant?

5.

Nomen est omen?
Hundertwasser erkennt das extreme Niedrigwasser. Traut seinen Seemannslichtern nicht. Rückseite eines Tsunami?
- Hat uns gerade noch gefehlt! Nix wie von Bord, von wegen! Müssen auf Reede die Flut abwarten. Das kostet uns mindestens acht Stunden. Oder das elendig nasse und langwierige Ausbooten bei dieser Gischt sprühenden windgepeitschten Kabbelsee. In den offenen Fischerkähnen der Hafenarbeiter. DaVincis sichere Patrouillenboote hat sich ja der U-Boot-Kommandant unter seine schmierigen Triaden-Griffel gerissen. Um das gestrandete U-Boot zu bergen!
- Na und? Warum so eilig plötzlich? Haben es doch gut hier und jede Menge Zeit. Holbein betont gelassen.
- Denkste, begnadeter Sicherheitschef, der fette Gouverneur und seine schmierigen Wirtschaftsbosse haben jetzt die Schnauze endgültig gestrichen voll. Die Faxen satt. Die brechen uns die Bude ...
Da rollt die aufgebrachte Connection schon lautstark an.
- Lassen uns nicht länger verschaukeln! Wollen endlich runter von diesem Seelenverkäufer! Und Hunderte geschönter Patientinnen auch, nach den irrsinnigen Zwischenfällen!
DaVinci hilflos. Holbein wie der Fels in der Brandung.
- Ruhig Blut! Keine Panik! Wir bringen Sie jetzt alle sicher an Land. Die Küstenwache steht bereit. (Notlüge.) Und sobald sich der Wind legt, setzen wir auch unsere schnellen Beiboote ein. Aber damit eins klar ist, Gentlemen, auch beim Ausbooten gilt die Devise: *Frauen und*

Kinder zuerst! (Bei Kindern spielt Holbein offenbar auf die ungeborenen an.)
- Selbstverständlich, Sicherheitchef, wir wissen doch, was sich auf See gehört...Der Gouverneur großkotzig, wischt sich die Stirn und den Stiernacken.
Das markerschütternde Klirren der schweren Ankerketten dröhnt durch sämtliche Etagen des Kreuzfahrtriesen. Es geht los, endlich.
- Muss auf die Brücke (entschuldigt sich jetzt Holbein.) Wenn unser Schiff sicher auf Reede vor Anker liegt, wird Kapitän Korsakow die Aktion überwachen. Packen Sie inzwischen. Und absolute Disziplin! Befolgen Sie alle Anweisungen der Crew. Umso schneller kommen Sie wieder an Land.
- Lassen Sie uns ins erste Boot!
Die zwei ungeschminkten Ladys der Londoner Ethikkommission drängen sich plötzlich kreischend vor:
- Wir haben einen lebenswichtigen Termin in London. Unser Königreich bricht auseinander. Nach dem Brexit-Votum ohne jede Moral! Und mit unserm abgewerteten Pfund kommen wir kaum noch nach Hause.
Holbein, schon auf der Treppe:
- Ethik hat immer Vorrang! Berücksichtigen Sie das!

6.

Der Prof poltert die Treppe zur Brücke hoch.
Völlig atemlos und verstört.
- Mariams Schwester ist spurlos verschwunden! Holbein, um Himmelswillen, da stimmt was nicht!!
Hundertwasser auf dessen Fersen:
- Und Lian genauso weg!! Ich bring ihn um, den abgefuckten Petrischalen-Parasiten! Natürlich abgetaucht in dem ganzen Tohuwabohu. Mit seinen zwei In-vitro-Muttertieren! Der lässt doch seine wichtigen Nobelpreis-Wunderweibchen nicht aus den Klauen!
- Alles abgesucht? Auch die Labors?
- Alles. Bis auf den Grund der Besenkammern. Nichts. Aber gegen diesen verdammten Riesendampfer ist ein Heuhaufen ein wohlsortiertes Fundbüro.
Holbein nicht mehr ganz so cool.
- Aber Prof, du kennst deinen ‚Kollegen' Huang am besten. Muss sich doch irgendwo an Bord ein topgeheimes Refugium gesichert haben?! Wohin ist er denn damals hingerannt, als du ihn mit dem Skalpell über die Treppe getrieben hast? In dem Video für uns! Nach deiner Entführung.
- Der war plötzlich wie vom Decksboden verschluckt.
- Und wo, wo genau?? Mann, erinnere dich doch endlich! Du Superhirn! Kratz es aus deinen begnadeten Fotogedächtniszellen!
Hu Was, nicht mehr zu halten:
- Los, Alter, führ uns einfach dort hin! Auf einem solchen Riesenschiff gibt es bestimmt Beiboot-Garagen. Da könnte er ein privates Motorboot für seine Zwecke versteckt halten!

Weißt du, wieviel Treppen stehn...auf den Decks der Lambaren? Holbeins Lied, er tippt auf mindestens 50.
- Mir nach! Weiß wieder, wo das war!
Die drei wie Apachen auf dem Kriegspfad treppauf! Häuptling Shi Lang, der rüstige Prof, gibt alles. Reißt oben die Flügeltür auf und stürmt über den langen Flur mit den beschrifteten Türen.
KÜHLBEREICHLAGER nur mit Schutzkleidung!
TIEFKÜHLAGGREGATE kein Zutritt!
Der Prof zögert.
- Weiter! Zu kalt für unsere empfindsamen Damen.
- Aber nicht für seine Eizellenimplantate und die Tiefkühlspenden der Samenbanken! Geniale Tarnung für ein Versteck! Versuchen wir's...
Alles abgeschlossen! Hightech-Schlösser. Ohne scharfes Gerät keine Chance.
Holbein behält die Nerven.
- Bin gleich wieder zurück! Versucht inzwischen die anderen Türen. Hol nur mein Stimmköfferchen mit dem Handwerkszeug von der Brücke...

7.

„KÜSTENWACHE AN LAMBARENE!"
À point. Holbein schon am Funkgerät.
„*Bewaffnete Kleinpiraten vor dem Hafen von Lae. Die Boote der Damen überfallen. Wert- und Schmucksachen geraubt! Wir regeln das, aber vorerst keine weiteren Boote!*"
Holbein informiert Kapitän Korsakow unten beim Ausbooten auf dem Vorschiff. Der Gouverneur, direkt neben ihm, flucht im übelsten Papua-Slang. Ausgerechnet jetzt, wo er und seine Spießgesellen an der Reihe sind. Packt sich DaVinci auf der Gangway und schreit ihn an:
- Trommeln Sie alle Ihre waffenfähigen Leute zusammen! Sollen uns eskortieren und Feuerschutz geben! Wir warten keine Sekunde länger!
Deutet drohend auf eine 08 Parabellum in seinem Schulterholster.
DaVinci lässt eingeschüchtert seine Amphibienkrieger vollbewaffnet antanzen. Verteilt sie auf die letzten, verfügbaren Boote.
Holbein verfolgt das Manöver kopfschüttelnd allein von der verwaisten Brücke.
Und wer soll jetzt die hilflos vor Anker liegende Lambarene schützen?!
Wie auf das Stichwort erscheinen auf dem Radar drei schwimmende Objekte aus Nord/West. Der Triaden-Kommandant mit seinem gestrandeten U-Boot im Schlepp!

Bestimmt immer noch rachelüstern.
Holbein reibt sich wissend die Hände.
Hatte das schon einkalkuliert. Wendet sich jetzt aber erst mal mit seinem Zauberköfferchen den trickreichen Kühlhaustüren und seinen wartenden Freunden zu.
- Na endlich, musstest du dein Werkzeug erst schmieden? Dachten schon, du hättest dir ein Plätzchen in einem der Beiboote ergaunert und uns hier ausgebootet. (Hundertwassers Galgenhumor.)
- Spinnst du?! Musste erst noch den Bordfunker spielen! Dann das Radar befragen. Denn dein spezieller Freund und U-Boot-Wüterich kommt gerade zu uns zurück!
- Meine Fresse! Und wir labern hier rum! Fräsen wir endlich die Schlösser raus!
- Wartet mal! (Der Prof ungehalten.) Vielleicht sind unsere Gesuchten ja bei dem alten Gauner Hongyun in bester Sicherheit. Weggesperrt vor dem Zugriff seines ausgeflippten Triaden-Bruders Wang. Na? Hab nachgedacht. Selbst wenn der nobelpreisversessene Befruchter über ein geheimes Boot verfügt, warum sollte er die *Lambarene* überhaupt verlassen? Bessere Bedingungen findet er doch nirgends. Und sein irres Brüderchen verschaukelt der doch mit links.
- Gar nicht mal so dumm, Prof, und jetzt? Du hast ja die Ruhe weg. Aber wo ist bitte überhaupt deine geliebte Mariam?!
- Tja, manchmal hilft der IQ ja schon ein bisschen. Natürlich hab ich mir selbstverständlich auch ein geheimes Verlies zugelegt. Sicher ist sicher…
- Das darf doch nicht wahr sein! Du hast sie einfach weggesperrt? Und wo, auf diesem Riesenlabyrinth?

- Oh je! Hoffentlich geht es mir nicht wie dem Eichhörnchen, das leicht vergisst, wo es seinen Vorrat angelegt hat...
Ungläubige Augen bei Holbein und Hu Was.

8.

Die Boote mit all den starken Männern abgerauscht.
DaVinci, Hauptaktionär dieses Mütterschiffs, verstört, einsam und verlassen auf der Gangway.
Aller Hausbootmacht beraubt. Seine besten Spezialisten abkommandiert zur U-Boot-Bergung. Die letzten Getreuen zwangsrekrutiert als Eskorte für den abrückenden Banditenclan. Keine Beiboote mehr! Wehrlos!
Nur noch Kapitän Korsakow auf der Brücke. Und Sicherheitschef Holbein, wo steckt der nur?!
Wellenschlag. Die Gangway zittert.
Das Patrouillenboot wird aus voller Fahrt abgestoppt. Dreht bei und kommt längsseits.
 - Hände hoch, DaVinci! Das Spiel ist aus! Ihre Männer gehorchen nur noch meinen Befehlen!
U-Boot-Kommandant Wang Pei Cheng droht mit der Kalaschnikow im Anschlag.
 - Nehmt ihn fest!
DaVinci völlig überrumpelt, in Schockstarre.
Schon umringen die vermaledeiten Überläufer ihren ehemaligen Chef. Rauschnüsse kauend. Geweitete Pupillen.
Und jetzt naht der Schleppkonvoi mit dem manövrierunfähigen U-Boot knapp über der Wasserlinie,
Wang Pei Cheng tobt seinen Triumph durch das Megaphon aus.
 - Holt mir den arbeitslosen Russenkapitän von der Brücke! Ausgedümpelt! Anker lichten! Und den Riesen-Pott flott machen. Das tauchkranke und elektroniklahme U-Boot hier auf der Reede festmachen. Torpedos mit den Atomsprengköpfen vorsichtig auf die Lambarene umla-

den! Die Bordkanone demontieren und sämtliche Munition hier auf das Oberdeck!
UNS RUFT DAS SÜDCHINESISCHE MEER!

9.

DaVinci war unser Steuermann!
Verbrannt. Jetzt regiert die lausige Triade mit seinen schmutzigen Fingerzeichen. Katastrophe.
Der Prof und Hundertwasser in Rage.
Holbeins Geo-Profil in Tropenwindes Eile erstellt.
- 1800 Seemeilen oder 3000 Kilometer. Ein Klacks. Bei 28 Knoten oder 50 km/h schlaffe 60 Stunden.
Nicht mal mehr 3 Tage bis zum Südchinesischen Meer!
Hu Was fragend zum Professor:
- Jetzt geht es ans Eingemachte. Wie lange können die Verstecke unsere Damen noch schützen gegen den irren Racheengel? Du kennst schließlich deinen alten Nebenbuhler am besten. Weißt um seinen langgehegten Traum, mit Atomkraft den internationalen Konflikt im Südchinesischen Meer aufzumischen. Unter skrupellosem Einsatz des nuklearen Potential aus den medizinischen Hightech-Geräten der *Lambarene*. Und den Torpedos aus dem U-Boot.
- Sein Triaden Kollege, Neurochirurg und Petrischalen-Genie Professor Huang Hongyun, muss ihm alle erforderlichen Details über die *Lambarene* verraten haben. Nur der kann ihn überhaupt noch stoppen! Und das plant er wohl auch. Hat nicht umsonst seine In-Vitro-Aushängemütter vor ihm versteckt.

10.

Südchinesisches Meer: Weitere Spannungen nach Zwischenfall auf Taiwanstraße
5.07.2016, Reuters 16:12 Uhr, wie Dir, verehrtem und zeitkundigen Leser dank Deiner Tageszeitung nicht entgangen sein wird...
Menschliches Versagen könnte die Spannungen im Südchinesischen Meer weiter anheizen. Am Montagmorgen wurde ein Fischkutter getroffen, als die taiwanesische Marine versehentlich eine Schiffsabwehrrakete in Richtung China abfeuerte. Ein Mensch wurde dabei getötet, drei weitere verletzt. China wurde Taipeh zufolge umgehend über den Vorfall in Kenntnis gesetzt. Über eine Reaktion Pekings ist bisher noch nichts bekannt.
Auch mit anderen Nachbarstaaten im Südchinesischen Meer haben sich bestehende Konflikte verschärft. So will China noch im Laufe dieser Woche dort Militärmanöver zur See abhalten. Experten gehen davon aus, dass dies auch im Zusammenhang mit dem für diese Woche erwarteten Richterspruch stehe, in dem möglicherweise die weitreichenden Ansprüche auf dort gelegene Inseln eingeschränkt werden könnten.

Teil VII

1.

Fluch der *Lambarene*?
Sanguma?
(*In Papua-Neuguinea Glaube an magischen Schadenszauber. Anmerkung für weniger ortskundige Leser*.)
Dran glauben müssen hier die Eigner auf der einzigartigen Kreuzfahrt-Schönheitsfarm, Urbrutstätte im Meer. Einer nach dem anderen.
Und Wang Pei Sheng? Trotzt er dem Fluch?
Der will um jeden Preis ins Südchinesische Meer. Aber erst nach Rache an der Pianistin.
- Wo ist die heimtückische Würgeschlange?! Jetzt wird endlich abgerechnet!
Schreit wie von Sinnen seinen Triaden-Bruder Huang Hongyun an, der ihn freudig begrüßen will.
- Die hat sich längst in Sicherheit gebracht. Ausgebootet nach Lae. Mit ihrer Leihmutter und vielen der geschönten Patientinnen und deinen Mafia-Freunden…
- Waren nicht meine Freunde! Die Ratten haben rechtzeitig das Schiff verlassen. Muss ich sie nicht selbst über Bord schmeißen. Nur Ballast! Und die anderen etepetete Schönheitsprinzessinnen und die vom Designerbabywahn besessenen Dämchen?
- Nur die gerade frisch operierten mussten wir behalten. Und natürlich alle Patientinnen in Langzeitbehandlung. Die wollten um keinen Preis von Bord.
- Macht nichts. Die verschleißen wir als „schöne Geiseln"!
- Als Geiseln? Spinnst du jetzt total?
- Kein bisschen, Geschichtsbanause! Das italienische Kreuzfahrtschiffs *Achille Lauro* 1985 entführt durch pa-

lästinensische Terroristen. Abu Abbas hatte mit der Erschießung amerikanischer Geiseln gedroht, um 50 in Israel inhaftierte Gesinnungsgenossen freizupressen. Die Terroristen erschossen damals einen Amerikaner jüdischer Herkunft und warfen ihn über Bord... Na, dämmert es?
- Und was willst du wirklich im Südchinesischen Meer?
- Eben meine Gesinnungsgenossen freipressen! Geheimdienstchef Ma Jian und Ex-Stasichef Zhou Yongkang, alles alte Freunde. Damals vom Regime verhaftet.

2.

„Alles alte Freunde".
- Habt ihr das gehört? Der wahnwitzige Triaden-Kommandant plant immer noch den Umsturz und will seine alten Seilschaften reaktivieren!
Holbein, der Prof und Hundertwasser hinter künstlichen Palmen auf der Treppe. Lauschen.
Wang, immer noch sehr laut:
- Als Erstes diesen verdammten DaVinci entschärfen. Mit einem deiner genialen Gehirn-Chips. Schießen wir ihm in den Schädel. Darf ruhig als willenloser Zombie-Geschäftsführer hier weiterarbeiten. Überhaupt soll nach außen hin alles so bleiben. Unter dem Schutz der internationalen Rotkreuzflagge. Wie lange brauchst du für den ‚Eingriff'?
- Geht ruck, zuck. Ambulant.
- Und wer hat das geniale EMP gebaut, mit dem ihr mein U-Boot lahmgelegt hat?
- Das kann nur Kollege Professor Shi Lang gewesen sein.
- Den brauche ich auf der Stelle. Samt diesem scheinheiligen Klimperregler, Profiler Holbein aus Deutschland. Der hat doch die *Lambarene* vor meinem Angriff auf eine Sandbank gesetzt hat. Hab mich informiert. Den kralle ich mir auch noch. Sollte am besten auch gechippt werden!

Das Lauscher-Trio zieht sich vorsichtig und unbemerkt aus dem Palmenschatten zurück.
Holbeins Frontallappen hämmern. Seine beigen Zellen signalisieren ‚höchste Gefahr im Verzuge!

Jetzt bloß nicht den Helden spielen!
Dem Prof passiert nichts. Der wird gebraucht. Für ein EMP mit größerer Reichweite. Seine junge Ehefrau bei ihm untergetaucht. Geheimdienst-Pianistin samt deren Leihmutter versteckt von Huang, zunächst aus der Gefahrenzone. Alle angeblich nicht mehr an Bord. Und Hundertwasser? Wenn der ein bisschen jammert, seine Frau, die Pianistin habe ihn verlassen, – als Racheobjekt nicht mehr interessant. Der ist gestraft genug. Aber du, mein lieber Holbein, schutzlos in der Höhle des Löwen, den Krallen des Triaden-Bruders Wang ausgesetzt. Du musst abtauchen! Auf der Stelle!
- Abtauchen? Auf den 200 Metern und seinen zahlreichen Etagen? Wohin denn, zum Teufel?! Einfach verduften?!
Wo würde man ihn am wenigsten vermuten? (*Rhetorische Frage an den ungeduldigen Leser.*)
Einfache Antwort des Autors:
- Natürlich auf der Intensivstation des Schönheitsriesen!
Holbein schon unterwegs. Kennt den Weg von seiner Überwachungsdrohne.
Überall ZUTRITT VERBOTEN – NO ENTRY
Auf dem Gang zur Abteilung ‚Gesichtschirurgie' zuckt Holbein zusammen. Erstarrt. Vor der Fotogalerie. Ein Gesicht starrt zurück! Ein hinreißend umwerfendes Gesicht. Aber das kann doch nicht sein… dieses Gesicht. Er kennt es. Er liebt es, träumt davon. Und wie!
Holbein reißt die Augen auf. Kreuzfahrtschiff-Fata Morgana?
Zufälle für den begnadeten Profiler gibt es nicht.
Aber…
Eine weibliche Gestalt im grünen OP-Ärzteoutfit.

- Können Sie nicht lesen?! Zutritt verboten. Unbefugte haben hier nichts zu suchen! (Oxford-Englisch)
Resolut und richtig ungehalten.
- Aber ich habe hier etwas zu suchen, Verehrteste. (Bestes Schulenglisch) Und zwar diese Frau! Das Foto ... es geht um Leben und Tod!
- Sind Sie ein Angehöriger?
- Und wie!
Holbein holt seinen Profiler-Ausweis von Jerichos LKA raus. Hält ihn ihr unter dies Nase.
Widerwillig:
- Sie ist auf Intensiv. Aber nur kurz, sie darf noch nicht sprechen. Stimmbandlähmung nach Intubation bei der Narkose. Kleiner Unfall nach einem unverhofften Brecher auf See. Kann passieren. Der Tubus liegt genau zwischen den Stimmbändern. Mussten die Luxation des Stellknorpels operativ korrigieren.
Sie öffnet eine Tür.
- Hier, steriles Zeug. Ziehen Sie das an!
Eine zweite Tür. Auf dem Bett eine Frau mit schulterlangem rotem Haar.
- Janadine!!
Holbein wie in Trance. Will auf sie zu. Grob hält die OP-Bekittelte ihn an seiner sterilen Verkleidung zurück.
- Rühren Sie sie nicht an! Die Frau heißt nicht Janadine. Und jetzt raus hier!
In den Augenwinkeln der Patientin ein zaghaftes Lächeln. Aber kein deutliches Zeichen des Erkennens.
Schon findet er sich vor der Tür. Die abschiebende Hand des strengen Stationsdrachens im Rücken.

3.

Holbein bleibt keine Wahl.
Dreht sich abrupt um. Packt die Ärztin mit beiden Händen an den Schultern.
- Wir alle sind in größter Gefahr! Wo können wir ungestört reden? Wo findet man uns nicht?!
Sie nimmt gelassen seine Hände von ihren Schultern. Hält sie fest und ihn herausfordernd im Blick.
- Sie sind kein Spinner, das sehe ich. Aber Sie übertreiben, um mich einzuschüchtern, oder?
- Nicht oder. Dürfen keine Zeit verlieren...
- Kommen Sie!
Den Gang entlang.
ISOLATION WARD – ISOLIERSTATION. KEIN ZUTRITT. SCHUTZKLEIDUNG!
Natürlich, Holbein, die Isolierstation. Da traut sich keiner rein! Wird auch nicht abgehört! Das ist doch die Lösung! Und den Kittel hat er schon an.
Fingerscanner. Tür auf. Schleuse. Tür zu. Fingerscanner und so weiter. Ein kleines Luxus-Appartement ohne jedes Kranken-Ambiente.
- Bitte – mein privates Refugium! (Akzentfreies Deutsch). Vom LKA in Stuttgart also?
- Sehr aufmerksam!
Der strenge Chefarztton wie weggeblasen. Ein verschwörerisches Lächeln, nicht ohne Charme. Unter dem grünen Kittel blüht eine beachtliche Oberweite.
- Hier stört uns keiner.
Programmiert die Leuchtanzeige an der Außentür:
EBOLA !! (Totenkopf Symbol)
- Hatten wir noch nie. Aber...

- Wer ist diese Frau?
- Erstmal Ihre „Gefahr".
Holbein skizziert den Wahnwitz in Person des Triaden-Bruders Wang.
- Wer ist diese Frau?!
Ihr Lächeln springt ins Ironische.
- Schweigepflicht. Schon mal gehört, Profiler Holbein?
- Mehr als aufmerksam, bin beeindruckt. Aber ich frage nicht aus Neugier. Mein Beruf zwingt mich ...
- Schon gut. Ihr Foto hängt schließlich in der Galerie aus. Sie ist Französin. Zahlte viel Geld für eine ungewöhnliche Simile-Gesichtsoperation. Wollte ihr Gesicht einem lebenden Vorbild 100-prozentig angleichen lassen. Angeblich, um ihren Mann zurück zu gewinnen, der mit diesem Vorbild fremdging. Dieses aberwitzige Ansinnen an die Plastische Chirurgie wäre nirgends sonst auf der Welt ernst genommen worden. Doch der inzwischen ‚emeritierte' Dr. Madison stellte sich dieser Herausforderung. Drückte uns die Patientin, mit einem entsprechenden Bonusversprechen aufs Auge. Wir operierten im Team in mehreren Schritten. Gespeicherte Datensätze von dem Vorbildgesicht wurden während der OPs mit 3D-Infrarotkamera auf das Anzugleichende übertragen. Diese weltweit einzigartige Operationstechnik haben wir in Anlehnung an den Freiburger Wiederherstellungschirurgen Prof. B. Stark übernommen. Das muss für Sie als Laien genügen. Das Ergebnis konnten Sie ja bereits bewundern. Bis auf den kleinen Zwischenfall eine Meisterleistung der konstruktiven ästhetischen Chirurgie.
Selbstbewusster lächelt keine Chirurgin.
- Allerdings erschien mir die Begründung für diese Radikalveränderung von Anfang an suspekt. Besonders weil die Patientin vor dem Aufwachen aus den Narkosen im-

mer wieder etwas vom französischen Geheimdienst faselte. Und von einer Superbiologin mit drei Doktortiteln. Können Sie damit was anfangen? Sie kennen doch offenbar das Gesicht! Also?
Holbein versucht ruhig durchzuatmen.
Ob er das Gesicht kennt? – Für einen Augenblick zuckt der Gedanke auf: *Und wenn die Operierte doch Janadine wäre?! Gechippt und ihm so entfremdet...?*
Zu absurd! Er muss mit der Frau sprechen!
- Eine lange Geschichte. Ich kenne eine Biologin mit drei Doktortiteln. Aber die kann es nicht sein.
- Sehe schon, Sie trauen mir nicht. Verständlich. Wird sich ändern. Sie können heute Abend mit unserer Patientin sprechen. Ich bringe sie hierher. Leider kann ich nicht dabei sein. Dringender Termin, der sich über Nacht hinzieht. (Die Art ihres Lächelns schließt jeden Zweifel aus.) Solange bleiben Sie notgedrungen hier eingeschlossen. Ihre Sicherheit. Die Türen lassen sich nur von mir öffnen.
- Und wenn die Ärmste nicht bleiben will?
- Das wird Ihre leichteste Aufgabe sein. Mich haben Sie doch auch großartig von der Gefahr überzeugt. Nein, im Ernst, ich erkläre ihr schon, das Bett in der Intensiv werde anderweitig benötigt. Sie finden alles, was Sie brauchen in meiner Kitchenette. Natürlich auch Ihre Leibspeise Kaviar und Champagner...
- Sie kennen meine Vorlieben?
- Nicht alle sicher. Habe nur einen Ihrer Romane gelesen, aber...
- Sie haben mich gelesen?!

- Der Name ‚Holbein' auf Ihrem Ausweis beflügelte meine Erinnerung. Es gibt übrigens auch zwei Betten, für den Fall, dass...
Ihr anzügliches Lächeln spottete jetzt jeder Beschreibung.

4.

Die unbekannte Bekannte.
Erscheint mit der Abenddämmerung. Und mit dem aufmunternden Lächeln der Schönheitschirurgin.
- Nicole, ich darf Ihnen Herrn Holbein aus Deutschland vorstellen... Madame Épine aus Frankreich. Er interessiert sich für Ihr Gesicht.
- Bonsoir! Klingt aufregend. Sind Sie Mediziner?
Deutsch mit reizendem Akzent.
Holbein kann nicht begreifen, was er sieht. Solche Ähnlichkeit mit Janadine, nicht nur im Gesicht! Ringt mühsam nach Fassung. *Contenance, mein Lieber jetzt, fall bloß nicht über sie her!*
Stammelt:
- Nein, ... nein ... Madame Épine, bin nur ...
- Doucement! Sie können Nicole zu mir sagen. Frau Dr. Born hat mich aufgeklärt. Da Sie nicht an Ebola erkrankt sind, dürfen Sie mich wie ein Franzose begrüßen.
Schwankt der Schiffsboden so?!
Zwei verkrampfte Schritte auf sie zu. Küsschen links, Küsschen rechts. Der Duft von ihrem Haar...
Nein, der Schiffsboden ist es nicht, der schwankt.
Und wenn es doch Janadine ist, die geküsst werden will?!
- Sehe, Ihr kommt ohne mich zurecht. Dann bis morgen.
Die Türen schließen sich. Fallen in ihre Sicherheitssysteme.
Die nur angedeutete Umarmung bricht ab. Der Zauber weicht. Ihre Lippen zucken, als schreckten sie vor seinem Mund zurück.
- Mein Gesicht? Was interessiert Sie denn so daran?

Ihre Stimme verrucht rauchig wie nach zu vielem Single Malt.
- Alles bis in die letzte Pore. Kenne dieses Gesicht, als wär's ...
- Mir ist es noch so fremd.
Sie dreht sich zu dem ovalen Garderobenspiegel neben der Tür. Betrachtet ihr Spiegelbild ohne jede Begeisterung. Sieht aber hinter sich das Leuchten in Holbeins Augen.
- Darf ich das fragen? Warum, bitte, diese OP?
- Man hat mich gekauft. Mit sehr viel Geld. Ich brauchte es. Mehr darf ich dazu nicht sagen.
- Sie haben Ihr Gesicht verkauft?! Welcher Unmensch verlangt denn so etwas?!
- Es waren mehrere.
Holbein will nachhaken. Sie auch.
- Sie geben wohl nie auf?
- Meine große Schwäche. Will Sie nicht weiter quälen. Mein Beruf als... ...
- Profiler?
Dreht sich blitzschnell wieder zu ihm hin. Fassungslos. Hebt drohend ihre Hand. Lässt sie resigniert wieder sinken.
- Sagen Sie, dass es nicht wahr ist! Sagen Sie es!! Sie arbeiten nicht für die französischen Dienste!
Holbein schüttelt den Kopf. Seine Lippen zucken verdächtig.
- Ganz privat. Bin als Buchautor hier. Aber woher kennen Sie meinen alten Beruf?
Ein banges krächzendes Stöhnen. Verzweifeltes Schluchzen an seinem Hals. Finger krallen sich in seine Nackenlocken.

Holbeins Hände streicheln liebevoll dämpfend ihren zuckenden Rücken. Ihr Atem geht stoßweise. Der warme Körper gebeutelt vom erregten Zwerchfell. Dabei taucht unwillkürlich sein Gesicht in ihre rote Haarpracht. Dieser Hauch von reifen Trauben. D*ivin de Caudalie.* Holbein schüttelt es. Janadines Lieblingsduft!
Das Simile-Prinzip – in der Homöopathie Heilung versprechend. Seine Hände können nicht länger der Versuchung widerstehen. Wollen mehr. Brennen darauf, den warmen Körper an sich zu pressen.
Doch der sagt sich plötzlich los. Erstarrt, schreckt zurück, erschlafft in entsetzter Stille. Rotgeweinte Augen halten Holbein auf Distanz.
 - Sag, wer ist dann die Frau mit meinem Gesicht?
 - Eine alte Freundin…
 - … die für den französischen Geheimdienst arbeitet?!
 - Wie kommen Sie denn auf diese absurde Idee?
 - Absurde Idee? Nicht zufällig Super-Biologin mit drei Doktortiteln?
Holbein fährt erschrocken zurück.
 - Wie können Sie das …?
 - Der DGSE in Paris will mich als Double für sie einsetzen. Deshalb diese OP! Aber das hätte ich niemals sagen dürfen. Topsecret! Die bringen mich um!
 - Von mir erfährt es keiner. Dann seid ihr also beide in Gefahr. Sie und ihr Ebenbild! Und was wissen Sie über mich?
 - Alles! Aus einem Dornier-Dossier. Musste ich auswendig lernen.
 - Alles? Na bitte, auf den Schreck sollten wir erst einmal ein Schlückchen nehmen. Trinken dürfen Sie doch?
 - Ja, darf ich.

- Hier soll's Champagner geben. Dazu Ihren ausführlichen Bericht. Wie geht es meiner alten Freundin denn? Wissen Sie das überhaupt?

5.

Die beiden Frauen durften sich bisher nie begegnen. Abgefeimtes Geheimdienst-Kalkül für den geplanten Doppelgänger-Einsatz. Keine persönlichen Kontakte zwischen der doktortitelreichen Biologin und ihrem Double, Nicole Épine, Journalistin beim *Nouvel Observateur*, in Paris.
- Um es abzukürzen, die französischen Schlapphüte zogen mich mit 100.000 Euro auf ihre Seite. Die Hälfte im Voraus. Geld, das ich für eine kostspielige Therapie meines Freundes in der Schweiz brauchte. Er sah Ihnen übrigens ungewöhnlich ähnlich.
- Sah?
- Hat trotz Therapie nicht überlebt. Aber kann denn solche Duplizität von Ähnlichkeiten Zufall sein?
- Nein. Solche Zufälligkeiten gibt es nicht. Ich nenne sie in einem meiner Romane „Botschaften aus den unbegreiflichen geistigen Antennen des Alls".
- Ja, ich weiß, *Todespiaffe*, Seite 119[4] ...meine Pflichtlektüre. Nach dem Dornier-Dossier.
- Allmählich werden Sie mir unheimlich.
Holbein schenkt Champagner nach. Als Tisch dient eine antike Seemannstruhe aus schwarzem Eichenholz. Mit nautischen Messingbeschlägen.
- Und Kaviar scheint Ihnen auch nicht fremd?
Holbein bastelt neue Kaviar-Blinis aus dem Beluga und den entdeckten Trockenkeksen. Schiebt sie seinem strahlenden Gegenüber hin. Sie sitzen auf bequemen Lederkissen.

---

[4] Rainer Kretzschmar, Todespiaffe, ISBN 9783844815948

- Baguette gibt es ja leider nicht auf dieser Isolierstation. Da heißt es bescheiden bleiben.
- Eine Ihrer Tugenden, die ich noch nicht kenne?
- Also wissen Sie doch nicht ‚alles'. Darf ich Ihre Wissenslücken praktisch untermauern? Sie von meinen Lippen lesen lassen?
- Lippenbekenntnisse? An Ihren Hals habe ich mich ja schon geschmissen.
- Dürfen Sie denn überhaupt küssen, nach der OP?
- Glaube schon, wenn da nicht noch Reste von Jod zu schmecken wären.
Inzwischen bahnen Kaviar, Champagner und diese verdammten Ähnlichkeiten sich eine brennende Schneise zu ihren Mitten.
Es zieht sie von den Kissen hoch. Aber da steht immer noch etwas trennend zwischen ihnen. Hält sie im letzten Augenblick zurück:
Die Truhe.
Holbein reagiert blitzschnell Will jetzt unbedingt alle alten Klischees durchbrechen. Mit einer Premiere punkten. Springt sportlich aus dem Stand auf die niedrige Seemannstruhe. Schiebt geistesgegenwärtig mit einem Fuß noch den Kaviar zum Champagner. Und zieht die völlig Überrumpelte zu sich hoch in seine Arme.
Die Gläser scheppern. Die alte Truhe wackelt. Aber kein Jodgeschmack!
Jeder, der einen solchen Balanceakt aktivierter Sinnlichkeit sich vorzustellen vermag, sich mit maritimen Umarmungen auf Seemannstruhen auskennt, weiß natürlich, wie viel äquilibristische Feinsinnigkeit und Fußspitzengefühl diese erfordern. Gefährliche Lage. Filmreife Stunt-/Standsituation.

Sicherheitsfanatiker Holbein lässt es gar nicht erst so weit kommen. Absprung mit Janadines Double am Hals. Ein kühner Zwischenschritt. Das Krankenpflegebett mit elektrisch verstellbarem Lattenrost fängt die beiden wie ein Sprungtuch auf.

6.

Am Morgen öffnen sich wieder die Sicherheitssysteme.
Dr. Born, die Schönheitschirurgin, mit Croissants und einer aufgeschlagenen Zeitschrift unter dem Arm.
 - Na, wie geht es ‚meinem' Gesicht? Und der Stimme? Hoffentlich nicht überanstrengt?
Fasst prüfend ihre Patientin am Kinn. Bemerkt eine frische Röte, die nicht von der OP stammen kann.
Herausfordernd ironisch zu Holbein:
 - Doch nicht etwa überfordert?
 - Nein, wir haben uns nur sehr leise ausgesprochen und wegen der Ähnlichkeit ergänzt.
 - ‚Ausgesprochen ergänzt'! Welch anschauliche Formulierung für ein so sublimes Vorgehen. Da spricht der begnadete Schriftsteller. Haben Sie dabei die Beine hochgelegt, wie der Franzose so schön sagt: *Une partie de jambes en l'air*? Aber mein Französisch ist ziemlich veraltet.
Jetzt zerreißt es die Journalistin vom *Nouvel Observateur*.
 - Zugegeben, ich arbeite für den französischen Geheimdienst. Aber das ist noch lange kein Grund, so verklemmt unser kleines Tête-à-Tête zu verschlüsseln! Haben doch nur die Ähnlichkeiten ausgelebt. Ich denke, hier wird nicht abgehört?
 - Aber dann wird der Artikel aus dem *Schweizer Magazin* interessieren. Offensichtlich wollen plötzlich alle in dieses verdammte Meer.
Franzosen drängt es ins Südchinesische Meer
26/07/2016 09:45:00Editor **Frankreich will gemeinsam mit Partnern aus der Europäischen Union Kriegsschiffe in das Südchinesische Meer entsenden.**

Zur Überraschung vieler hat die scheinbar unabhängige Macht Frankreich seine Absicht angekündigt, sich mit der Marine der Vereinigten Staaten und Ländern in der Europäischen Union zu koordinieren und die "Freiheit der Schifffahrt" im Südchinesischen Meer zu verteidigen.
- Bist du etwa deshalb hier auf der *Lambarene*, Nicole?
Holbein starrt ungläubig auf das Hochglanzpapier.
- Spinnst du?! Du weißt doch genau, warum ich hier bin.
- Vielleicht das Angenehme mit dem Nützlichen verbinden? Was ich von Zufällen halte, weißt du ja bereits. Wie bist du denn überhaupt hierhergekommen?
- Mit einem Jet des DGSE nach Australien. Dann bis zur äußersten Nordspitze Kap York, an der berühmten Torres Straße. Nur noch gut 150 km von Neuguinea. Im Hubschrauber auf eine menschenleere Insel. Glaube „Haidana Islands", oder so ähnlich. Von dort holte mich ein Beiboot der *Lambarene* ab. Direktor, Dr. Madison lehnte damals einen Helikopter auf seinem Schiff strikt ab.
- Verdammt! Die Haidana Islands! Das Inselchen mit dem kauzigen Vogelkundler. Dort orteten sie die seegängige Schönheitsfarm und Reproduktionsschaukel zum ersten Mal!
- Du kennst die Insel? Dann weißt du, dass ich die Wahrheit sage. Nichts von irgendeinem Einsatz im Südchinesischen Meer!
- Na klar, hat man dir nicht auf die Nase gebunden. Aber bestimmt eine Order erteilt. Wie kommunizierst du denn mit dem französischen Geheimdienst?
- Überhaupt nicht. Nach der OP soll ich mich telefonisch melden. Geheime Nummer. Codierter Text. Musste ich auswendig lernen.
Dr. Born mischt sich jetzt ein.

- Stimmt. Keine Angehörigen oder Ansprechpartner. Und auch Dr. Madisons weiß nichts von einem Kontakt des DGSE zu unserer Patientin. Aber sein Hubschrauber-Trauma kann ich nur bestätigen. Auf seinem Schiff wäre er um ein Haar durch eine Sturmbö in die Rotorblätter geraten. Seitdem gibt es keinen Heli mehr an Bord. Sonst heute doch Standard auf Kreuzfahrt-Riesen.
Holbein nickt.
- Hat mich schon immer gewundert. Oft so ein Rettungsvehikel gewünscht. Aber stehen Sie sich so gut mit Dr. Madison? Die Erinnerung an den französischen Geheimdienst wird ihm Prof. Huang aus dem präfrontalen Kortex per Chip gestrichen haben…
- War doch der einzige brauchbare Mann auf diesem Weiber-Kahn. Und jetzt so hilfsbereit in seiner neuen Rolle als Krankenpfleger. Kaum zu glauben. War die ganze Nacht bei ihm. Schon um euch die Isolierstation zu überlassen. Und natürlich, um etwas über den französischen Geheimdienst zu erfahren. Er behauptete aber stur und steif, dem Original für die Gesichts-OP, dieser renommierten Biologin schon mal begegnet zu sein. Bei einer Dschungelexpedition zu den „Menschenfressern" im Oberland Neuguineas. Dabei wirkte er allerdings leicht verwirrt.
- Nein, nein, er sagt die Wahrheit. War selbst dabei. Der begnadete Dr. Madison mit seinem Natur-Porno und einer Nackten im Kannibalen-Kochtopf.
- Das wundert mich nicht im Geringsten!
- Wieso? Holbein musste jetzt noch einen draufsetzen. Ist er denn ein so guter ‚Ergänzer'?!
- Wie er im Buche steht!

- Nicole, dann solltest du jetzt die Freunde vom DGSE anrufen. An deinem Gesicht ist doch nichts mehr zu verbessern, wunderbares Double. Nur so können wir erfahren, was sie vorhaben.

7.

Nicole greift zu ihrem Handy.
Via Satellit sehr teuer, aber auch auf den Weltmeeren heute möglich.
Dr. Born wirkt plötzlich nervös.
- Oh, da fällt mir was ein .... ich muss ja nochmal weg. Ihr solltet – wenn ihr rausgehen wollt – die Schutzanzüge überziehen Darin erkennt euch keiner und niemand kommt zu nahe. Ihr findet mich in der *Plastic Surgery*.
- Danke für alles!
Die Chirurgin winkt ab und hat es offenbar auffällig eilig.
Nicole gibt die geheime Nummer ein. Sagt ihren codierten Text auf wie ein Papagei.
Holbein hört mit.
Keine Sorge, wir holen Sie da raus. Sind schon ganz in Ihrer Nähe. Wir melden uns!
- Woher kennen diese verdammten Schlapphüte nur deine Position? Dich mit einem Sender gechippt? Oder viel einfacher, altmodischer, die haben natürlich Spitzel hier an Bord.
Verstört ist sie, zittert wie im Schüttelfrost. Zart und vorsichtig tröstend streicht Holbein über die feine Narbe vor ihrem Ohr.
- Dir wird schon nichts passieren. Brauchen dich doch als Double. Ihr Informant hier an Bord stände bestimmt auf deiner Seite. Aber wer ....?
- Sag mal, du Profiler, wo wollte denn die Born eben so dringend hin?
- Frag ich mich auch. Der Einzige, dem ich Kontakte zum DGSE zutraue, ist unser gelinkter Herr DaVinci.

Wie kam der sonst an diesen Kahn. Der Schweizer SND (strategischer Nachrichten Dienst) arbeitet eng mit den Franzosen zusammen. Aber dem alten Gauner haben sie doch das Hirn gewaschen. Brainwashed wie der jetzt so hilfsbereite Madison. Halt! Oder ist die Born unterwegs zu ihrem Neuro-Chirurgen Prof. Huang Hongyun, der alles kann …die Chips auslesen. Noch perfider: sie ‚arbeitet' auch mit ihm längst eng zusammen!
- Du meinst, Nymphomanin, aber auf unserer Seite?
- Meine gar nichts. Hier gibt´s, scheint´s, ganz viele Seiten. Auf diesem Schönhaut-Seelenverkäufer sind wir in aller Hand und tragen unsere Haut zu Markte. Bestimmt verpfeift sie uns gerade. Los! Raus hier erst mal! Wir müssen unter Leute, die vielleicht nicht gekauft sind. Zu meinen treuen alten Gefährten. Bleib nur immer dicht bei mir. Die Schutzanzüge legen wir vorsichtshalber an.
Öffnet scheinbar unbefangen die beiden Türen. Sichert in den langen, leeren Flur. Und um einige Ecken unerwartet ins Sonnenlicht. Auf ein kleines geschütztes Außendeck. 5 Stockwerke über der See.
Die Bordlautsprecher:
„ALLE PASSAGIERE AUF DAS OBERSTE DECK FÜR FILMAUFNAHMEN! HIER SPRICHT DER KOMMANDANT WANG PEI SHENG!!"
Sein unnachahmliches Englisch mit chinesischem Akzent.
Dann Hundertwasser, akzentfrei. Das Procedere.
- Es geht um Videoaufnahmen. Wangs Gesinnungsgenossen sollen freigepresst werden, mit den Passagieren als Geiseln. Sonst drohe man, Geiseln umzubringen, demonstrativ zu enthaupten oder den Haien vorzuwerfen. Das wirkt immer. Aber natürlich werde seitens der Schiffsführung alles unternommen werden, dass solches

leere Drohung bleibe. Liebenswürdige Mitarbeit vorausgesetzt.
Holbein lacht:
- Das gilt doch wohl kaum für uns Isolierte und Frischoperierte.
Zeigt auf seinen Schutzanzug.
Er hat einen Notausgang erspäht für alle Fälle. Kauert sich bequem auf eine Liege in geschützter Ecke.
- Na komm schon, hier warten wir erst mal ab. Sehen, wie wir unsere Freunde unauffällig finden können. Sollten es uns gemütlich machen in der Sonne. Die da oben haben jetzt anderes zu tun.
Holbeins beruhigenden Worten wollen gerade seine tröstenden Hände folgen, da tobt und tost es über ihren Köpfen.
Ohrenbetäubend!
Chinesische Kampfjets im Tiefflug!
Verschreckt verkriecht sich die Journalistin vom *Nouvel Observateur* in Holbeins rettende Arme. Die Wärme ihres Körpers durchdringt überzeugend das polyethylenbeschichtete Zweikomponenten-Vlies der Anzüge. Bloß weg mit den störenden Doppelfiltermasken. Endlich wieder Lippenkontakt.
Reminiszenz an Gabriel García Márquez: Liebe in Zeiten der Cholera.
Ehe sich seine zärtlich fordernde Hand unaufhaltsam unter dem aufgeheizten Kunststoffbehang vorarbeiten kann ist der Spuk auch schon vorüber.
- Keine Angst! Routineflug oder Manöver. So schnell schießen selbst die Chinesen nicht.
- Sag mal, cooler Profiler, warum rufst du nicht endlich deine Biologin an. Wenn die so hoch beim DGSE gehan-

delt wird, dass man ein Double von ihr braucht. Die müsste doch Bescheid wissen?
Holbein perplex. Das sich von einer Journalistin fragen lassen?! Aber sich einfach so aufzudrängen als cooler Macho?
Ein letztes Sträuben. Will Janadine nicht in Gefahr bringen.
- Habe nur eine geheime Referenz für den äußersten Notfall.
- Mann, Holbeiner, was könnte denn noch notfälliger sein! Dein Top-Handy wird der Wang schon nicht überwachen.
Ihre beschwörende Hand auf seinem Arm, derzeit im Ruhemodus. Er denkt ja.
- Also dann.
Holbeins Anruf an die Referenz Bi/J/D-36-26-16-0.
- Hallo?
- Zielperson im Einsatz – nicht erreichbar!
- Hallo?! Hallo?! Verdammter Anrufbeantworter! Wo kann sie sich denn nur rumtreiben? Vielleicht schon ganz in der Nähe?! Das haben sie dir doch geantwortet, oder?
- Genau, haben sie!
„Sind schon ganz in Ihrer Nähe. Wir melden uns!"

8.

Kommandant Wang bläst zum Gefecht
Mit seinen Geiseln als ultimativer Waffe. Er lässt an seinen Drohungen keinen Zweifel. Dem CCTV, Chinesisches Zentral-Fernsehen und dem PCNE, Phoenix Hongkong, sind die erpresserischen Forderungen auf geheim-verschlungenen Wegen bereits zugegangen. Wahrscheinlich auch den Agenturen der westlichen Welt. Frist für die Freilassung der Inhaftierten: 36 Stunden! Keine Flugzeuge, keine Helikopter! Überführung in einem offenen Boot! Die Geiseln, im Austausch, werden sicher an Land verbracht. Auf jegliche Angriffe folgt ultimativer Einsatz von Torpedos mit Atomsprengköpfen. Jedem klar, was das für die Region bedeuten würde.
Auf dem Radar die Spratly-Inseln. Eindeutig Kriegsschiffe und Flugzeugträger neben Container-Kähnen auf dieser internationalen Seefahrtstraße. Die Lambarene unter Rotkreuzflagge rigoros auf Konfrontationskurs. Als weiterer Manöverkandidat in der internationalen Meute.
Kommandant Wang hält entspannt Ausschau auf der Brücke.
- Was treibt denn da draußen für eine grüne Plörre rum, Kapitän Korsakow? Der sollten wir ausweichen!
- Zu spät bei unserer Fahrtgeschwindigkeit, 26 Knoten! Urplötzlich aufgetaucht aus dem Nichts! Wie aus dem Ozean hochgequollen. Ein Monsteralgen-Teppich? Sehen Sie selbst!
Reicht ihm das Kapitänsfernglas.

- Tatsächlich! Ein leeres Schleppnetz, wird gerade eingeholt. Von einem Tragflügelboot! Unter französischer Flagge. Auf 12 Uhr voraus. Sind die verrückt geworden?!
- Vielleicht ein Unfall mit Algenbiomasse! Besonders die Franzosen am EADS Paris entwickeln daraus Flugkerosin ... *(Focus online kerosin- aus-Algen)*
- Das gibt es doch nicht! Kann denn das Grünzeug unserem Riesenschiff gefährlich werden?
- Nie erlebt, nie gehört. Normalerweise nicht. Aber wenn die Algen präpariert sind ...
- Rufen Sie Professor Shi Lang auf die Brücke!
Kommandant Wang empört. Arme provozierend vor der Brust verschränkt. Ruhelos auf und ab.
Ein Unfall? Und wenn die verdammte China-Stasi ihn kampflos ausbremsen will?! Schon weit vor dem Zielgebiet?!
- Endlich, Professor! Sehen Sie sich diese Sauerei an! Können Sie das mit Ihrem neuen EMP beseitigen?
- Elektro-Magnetischer-Puls zerstört keine Biomasse. Da muss selbst ich passen. Lassen Sie alle Maschinen stoppen! Ehe sie sich das Zeug um die Schrauben wickeln. Das ist die einzige Möglichkeit!
Kapitän Korsakow reagiert sofort.
ALLE MASCHINEN STOPP! RUDER HART BACKBORD!
Dem grün-wabernden Algenbrei ist nicht zu entkommen. Nimmt es in der Fläche mit mindestens drei Fußballfeldern auf. Noch fünf Minuten!
Die *Lambarene* treibt hilflos mit der Steuerbordseite der schleimigen Schlingpflanzen-Krake in die Arme.
- Und jetzt Professor?! Wie kann das nur so konzentriert auftreten?

- Nicht mein Fachbereich. Würde gern mal mit Holbein darüber reden, der hat als Profiler überall seine genialen Finger drin. Aber der scheint ja verschwunden. Er kennt übrigens eine französische Bio-Wissenschaftlerin.
- Etwa die Super-Tussi, die für den französischen Geheimdienst arbeitet? Womöglich mit Algen?! Von der gibt es doch ein Double hier an Bord.
- Woher wissen Sie das? Von einem Double ist mir nichts bekannt.
- Unsere Schönheits-Chirurgin Dr. Born hat's mir geflüstert. Hatte nur bisher keinen Kopf, ihn mir vorzuknöpfen. Hält sich versteckt, der alte Verkleidungskünstler. Aber ich kenne seine Tarnung! Das haben wir gleich.
Die Born weiß, wo er sich rumtreibt. Spricht ins Handy.
Und sehr schnell wird Holbein der gegen Ebola sicherer Schutzanzug zum Verhängnis. Nur gut, dass Nicole ihren schon angewidert ausgezogen hatte.
Zwei Schergen des Kommandanten Wang treiben den Schutzanzögling mit Waffen vor sich her.
- Zieht ihm diese verdammte Schutz-Burka aus! Ah, der Holbein, auf Sie habe ich schon lang gewartet! Bisschen auf Abwegen?
Gerade legt sich der Algenteppich wie eine gigantische Rettungsweste um den Rumpf des Kreuzfahrtriesen.
- Der Professor meint, Sie genialer Alleskönner wüssten vielleicht was gegen diese Sauerei. Helfen Sie uns aus dieser grünen Pampe raus. Dann brauchen Sie sich nicht mehr zu verstecken. Ich gebe Ihnen völlig freie Hand.
Holbein zwinkert dem Professor zu.
- Französische Bio-Chemiker können das Zeug in der Bretagne nutzbringend vernichten. Aber …

Die Tür zur Brücke fliegt auf. Die Stufen hochgetrieben von Typen mit vorgehaltenen Pistolen eine Person im Tauchanzug. Voller Algengirlanden.
- Kommandant, in einem der Beiboote! Hundertwasser und Professor Hirnchirurg sammelten gerade Algen ein fürs Labor. Wir haben diesen Taucher mit hochgeholt. Samt seinem hypermodernen Untersee-Jet. Einem Unterwasser-Gleiter. Wie die gerade erst von China beschlagnahmte US-Forschungsdrohne. Ganz hier in der Nähe. (dpa Peking/New York 17. 12. 2016)
- Algen eingesammelt?! Davon verstehen die doch gar nichts! Forschungsdrohne? Unter Wasser? Wohl eher Spionage!
Die Person nimmt mit elegantem Schwung die Taucherhaube ab. Rote Haarlocken kommen zum Vorschein. Holbein zerreißt es.
- Nein! Janadine!!
Stürmt auf sie zu. Die Typen wollen dazwischen.
- Pfoten weg, Leute! Schon gut ….

9.

Wiedersehen. Umarmung.
Wie Kraken sich im wilden Kampf umschlingen. Mit unersättlich fingernden Tentakeln. Und ihren unentrinnbaren Saugnäpfen.
Holbein spürt Janadines anschmiegsamen Körper durch den nassen Tauchanzug. Haucht an ihrem Ohr:
- Na endlich! Dachte schon ...
- Denken Glückssache! Hilfe naht! Aber lass mich endlich los. Du wirst nass und voller Algen.
Kommandant Wang reibt sich stoisch seinen schütteren Chinesenbart.
Kopfschüttelnd:
- Das Double und das mit dem Original. Was hat sich bloß der französische Geheimdienst dabei gedacht?! Verdammt mutig, hier so aufzukreuzen! Aber mit Spionen machen wir kurzen Prozess! Spucken Sie schon aus: was will der DGSE von mir?!
- Sie bieten Hilfe an. Hilfe aus dieser Algenmisere.
- Hilfe? Dass ich nicht lache! Diese skrupellosen Hochseepiraten kenne ich nur zu gut. War selbst lange genug in der Branche. Die verteilen keine Care-Pakete. Also, raus mit der Sprache, was verlangen diese Undercover-Pharisäer?!
- Freien Abzug für mein Double. Die weiß von gar nichts.
- Schöne Larve für eine angebliche Wissenschaftlerin und schlau wie drei Doktortitel! Aber nicht schlau genug für mich! Die haben doch längst ihre Spitzel bei mir an Bord! Glaubt kein Mensch, dass Hundertwasser und Pro-

fessor Huang dich rein zufällig aus der Algenbrühe gefischt haben!
Holbein zermartert seine beigen Zellen, bis sie ins chinesische Gelb changieren. Verspannt seine Nackenmuskeln wie ein Sumo-Ringer vor dem Angriff. Wie Janadine, sich selbst, seine verschiedenen „Freunde" da rausbugsieren?? Da raushauen? Aber wie nur?
Janadine, selbstbewusst:
- Übrigens, die zwei haben damit nichts zu tun. Von meinem Arbeitsplatz auf dem französischen Flugzeugträger aus hatte ich mit der Pianistin Shi Lang Lian, meiner alten Freundin, telefoniert. Die hat die beiden geschickt, um mich an Bord zu bringen. Damit das mit ihrem Nachwuchs klappt. Und Lian samt Leihmutter nehmen wir dann auch mit. Unter freiem Geleit natürlich.
- Na, bitte! Die falsche Schlange hat gerade noch gefehlt. Also doch an Bord! Der breche ich jeden ihrer falschen Pianisten-Finger einzeln, und ihre elende Brut …!
Kommandant Wang stampft wütend durch die Kommandobrücke.
Janadine irritierend gelassen, duzt ihn kumpelhaft:
- Also willst du Hilfe oder nicht?
Wang schnappt nach Luft. Baut sich groß vor ihr auf.
- Hilfe? Und wie sollte die aussehen?
- Der Sturm hat die Versuchskultur zur Kerosin-Gewinnung in der Bucht der *Jubilee Bank* losgerissen, und die haben das nicht mehr in den Griff bekommen. Der Prozess läuft unkontrolliert weiter. In Windrichtung. Und die Masse wächst täglich, viel besser als geplant. Vielleicht jetzt eine militärische Option, um auch Schiffe der Marine lahmzulegen!
- Und weiter? Du quasselst viel.

- Mit einem monströsen Luftkissenboot aus der russischen Pomornik-Klasse, 50 m lang, 23 m breit, haben sie es fertiggebracht, eine Schneise in den Tang Tep zu fräsen. (*Tang Tep hier eine gewagte Verchinesierung des Wortes ‚Tang-Teppich'.*)
Eine Fahrtrinne wie mit einem Eisbrecher! Die bieten wir an. Sonst bleibt Eure Situation verwickelt. Buchstäblich um die Propellerachsen. Mit Spionage hat das also nix zu tun!
- Und welche Sicherheiten für mich?! Was, wenn Eure Luftkissenkosaken uns angreifen?! Nur unter einer Bedingung: Du, dein Double und Lian, die mich ins Kloster brachte, Ihr bleibt meine Geiseln bis unsere Mission erfüllt ist!

10.

Noch zwei erstürmen die Brücke.
Hundertwasser und der Neurochirurg Huang.
Kommandant Wang großspurig:
- Kommt wie gerufen. Was fällt euch ein, einfach Tang und Taucher abzufischen?! Keiner verlässt hier das Boot ohne meinen Befehl!
Huang gibt sich verwundert:
- Lieber Triaden-Bruder, du hast mir wirklich nichts zu verbieten. Aber was seh ich da?? Die trefflich-schöne Bio-Wissenschaftlerin. Wir kennen uns doch vom Nobelpreisträgertreffen am Bodensee! Hat mich damals dazu bewegt, dem Kollegen Shi Lang seine Gedächtniszellen wieder einzurenken. (Der Tanz um den Goldenen IQ, op. cit.) So sieht man sich wieder.
- Ihr kennt euch?! Verdammter Tang! Haben sich den alle gegen mich verschworen?!
- Bloß kein Verfolgungswahn! Für diese Frau verbürge ich mich.
Geht schnurstracks auf sie zu, hilfreich. Janadine nestelt gerade am Reißverschluss ihres hautengen Neoprens. Klemmt wie immer. Sie steht in einer Wasserlache mit Grünzeug.
- Muss endlich raus aus diesem erdrückenden ...
Holbein elektrisiert dazwischen.
- Nicole, dein Double hat bestimmt was zum Wechseln für dich.
Wang großzügig:
- Haut schon ab!
Mit einem ihrer männermordenden Bio-Blicke vorbei an Huang.

- Man trifft sich immer zweimal!
Holbein wittert endlich seine Chance.
- Kommandant, Sie haben mir freie Hand zugesichert, wenn ich Ihnen aus den Algen helfe. Geschehen! Wenn auch nur indirekt. Aber Frau Dr. Dornier arbeitet auch in meinem Auftrag. Doch für den Deal mit dem Luftkissenboot brauchen wir noch eine Sicherheitsgarantie. Für meine Freunde und mich.
- Ich gebe Ihnen mein Wort, als Kommandant!
- Das reicht mir nicht.
- Was soll das heißen?! Fährt Wang hoch.
- Ihr nehmt mich auf in eure Triaden-Bruderschaft! Garantiert mir so lebenslänglich euren Schutz und Unversehrtheit! Für mich und meine ganze ‚Familie'.
Wang zögert da doch, erheblich verunsichert.
- So einfach geht das nicht. Eine europäische Langnase…
Triaden-Bruder Huang gibt ihm eins der geheimen Fingerzeichen: „*Stimme zu!*"
Wang hebt endlich zögernd-widerwillig die Hand mit eingezogenem Ringfinger, ausgestrecktem Mittelfinger, Daumen und kleiner Finger weit abgespreizt: „*Einverstanden!*"

- Die rituellen Waschungen und die 36 Blut-Eide später! Bring uns aus dieser grünen Algenhölle raus! Dann gilt deine Aufnahme-Tat als erbracht. Und du stehst ab sofort unter dem umfassenden Schutz unserer edlen Bruderschaft. Sieh zu, dass deine Geheimdienst-Biologin die ominöse Pomornik-Hovercraft auf der Stelle hier her beordert! Bloß keine Zeit verlieren. Die 36 Stunden-Frist!

TEIL VIII

1.

Das XXL-Luftkissenboot tost donnernd heran.
Mit 55 Knoten (100 km/h), umhüllt von grüner Algengischt.
Kommandant Wang im Sicherungswahn.
- Alles an die Kalaschnikows! Klar bei Bordkanone!
Vorsicht ist die Mutter der Seemannskiste!
Ein Zittern trifft die hilflose *Lambarene*.
Dieses Zittern auch in Holbeins und Janadines überschwänglicher Umarmung, als beglückender Vorbote nahender Erfüllung.
Giftig grüne Algenfetzen klatschen gegen das Kajütfenster.
- Los, raus hier! Das Schauspiel dürfen wir nicht verpassen! Janadine springt auf wie Gott sie schuf und Holbein sie hielt.
- Und wenn unser Algenbrecher versagt? Holbein wie Adam.
- Manöver von den Kerosin-Junkies mehrmals erprobt, schon aus militärischen Erwägungen.
- Umso besser. Dann nichts wie rein in die Klamotten. Ha, Du siehst mal wieder hinreißend aus! Das Zeug von Nicole passt dir ja wie angegossen.
Die riesige Hovercraft fräst eine 60 Meter breite Schaumschneise durch die zähe Biomasse!
Schwarz-gelbe Flagge ‚LIMA' geht hoch: *Bitte folgen*.
Wang beglückt die Sprechanlage:
- Maschinen langsame Fahrt voraus. Verteidiger abtreten, in Rufbereitschaft!
Es kommt Bewegung in den mächtigen Rumpf. Die Schrauben schlagen grünen Schaum. Es klappt. Der ver-

schlagene U-Bootkapitän im Ausguck wiegt beeindruckt seinen Oberkörper. Tief verletzt in seiner Chefmanie. Wäre er doch bloß allein da rausgekommen!
Holbein und Janadine fest umarmt, gegen die Reling gelehnt. Ein tiefer Seufzer.
Die Freiheit? Der Mafia-Nobelhaft entkommen?
Endlich wieder Blauwasser.
Die *Lambarene* nimmt zügig Fahrt auf. Eine Bootssirene heult. Abschiedsgruß des schnell enteilenden Algenbrechers.

- Tja, mein Lieber, und jetzt gehörst du zu den gefährlichen Triaden! Da wirst du bald als neuaufgenommene ‚*Grassandale*' in Kneipen Schutzgelder erpressen?!
- Bist du verrückt? Mein hoher Rang weist mir ein ganz anderes Tätigkeitsfeld zu: Frauenhandel, Prostitution und Pornographie. Mein Spezialgebiet: Rekrutierung von schönen, lasziven Nobelpreisträgerinnen für den kleinen chinesischen Rotlichtkonsumenten. Im aufstrebenden Riesenland eine Marktlücke, wenn du weißt, was ...
- Da habe ich ja gerade noch mal Glück gehabt mit meinen armseligen Doktortiteln.
- Nein, keine Bange, bei dir mache ich eine Ausnahme!
- Sehen wir lieber, was dein neuer Triaden-Schutz hergibt. Ich muss unbedingt zu Lian. War damals bestimmt Chef-Triadin im Geheimdienst-Büro 611. Hat doch den abtrünnigen Wang gechippt. Im Mormonen-Kloster bei dem Triaden-Abt entsorgt. Und der hat ihn ja überhaupt erst in die Geheimbruderschaft aufgenommen. Seine Triaden-Schwester wird's schon richten!

2.

Die Spratly-Inseln Backbord voraus.
China schweigt.
Keine Reaktion auf Wangs Ultimatum. Kein Kommentar vom Chinesischen Zentral-Fernsehen CCTV. Nichts bei PCNE, Phoenix Hongkong.
Bekommt der mental so eiskalte Triaden-Boss jetzt auch noch kalte Füße?
Wäre doch gelacht. Angriff, die beste Verteidigung! Wang will als Kommandant der 5-stöckigen Geisel-Galeere nicht mit leeren Händen die Spratly-Inseln ansteuern. Die Drohkulisse muss her! Auf dem obersten Sonnen-Deck Terror-Macht demonstrieren.
Die Wurf-Torpedos mit den Atomsprengköpfen in Reih und Glied. Leuchten gut sichtbar in der Sonne auf ihren Lafetten. Ein Monstergalgen für die Hinrichtungen. Golgatha pur. Wangs Schergen in Aktion. Eine Handvoll williger Exhibitionistinnen knieten als nackte Geiselopfer am Fuß des Galgens. In gespielter Todesangst zappelnd werden andere von schwarz verhüllten Henkersknechten zu einer blutverschmierten Schlachtbank gezerrt. Dort posieren zwei Kung-Fu-Kämpfer mit ihren handgeschmiedeten Katana-Damast-Schwertern zum Köpfen bereit. Grausiges Szenarium in vulgär-sexistischem Ambiente. Die brutal-blutrünstigen IS-Enthauptungen lassen grüßen! Kaiser Nero-Wang weidet sich lüstern an seiner Inszenierung. Fehlt nur noch, dass er dazu römische Oden trällert!
Janadine, weiß Gott für alles Theatralische zu begeistern, sucht entsetzt Schutz hinter Holbeins skeptisch hochgezogenen Schultern.

- Doch alles nur Show! Krieg und keiner schaut hin!
- Aber wenn der Irre tatsächlich diese Abscheulichkeiten....

Schon wieder ohrenbetäubender Lärm! Reißt Janadine die Worte vom Mund.

Chinesische Kampfjets vom Typ H-6K und Su-30 donnern im Tiefflug heran. Dicht dahinter russische Mehrzweckjäger der neuen T 50-Generation!

Kommandant Wang rastet aus. Brüllt:
- Keine Flugzeuge habe ich gesagt!! Seid ihr durchgeknallt?!

Anruf von der Brücke:
- Sie melden sich bei PCNE, Phoenix Hongkong!
- Na endlich! Bin schon auf dem Weg!

Ein TV-Sprecher kommentiert gewagte Flugmanöver: China und Russland haben am Dienstag die Übung "Joint Sea 2016" vor der Provinz Guangdong im Südchinesischen Meer begonnen. Die Übung wird bis zum 19. September dauern, und es werden Überwasser-Marineschiffe, U-Boote, Kampfjets, Helikopter, Marine- und amphibische Waffenausrüstung zum Einsatz kommen.

- Verdammte Idioten! Die mit ihren Scheiß-Manövern! Das hat uns gerade noch gefehlt! Sofort Funkspruch an Stasizentrale Hongkong! Letzte Aufforderung, die Inhaftierten freizulassen.

Die gelbfahle Gesichtsfarbe changiert gefährlich nach tiefrot und Explosion.

Holbein und Janadine betrachten besorgt die Szene aus ihrer Deckung.

- Und wenn dein lieber Triaden-Bruder die Nerven verliert?

- Die melden sich schon. Nutzen das Manöver um Zeit zu schinden. Lassen bestimmt auch Aufklärungsdrohnen kreisen. Aber, was mich mehr interessiert: Was will der DGSE tatsächlich? Mit den Algen? Vor allem mit deinem Double?!
- Haben eine besonders schnell wachsende Spezies von Algen hier entdeckt. Zur Kerosingewinnung. Aber auch als marinetaugliche Abwehrwaffe bei Schiffsblockaden. Hast ja selbst gesehen, wie das funktioniert. Absolut friedlich. Sie wollten unbedingt den Versuch an einem nicht-militärischen Objekt. Wie zufällig. Natürlich verfügen wir längst auch über einen Bio-Vernichter. Da kam mir euer Riesenkahn grad recht zu testen. Hatte ja mitbekommen, wo Du bist. Eh Zeit, dich wiederzusehen und alle anderen! Sollte mein Double endlich in Augenschein nehmen.
- Ganz schön aufwendig, deine Reisevorbereitungen! Und das Double?
- Zu meinem persönlichen Schutz. In der Doppelfunktion als Agentin und Wissenschaftlerin bin ich immer leicht zu orten. Überall lauern heute selbst in Menschenmassen Gesichtsscanner. An Flughäfen, an Forschungsinstituten, sogar an Bankautomaten. Für die weltweit vernetzten Schnüffler ein gefundenes Fressen. Mit einem Double kann man falsche Fährten legen. Und wenn ich eines Tages den DGSE verlasse…
- Du willst dich zur Ruhe setzen?!
- Bin auch nicht mehr so quicklebendig wie früher.
- Den Eindruck hatte ich ganz und gar nicht bei unserem letzten …äh… F…reudenfest … f…and dich mehr als quicklebendig! (Bloß keinen Freud'schen Versprecher zulassen!).
- Fandst du?

Wieder donnerten die Kampfjets im Tiefflug über ihre Köpfe.
Holbein schiebt Janadine vorsichtig weiter zurück in die Nische für die Bootsliegestühle. Schlendert wie in Gedanken zur Backbord-Reling, wo gerade der Prof aufgetaucht ist.
- Unseren wildgewordenen Kommandanten in seine Schranken weisen?!
- Hunde, die bellen ….
- Aber die Hinrichtungen?
- Wer sieht die schon, solange die Manöver laufen. Außerdem gibt es keine Prominenten. Seine nackten Animiermädchen interessieren doch keine Sau!
- Deine Zuversicht in Ehren. Wo ist denn Lian überhaupt geblieben? Die könnte ihn bestimmt zur Räson bringen.
- Die hält der Kollege Huang immer noch versteckt.
- Aber wenn die Chinesen seine Forderungen nicht erfüllen und er seine Torpedos einsetzt?
- Da! Hast du das gehört?
Holbein reibt sein linkes Ohr. Stupst mit dem Zeigefinger den kleinen Ohrknorpel *Tragus*, auch ‚Ziegenbock' genannt, immer wieder in den Gehörgang. Wie um eine Ohrtaubheit zu vertreiben.
Umsonst.
Kaum im pianissimo zu vernehmende Klänge eines Klaviers….

3.

Unter der Konzert-Silberplane auf dem 3.Oberdeck.
Bilder einer Ausstellung.
Klavierzyklus von Modest Mussorgski. Lian zelebriert.
An ihrem Steinway.
Erstes Bild: *Der Gnom.*
Verhöhnung des Kommandanten Wang, unzweideutig:
Ein Zwerg auf missgestalteten Beinen, zappelnd in hektischen Sprüngen wechselnd mit Erstarrung. Düster herumtorkelnd unter dissonanten Schreikrämpfen. Bis der Gnom in bizarrem Zickzack-Lauf entschwindet.
„Con tutta forza – velocissimo" Mit aller Kraft, schnellstens. Sehr laut und schwierig zu spielen. (Wikipedia)
So laut, dass Holbein es jetzt deutlich auf dem Oberdeck erkennt.
Nicht schwer zu finden. Zwei Treppen tiefer.
Die *Promenade*, musikalische Überleitung zum nächsten Bild.
Holbein, Janadine und der Prof in der ersten Reihe.
Ein Lächeln der Pianistin. Nicht zum zweiten Satz. Nein, sie wiederholt den ersten! Als sei's der Verhöhnung nicht genug!
Da poltern schwere Stiefel auf der Treppe!!
Von den letzten Stufen springt ein ausgeflippter Gnom auf den Steinway zu: Der kleine U-Boot-Kommandant mit wutverzerrtem Gelbgesicht.
 - Ha! Niederträchtige Gift-Schlange! .Du traust dich tatsächlich mit diesem infernalischen Geklimper vor meine Ohren?! Deine gemeine Visage unter meine Augen?! Hast du alles vergessen?!
Außer sich vor Wut. Verliert jede Beherrschung.

- Die Tage deiner feinen Fingerchen sind gezählt!!
Zieht seinen chinesischen Krummdolch.
Lian fixiert ihn eiskalt. Den abservierten Lover aus Klosterzeiten.
Holbein springt auf.
Da hebt sie energisch beide Hände wie zu neuem Einsatz. Streckt die beiden Mittelfinger gegeneinander aus, bis sie sich berühren. Eingezogene Ringfinger, Daumen und kleine Finger weitabgespreizt.
Wangs Gelbgesicht wird leichenblass. Sein Kinn klappt auf die Brust. Der Krummdolch fällt ihm aus der Hand. Er senkt respektvoll seinen Kopf mit dem glänzend schwarzen Zopf. Verneigt sich mit unvergleichlicher, ehrfurchtsvoll chinesischer Grandezza:
Das beidhändige Geheimzeichen des Triaden-Chefs im höchsten Rang!!
Bruder Wang jetzt untertänig kleinlaut, ganz ergeben:
- Aber ... Triaden-Schwester Lian ... dann hättest du mich damals nicht in dieses Kloster stecken dürfen!
- Damals, Bruder Wang, warst du ja noch kein Triade!
Leichte Verbeugung.
Er hebt den Krummdolch vom Boden auf.
- Friede mit dir! Ziehe mich zurück. Muss meine Gesinnungsgenossen aus den Klauen des Zentralkomitees unserer Volksrepublik befreien!
Mit hektischen Sprüngen wieder treppauf wie der *Gnom* aus den Mussorgski-Klängen.
Janadine umarmt ihre Freundin Lian. Holbein folgt ihrem Beispiel, wenn auch sehr vorsichtig. Der Prof reicht lächelnd seine Hand.
- Drei Kreuze, dass du wieder aufgetaucht bist. Den Kommandanten-Gnom hast du ja prima gerichtet.

- Ach Janadine, mir reicht's allmählich auf diesem Gangster-Schiff. Wollte doch nur meine Brutgelüste ausleben und den ungeduldigen Holbein an Bord bringen. Und der muss uns gefälligst aus diesem Schlammassel rausbringen. Algen hin und her. Schließlich ist er jetzt ein würdiger Triade. Wenn auch nur im niedrigsten Rang. Hat mir schließlich zu gehorchen, bei Todesstrafe und großem Eid. Soll sich endlich auf seine Grassandalen machen!
- Zu Befehl, Triaden-Fürstin! Verstehe, dass die Leihmutter ihre Jahrhundert-Frucht nicht an Bord gebären darf. Wo ist sie überhaupt?
- Huang hatte uns vorsichtshalber vor dieser Wildsau versteckt. Er wusste eben nicht, dass ich dem Triaden Wang haushoch den Rang ablaufe.
- Und ihre Zwillingsschwester, Prof, deine Mariam?
- Die wird sich freuen!
Von der Treppe her leise Schritte.
Hundertwasser.
- Oh meine unnachahmliche Lian, du spielst wieder!
Holbein tatendurstig:
- Fehlt nur noch das Double, Janadine, dann kann ich endlich die ganze Familie zusammen an Land bringen.
- Dein Plan, großer Profiler?
- Abwarten und Champagner trinken! Hu Was, hol doch mal was von der Brause!

4.

Am offenen Fahrstand auf der Brückennock.
Erste Seevögel von den nahen Inseln. Eine Möwe lässt sich flügelschwingend auf dem Signalmast über dem Peilkompass nieder.
Kapitän Korsakow entrüstet. Spannt das Latex-Modul seiner russischen Pocket Shot-Steinschleuder.
- Halt Captain, bloß nicht schießen!
- Aber Kommandant, die Viecher verscheißen mir doch den ganzen Kompass!
- Halts Maul! Vergessen, dass die ersten Drohnen in Roboter-Möwen spähten?! Die Typen vom Zentralkomitee beobachten uns. Endlich! Denen müssen wir was bieten!
Durchs Megaphon:
- Alle Mann an die Lafetten! Torpedos mit den Atomsprengköpfen scharf stellen!
Wang leise zu Korsakow:
- Pass auf, jetzt kapitulieren die renitenten Brüder!
Die Möwe kreischt ihren schrillen Schrei. Abflug.
Knistern im Seefunkempfänger.
- PAN PAN ...PAN PAN...PAN PAN! LAMBARENE...LAMBARENE...LAMBARENE... ZULU PAPA TANGO CHARLY ... THIS IS STASI-HONGONG CALLING:
DELIVERY OF THE PRISONERS IMPOSSIBLE!

- Hier spricht Kommandant Wang Pei Cheng von der Lambarene. Unnachahmliches Englisch mit chinesischem Akzent.

Was soll das heißen: Auslieferung unmöglich?! Wollen Sie mich verarschen? Übergangslos zum Mandarin-Chinesisch.
- Kommandant, die Inhaftierten sind krank und nicht transportfähig.
- Vergessen Sie nicht, wen Sie vor sich haben! War lang genug selbst bei der Truppe. Ranghöchster Offizier Geheimdienstzentrale Büro 610. Blöde Ausreden. Zeit schinden. Verfängt bei mir überhaupt nicht. Wir haben hier auf unserem Lazarettschiff die besten Ärzte! Will euren Boss sprechen! Sonst schicken wir euch einen der Torpedos!
- Ist beim Manöver. Nicht zu erreichen. Aber bedenken Sie die Folgen: Wenn alles atomar verseucht ist, kann überhaupt niemand mehr gebracht werden.
- Sie brauchen mich nicht zu belehren! Erfüllen Sie meine Forderungen oder ziehen Sie sich warm an. Mit strahlensicherer Schutzkleidung. Ihnen bleiben nur noch zwei Stunden! Over!!
Wang außer sich, wutschnaubend von der Brücke runter. Zu seinen Leuten an den Torpedo-Lafetten. Flüstert dem Raketen-Spezialisten was ins Ohr. Abhörsicher.
- Strategischen Gefechtskopf an Torpedo I deaktivieren! Lafette bis an die Reling. Zum Abwurf bereithalten!

Denen werden wir mal Zähne zeigen! Diesen subalternen Zentralkomitee-Fuzzis! Schicken ihnen mal ein kleines Droh-Torpedo zu ihren frisch aufgeschütteten künstlichen Inseln.
- Kapitän Korsakow, Kurs auf die nächste der kleinen Inseln voraus! Die Lambarene zum Abwurf der Torpedos ausrichten!

- Sie wollen doch nicht ernsthaft?
- Halten Sie Kurs und Ihr dämliches Maul! Die Entscheidungen treffe immer noch ich!
- Da, Kommandant! Da ist sie wieder, die Möwe ... direkt auf dem Kompass! Soll ich sie nicht doch?
- Nix da! Wir haben nichts zu verbergen. Sollen ruhig mitkriegen, dass jetzt scharf geschossen wird!
- Lassen Sie unsere Halbweisen auf die Brücke rufen!
- Wir schicken denen mal einen ersten Torpedo. Auf eins der künstlichen Atolle. Das sollen Sie nicht verpassen, meine Herren!
Holbein außer sich:
- Verstand verloren?! Die radioaktive Wolke ...!
- Pst, nicht weitersagen! Habe Atomsprengkopf deaktiviert! Aber die Möwenfreunde werden sich freuen.
Leitrutschen auf den Lafetten: Maximum! Katapult an Torpedo I spannen! Reflexvisier einrichten!
Der Prof lächelt Holbein kumpelhaft zu:
- Meine Erfindung, die Rutschen. Um die Dinger weit genug vom Schiff ins Wasser zu bringen. Macht ein großes EMP überflüssig. Konnte ich ohnehin nicht bauen.
- Die Ignoranten vom Zentralkomitee versuchen mich hinzuhalten. „Häftlinge nicht transportfähig". Lächerlich! Klar an Katapult Torpedo I! Leitrutschen 30 °. Visiereinstellung + 10%!
Feuer!!
Die mechanische Katapultschleuder schießt den Torpedo über die Rutsche in den Himmel! Stabilisiert durch die seitlichen ‚Flossen' des Profs.
Jetzt müssten die Antriebspropeller zünden.
Nichts! Jäh verlässt der Flugkörper seine Bahn und stürzt in die spiegelglatte See!
Riesige Fontaine! Sonst nichts.

Der Prof verschränkt gelassen seine Arme vor der Brust. Wang rotiert.
Professor...?!
- Hab nur eine Erklärung. Aber die wird nicht gefallen.
- Spuck es endlich aus!
- Bei dem EMP-Angriff auf dein U-Boot wurden offensichtlich alle elektrischen Module zerstört. Kein Antrieb mehr!
- Willst du damit etwa sagen ...?
- **PAN PAN ...PAN PAN...PAN PAN!**
- Na bitte! Jetzt kriegen sie Schiss!!
- AN ALLE SEEFUNKSTELLEN! (Dreimal!) STURMWARNUNG! SUPER-TAIFUN „MERANTI" IM ANZUG! WINDGESCHWINDIGKEITEN BIS 360KM/H!
SOFORT SCHUTZBUCHTEN ODER HÄFEN ANLAUFEN! BEREICH SPRATLY-INSELN 8°55'N, 113° 30'O! OVER!
Wang rastet endgültig aus. Schmeißt den Hörer gegen den Funkempfänger.
- Verfluchter 7-köpfiger Drachen! Alles gegen mich?! Holbein, Weltklugscheißskipper, und wenn wir einfach weiter fahren? So'n bisschen Wind wird dieser Teufelskahn doch aushalten?!
- Du armer Quallentaucher, wir sind hier nicht auf deinem U-Bötchen! So ein Super-Taifun treibt Monsterseen vor sich her. 35 Meter, nach neuesten Forschungen 45 Meter hoch möglich, und steil! Die machen einen Trümmerhaufen aus der Lambarene, wenn der Wind sie nicht schon vorher flachgelegt hat! Und du gibst prima Haifischfutter.
- Und Schutzbuchten?

- Guck in die Karte. Gibt's hier nicht. Bis zum Festland mindestens 700 Seemeilen. Unmöglich! Einziger Hafen *Yongshu Jiao*. Künstlich aufgeschüttetes Atoll der Spratly mit Schutzwällen und genügender Wassertiefe.
- Da sitzen wir doch in der Falle! Niemals! Richtige Kerle reiten einen Sturm auf See ab. Aber Ihr Schlappschwänze habt wohl nur Kaviar im S...! (Chinesische Umschreibung für „Weicheier".)
Kapitän Korsakow schüttelt entsetzt den Kopf.
- Holbein hat recht! Lieber in der Falle, als auf dem Meeresgrund!
Die ersten Böen rütteln an den Flaggenmasten. Brecher türmen sich auf. Schaumgekrönt. Der Taifun nähert sich mit 90 km/h. Die Lambarene stampft und rollt. Und das merken alle an Bord.
Die Tür zur Brücke fliegt auf.
Herein stürmt ... nein, nicht der Wind, sondern bös zerzaust das himmlische Kind Lian! Im Schlepptau Professor Huang Hongyun, der Petrischalen-Beschicker!
- Wenn mein Steinway über die Saiten geht oder meiner Leihmutter was passiert, bist du Triaden-Hack, Bruder Wang! Steuer endlich den Hafen auf *Yongshu Jiao* an! Da sind wir doch in Sicherheit. Unser Bruder Huang kennt sich da aus.
- Was versteht dieser Labor-Profi schon vom Überleben auf See?!
Lian gibt ihm ein geheimes Triaden-Zeichen mit der linken Hand.
- Verstanden, kleiner Kommandant? Drei Triaden gegen dich. Gib auf, sonst endest du an deinem eigenen Galgen!
Klein-Kommandant Wang ein Häufchen Elend:
- Korsakow, Kurs auf den verdammten Hafen!

5.

Es triumphiert *Ti Lung*!
Der chinesische Wasserdrache in Schlangengestalt peitscht mit unsäglicher Wut und Gewalt zum tobenden Taifun.
Riesenbrecher wellen jetzt volle Breitseite. Nach Kursänderung. Fluten die unteren Decks.
Alles bewegliche Gut nach Backbord. 30Prozent Krängung! Bedrohliche Schieflage! Die Lambarene kämpft sich ächzend wieder auf. Das Inventar rutscht klirrend zurück nach Steuerbord. Damit hatte ja niemand in dieser Sonnengegend gerechnet.
Hysterisches Geschrei von unten. Lian schwankt gegen das Geländer. Klammert sich an Holbein, ihren starken Halt. Wohl weil der so musikalisch ist.
- Mein Steinway! Meine Leihmama! Los, runter!
Jede Stufe ein Abenteuer. Hundertwasser deckt stolpernd den Rückzug.
Kapitän Korsakow, Wodka-gedopt, behält stur die Nerven. Stabilisatoren ausgefahren. Kurzfristig den Kurs wieder gegen den Wind.
Die Krängung stabilisiert sich.
Lians Flügel droht von der hinteren Kante des Konzert-Podiums zu kippen. Schießt mit der nächsten Welle wieder nach vorne auf die Pianistin zu.
Holbein reißt sie im letzten Augenblick zur Seite.
- Vergiss bloß deinen verdammten Steinway! Vorsicht! Den kann keiner mehr aufhalten!
Sie rennt laut schreiend hinter dem Halbtonneninstrument her.
- Lass mich!

- Hat's dir den Verstand weggeblasen?
- Nein, nein, siehst du denn nicht den schwarzen Kasten unter dem Flügelboden? Den hat Huang als Resonanz-Wiege für das Ungeborene im Leihmutterbauch konstruiert. Darunter wird doch meine Leihmutter beschallt!! Tut doch endlich was!
Die drei spurten dem Flügel hinterher. Der schlittert schon wieder zurück. Kein Halten!
Holbein, kurzentschlossen, greift ein losgerissenes Teakholzbrett aus der Wandverkleidung. Wirft es dem schwarzen Ungetüm vor die Messingrollen unter dem vorderen linken Fuß.
Hu Was und Huang versuchen es ihrerseits auch. Stemmen sich verzweifelt dagegen. Holz splittert krachend. Der Flügel stolpert. Stoppt seine Fahrt. Schrappt noch zwei Meter über den Podiumsboden und ...
Huang wirft sich unter den Steinway, Schlüssel in der Hand. Öffnet die Klappe.
Aus der darunter angeschraubten flachen 2 Meter langen Kiste klettert Zwillingsschwester Marita. Taumelt völlig blass und zu tiefst verstört in Lians Arme. Offenbar körperlich unversehrt, die Leihmutter für den einzigartigen gen-kreierten Pianisten-Embryo.
(Diese Kiste soll den Wunder-Embryo intrauterin am Üben teilhaben zu lassen... wenn Lian spielt... dann kann er später das ganze Repertoire schon auswendig.
 – Baby-Beschallung im Mutterleib, letzter perverser Schrei aus USA!)
- Dachte schon, ihr hättet mich ganz vergessen! Wie Achterbahn, und dieses Stoßen in der verdammt engen Kiste!
Plötzlich totale Ruhe. Kein Schwanken mehr.

Atemlose Unterbrechung des allgemeinen Jammerns und Geschreis.
Lian geschockt, atmet auf.
- Im Hafen! Endlich…
- Von wegen Hafen! Im Auge des Taifuns! Das Schlimmste kommt erst noch! Warnt Holbein weltmeererfahren.
Bordsirenen! Bordlautsprecher:
- ALLE PASSAGIERE UND MANNSCHAFTEN KABINEN AUFSUCHEN! BEWEGLICHES GUT SICHERN! RETTUNGSWESTEN BEREITHALTEN! ENTWARNUNG ABWARTEN!
Zwei Janadines stürmen die Treppe hoch.
- Na endlich! Da seid ihr ja!
Holbein kann die beiden gerade noch greifen, als es die Lambarene wieder schlagartig auf die Seite wirft.
Den beiden Janadines zieht es die Füße weg. Klammern sich an seinen Hals. Holbein wie der Fels in der Brandung. Mit standfesten Seemannsbeinen. Bis auch er schwankt, wer denn von beiden die echte Janadine ist.
Taifun-Abkömmling *Ti Lung*, der wütende Wasserdrache, duldet keine Bedenkzeit. Stöhnend tanzt der Kreuzfahrtriese wieder ausgeliefert auf den Wellenkämmen. Stürzt in die unendlichen Wassertäler. Hilflos wie auf einem Trampolin. Lässt Holbeins Armen keine Wahl. Sie umschlingen liebevoll schützend Original und Double gleichermaßen. Ohne Ansehen der Person! Wird sie schon später auseinander halten. Zwei schöne Frauen waren doch bisher nie ein Problem für ihn!
KABINE AUFSUCHEN?
Die offene Tür neben dem Konzertpodium! Der schwere Kristallkronleuchter schwingt wie ein Damoklesschwert über ihren Köpfen. Nur noch zwei Schritte

- Festhalten!
Holbein braucht jetzt seine Hände selbst. Auf dem schrägen, abschüssigen glatten Boden. Mit letzter Kraft auf allen Vieren. Als Bodyguard wohl gewohnt, sein Päckchen klaglos zu schultern und notfalls mit dem eigenen Körper zu decken. Aber gleich zwei? Eine zappelnd an seinem Rücken. Die andere unter ihm. In totaler Schieflage, haltlos.
Todesangst in den Gesichtern der verzweifelt schreienden Passagiere. Vorwiegend weiblich. Verrenkte Glieder. Blutige Schrammen. Erbrochenes mitten im dahinschießenden Inventar.
Der Himmel gespenstisch verdunkelt. Donnernder Orkan. Ohrenbetäubendes Regenprasseln. Zuckende Blitze zerteilen die apokalyptische Weltuntergangsstimmung.
Da blitzt es kurz in Holbeins beigen Zellen: *ménage à trois*! Doch die spart sich der findige Autor für windärmere Zeiten auf.
Eine Hand am Türrahmen, den Fuß in der andern Seite verkeilt. Zieht sich mit seiner Troika athletisch in den Sicherheitsraum nach innen. Ehe der Leuchter in einem klirrenden Kristallhagel vor ihnen niederkracht.

6.

Taifun – no fun!
Selbst den Hafen beherrscht er. Doch die Brecher dreiseitig ausgesperrt.
Das Einfädeln in die enge Hafeneinfahrt ein Meisterstück russischer Kapitänskunst bei dem Seegang. Ansteuern der neugebauten Nord-Kaimauer. Keine Kriegsschiffe.
Der abflauende Orkan rüttelt unbarmherzig weiter an den hohen Aufbauten des Kreuzfahrt-Ungetüms.
Wang hat U-Boot-Offiziere für das Anlegemanöver abkommandiert. Unterstützung für die weibliche Crew der Lambarene. Da werden starke Männer gebraucht!
Am Kai Soldaten in sommerlichen Tarnanzügen. Riesige Fender. Hilfe beim Anlegemanöver.
 - Soldaten! Hab ich's nicht gesagt! Schon schnappt die Falle zu! Wären wir doch bloß nie …! Noch nicht festmachen! Wenn der Sturm nachlässt, hauen wir gleich wieder ab!
Kommandant Wang rauft sich zeternd sein zerzaustes Haar. Der Zopf längst weggefetzt.
 - Aber Kommandant das sind gar keine Soldaten!
 - Was sonst?! Korsakow, wohl wieder hackedicht?! Mich noch verschaukeln?!
Kann das Fernglas nicht ruhig halten.
 - Ich werd' verrückt! Das sind ja wirklich Weiber! Xinggǎn nǔrén! In Militärklamotten!!
 - Neuster Gag der Chinesen. Wollen von dem Territorialstreit im südchinesischen Meer ablenken. Bis Februar 2015 ist die Fläche der künstlichen Insel bis auf rund 230 Hektar angewachsen. Fünfmal größer als alle natürlichen

Inseln dort. Kam gerade vor dem Sturm noch über Liveticker.
Spratly-Inseln
Schweine, Gewächshäuser und kecke Soldatinnen

Diese Soldatinnen posieren angeblich auf Chinas neuer Insel, die im Yongshu-Jiao-Riff aufgeschüttet wurde. (Foto: sina.com.cn, aus Sicherheitsgründen verfremdet.)
Trotz Territorialstreit beginnt China offenbar damit, die Spratly-Inseln auszubauen und präsentiert den Fortschritt stolz auf Bildern. Doch viel interessanter ist, was China bewusst nicht zeigt.

In der Hafeneinfahrt erscheint ein französischer Flugzeugträger.
Wang verliert die Beherrschung.
 - Haben uns gerade noch gefehlt. Wenn die ihren Kahn in der Einfahrt querstellen! Die „Kollegen" von unserer Super-Biologin! Wo ist die überhaupt? Unsere 3 Doktor-Geisel? Sofort ausrufen! Dawai! Dawai!

7.

Der Bordlautsprecher näselt sturmverzerrt.
FRAU DR. DORNIER WIRD AUF DER BRÜCKE VERLANGT! DRINGEND!
Holbein immer noch in Bodyguard-Manier am Boden des Sicherheitsraumes. Unter einer festverschraubten Sitzbank aus massivem Mahagoni. Die eine und die andere der weiblich warmen Doublette in seinem direkten Körperschutz. Unbeweglich. Nicht auseinander zu halten.
- Janadine, hast du gehört?
Die drei erheben sich noch leicht unsicher. Der Boden schwankt weiter. Erstmal Gleichgewicht finden.
Holbein will Janadine an sich drücken.
Welche denn?
Gelächter.
- Kannst du uns immer noch nicht auseinander halten?
- Verdammt, wer spricht denn da?!
- Dann zieht ihr eben beide hoch zur Brücke. Vielleicht erkennt der böse Wang die Echte. Kommt!
- Einverstanden! Einverstanden!
- Euch wird dieser dämliche Theaterblödsinn schon vergehen. Wir sind noch lange nicht in Sicherheit.
Auf der Brücke sehen sie den französischen Flugzeugträger.
Kommandant Wang völlig verunsichert.
- Wer ist von euch denn nun die Bio-Queen? Soll mal die Beziehungen zu ihren Geheimdienst-Brötchengebern spielen lassen. Uns die Hafenausfahrt frei halten! Von mir aus auch im Doppelpack. Nein! Eine bleibt als Geisel hier!
Holbein fällt gleich der ausgedruckte Liveticker auf.

- Schweine und kecke Soldatinnen! Das erinnert verdammt an den sagenumwobenen Odysseus und die Zauberin Circe. Verwandelte seine Kampfgefährten in Schweine! Vorsicht, Kommandant, das könnte uns allen übel bekommen.
- Lass deine alten Witze! Sind doch hier nicht in der Schweinebucht. Mach dir lieber Gedanken, Altklug-Stratege, wie ich unsere Forderungen durchsetzen kann!
- Längst geschehen. Die Geheimdienste sind bestens vernetzt. Sollen die doch Kontakt zu Hongkong aufnehmen. Effektiver, als die Hafeneinfahrt frei zu halten…
- Und warum sollten diese Flugzeugträger-Kadetten mir helfen? Soll ich denen etwa meine abgewrackten Torpedos zeigen?!
- Ganz einfach. Lass sie am alten Kai anlegen … und dann soll Korsakow mal zeigen, was ein russischer Marinekessel à la Stalingrad ist:
Zuparken mit unserem 200 Meter Kreuzfahrtriesen! Bei dem Franzosen handelt es sich ja nur um einen sogenannten „Leichten Flugzeugträger". Gerade mal 170 Meter lang. Keine Chance gegen die Lambarene. Wird ja nicht gleich losballern.
Seine beigen Zellen frohlocken. Völlig entsetztes Gesicht bei einer Janadine: das ist die Richtige!
Na endlich! Aber warum dieses Gesicht? Repressalien der französischen Geheimdienstler?
Ehe Wang protestieren kann, verlangt der Flugzeugträger seine ganze Aufmerksamkeit. Der steuert zügig den freien Platz am West-Kai an. Und dreht bei.
Holbeins Stunde:
- Korsakow, Seitenstrahlruder! Weg von der Schutzmauer! Immer schön parallel zu dem Flugzeugträger! Den Rest besorgt der Wind. Ehe die unsere Absicht er-

kennen sind sie eingeparkt. Nach hinten können sie nicht mehr weg. Vorne kaum Platz. Und wir halten sie seitwärts in Schach. Liegen brav daneben im Päckchen. Muss aussehen, als wären wir manövrierunfähig! Vom Winde verweht ...

Geschätzter Leser, wenn Du je anlässlich einer Kreuzfahrt einem französischen Flugzeugträger begegnet bist, hast Du bestimmt nicht vergessen, in welch imposanter Höhe sich die Aufbauten für die Landebahn der Jets befinden. Erst recht nicht Deinen Ärger, dass sie das Bräunen auf dem dritten Oberdeck empfindlich störten. Und Du am liebsten wie Diogenes zu Alexander gerufen hättest: „Geh mir aus der Sonne!"...

Diese hohen Aufbauten aber kommen Holbeins Plänen sehr gelegen.

8.

Den Notfall wirkungsvoll inszenieren und eskalieren.
Holbein zieht die leicht Widerstrebende am Arm hinter sich her. Nennt sie ‚Nicole', damit der Triaden-Bruder nicht misstrauisch wird.
 - Mal kurz ein Statement für die Presse vorbereiten!
Noch auf der Treppe, keuchend:
 - Jetzt heißt es Dampf ablassen!
 - Soll heißen?
 - Es muss brennen! Theaterdampf! Damit kennst du dich doch aus. Irgendeine Substanz aus deinem Chemielabor. Aus den Klimaanlagen schwelender Rauch, der die Evakuierung der Lambarene zwingend notwendig macht!
 - Evakuierung? Spinnst du?
 - Natürlich auf die Jet-Landebahn eures Flugzeugträgers ... liegt doch genau in der richtigen Höhe gegenüber! Von unserem Torpedo- und Galgendeck ein paar Notrutschen improvisieren, oder noch besser, die Leitrutschen für die Torpedos! Das ist es doch!
Staunen bei Janadine. Betrachtet ihn skeptisch.
 - Worauf wartest du? Brau endlich so ein Teufelselixier! Das werden deine Doktortitel doch hergeben!
 - Im großen Forschungslabors unseres Gen-Gurus – da könnte was anbrennen ...gefährlich grüne Schwaden. Und der Geruch, reines Gift!
 - Nix wie los!

9.

Sirenen. Großalarm.
Die Bordlautsprecher dröhnen.
ACHTUNG! ACHTUNG! GIFTALARM! AKUTE LEBENSGEFAHR!
ALLE PASSAGIERE AUF DAS 5TE OBERDECK!
Hundertwassers jetzt mit den Details.
- *Mundschutz anlegen oder mit nassen Tüchern schützen! Auf Grund eines Laborunfalls entweichen hochgiftige Gase! Nur Treppen benutzen! Aufzüge für Bettlägerige und Gehbehinderte freihalten! Unbedingt Ruhe bewahren! Unsere Ärzte und das Bordpersonal leisten erste Hilfe bei der Evakuierung auf das Militärschiff!*

Überall schwelt beißend giftgrüner Rauch. Wabert durch Treppenhäuser und Gänge. Geruch nach gefährlicher Chemie. Bestialischer Gestank!
Wer will da Ruhe bewahren?
Panisch hysterischer Massenansturm auf die Treppen. Die fein geschönten Dämchen drängeln wie die Lemminge. Beiseite gestoßen von mutig flüchtenden Militärs und den kaltgestellten Helden DaVincis!
Besorgt schreiend allen voran Professor Huang Hongyun, der Petrischalen-Frankenstein. Verschafft sich rigoros Zugang zu einem der Aufzüge mit seiner Vorzeige-Leihmutter und der brutwütigen Pianistin
- Schwangere Frauen und frisch Operierte zuerst!
Die Sprinkleranlagen regnen. Nässen alles ein. Rauchmelder pfeifen ihren grellen Alarm. Gegen das letzte Fauchen des Sturms.

In Schutzanzügen der Isolierstation verlassen Holbein und Janadine gerade den Ort der ruchlosen Tat. Prallen mit Professor Shi Lang, Mariam und ihrer Zwillingsschwester im Kielwasser zusammen.
- Hab ich's mir doch gedacht! Biedermann Holbein und die Bio-Brandstifterin! („*Biedermann und die Brandstifter*". *Für Jungleser. Max Frisch.*) Von wegen Laborunfall ... hab den stinkenden Braten gleich gerochen: viel zu viel Schwefelwasserstoff!
Janadine nimmt ihren Atemschutz ab. Lächelt Entschuldigung.
- Eh nur 0,05 ppm genommen. Minimaldosierung. Gesundheitsneutral. Tut keiner Fliege was. Und für den Dampf Kaliumnitrat, Zucker, Backpulver und grüne Farbe köcheln lassen...
Holbein drängt:
- Nach oben! Sonst schlagen die sich in Panik ihre Köpfe ein. Wieviel kg tragen denn deine Torpedorutschen?
- Sind doch vorwiegend ‚leichte' Mädchen. Solider Edelstahl. Kommt, ich hab Schlüssel für den Laborlift!
Vorstellbares Chaos auf dem obersten Deck.
Rette sich wer kann!
Kommandant Wang, der Unbelehrbare, wutentbrannt am Megaphon:
- Zurück, Ihr Wahnsinnigen! Keiner verlässt das Schiff! Hier an der frischen Luft kann gar nichts passieren!
Verzweifelt versucht er wenigstens Kapitän Korsakow an der Flucht zu hindern. Stellt sich ihm in den Weg.
- Du bleibst schön hier, Bürschchen, sonst ...!
- Evakuierung befreit mich von der Bleibepflicht. Muss mich um die Passagiere kümmern!
Drängt sich an dem fluchenden Wang vorbei.

Panik selbst unter seinen U-Bootgetreuen. Schieben sich kopflos zu den Rettungsbooten. Um von da wie Piraten den Flugzeugträger zu entern. Mit Hilfe der schwenkbaren Davitarme (Träger) für die Freifall-Boote.
Janadine hat ihren Führungsoffizier auf dem Flugzeugträger informiert. Vor der Brandstiftung schon. Damit sie Bescheid wissen. Die Mariner helfen tatkräftig bei der Rettungsaktion der Flüchtlinge.
Holbein schmunzelnd abseits postiert, betrachtet sein Werk mit Genugtuung. Wie auch die Giftmischerin an seiner Seite. Drängt sich nicht nur besorgt an ihn. Die Situation ist furchtbar, in der Tat.
Drei Typen mit Mundschutz von der Isolierstation: Die Macho-anbetende Schönheitschirurgin mit ihren zwei echten Kerlen. Den Ex-Eignern der Lambarene. Der ruhiggestellte Dr. Madison und der enteignete Finanzhai DaVinci! Einfach unglaublich! Die glorreichen Halunken. Mit Köfferchen. Welche Qualitäten! Auch diese Ratten drängen sich ellbogenkräftig unter das niedere Volk. Verlassen das qualmende Schiff.
Aber bitte mit Dame!
- Wo ist denn bloß Nicole, mein Double? Hatte doch der Wang als Geisel festgesetzt auf der Brücke, als du mich mitgenommen hast.
- Holt bestimmt die restlichen 50.000 ihrer OP-Prämie von euren gemeinsamen DGSE-Freunden ab. Hat lang genug drauf warten müssen!
- Mein Chef schickt uns einen Hubschrauber. Aber erst, wenn dieser Irrläufer von Kommandant ausgeschaltet ist. Oder sich ergeben hat!
- Ergeben?! Der sprengt sich mit seinen Torpedos in die Luft. Das TNT in den Dingern wird er schon irgendwie zur Explosion bringen! Notfalls mit seinem brandneuen

Galaxy S7 Smartphone. Das zündet ja absolut zuversichtlich. Wenn er es noch nicht umgetauscht hat.
- Und dann? Fliegen wir mit? In die Luft?
- Sobald er sich an den Torpedos zu schaffen macht: Peng! Brenn ich ihm eins auf seinen gelben Pelz! (Kleiner 6,35 mm Browning in seiner rechten Stiefelsocke, hebt das Hosenbein.)
- Siehst du den Rauch auf der Brücke? Steigt auf wie bei der Papstwahl in der Sixtinischen Kapelle, nur grün! Wird der wilde Wang auch überlaufen?
- Geräucherter Triade ... ungenießbar. Jetzt reißt er schon die Tür auf!
Eine letzte Böe fällt den gesplitterten Signalturm auf der Brückennock. Vorarbeit des Taifuns. Kracht direkt bis auf den Bug des Flugzeugträgers. Willkommener Überweg für die Flucht. Wenn auch lebensgefährlich.
Wang wittert seine Chance.
Geht in die Hocke. Wirft sich vom Boden her das gefesselte und geknebelte Double der großen Biologin über die Schulter. Spurtet so tollkühn, mit wohl zentrierten Schritten, über diesen schmalen Laufsteg. In schwindelnder Höhe! Unbeirrt vom Zappeln seiner Geisel. Megaphon am Uniform-Koppel. Krummdolch blitzend in seiner rechten Hand!
Janadine in Schockstarre.
Holbein zieht seinen Browning. Aber schon viel zu weit für das Spielzeugding. Und viel zu gefährlich.
Die letzten Bootsflüchtlinge der Lambarene in der Obhut der französischen Marine. Verschwinden hinter dem Kommandoturm des Flugzeugträgers bei den Hubschraubern. Auf der Galerie des Turms: der Führungsstab des DGSE. Zeuge dieser ungewöhnlichen Geiselnahme.

Kaum festen Boden unter seinen Stiefeln, baut sich der degradierte U-Boot-Kommandant auf wie ein feuerspeiender Drache. Seine Geisel als Schutzschild vor und an sich gepresst. Pervertiertes Titanic-Szenario!
- Einen Hubschrauber und freies Geleit! Für mich und meine Geisel! Sonst geht es Eurer Super-Agentin biologisch an die Kehle!!
Bellt er durchs Megaphon in Richtung Kommandoturm.
Die andere Hand mit Dolch drohend an ihrem Hals.
Doch statt einer Antwort hebt sich der Bug des Flugzeugträgers plötzlich nach oben wie der weiße Hai! Ein letzter Riesenbrecher des abziehenden Taifuns!
Zieht dem völlig überrumpelten Geiselnehmer Wang den Boden unter seinen krummen Beinen weg. Dolch und Double folgen der Schwerkraft. Haltlos stürzt er auf dem glatten Stahlboden abwärts. Wie auf einer Wasserrutsche. Mit mehrfachem Überschlagen.
Das arme gefesselte Double bleibt unversehrt oben an einer der Reling-Stützen hängen.
Als Antwort vom Kommandoturm schnellt das stählerne Fangnetz für die Jets hoch. Aus dem Boden der Landebahn.
Unter verzweifelten Abwehrbewegungen mit Händen und Füßen schliddert der haltlose Wang auf dem Rücken in die Falle. Aufprall nicht abzumildern! Es trifft ihn wie die harte Bespannung eines Tennisschlägers! Schleudert ihn brutal zurück. Kommt wieder auf ihn zu. Und fällt über ihm zusammen.
Der gewalttätige Triade mit seinen großen Plänen, kaltgestellt im Netz der Spinne Flugzeugträger.

10.

Mannschaften und Sanitäter im erweiterten Einsatz.
Sichern und befreien die eingeschnürte, schockierte Geisel. Wimmert nur noch vor sich hin.
Dann den übel zugrichteten Geiselnehmer in aufgeschlitzter zerfetzter U-Boot-Uniform. Wie ein hilfloser Käfer auf dem Rücken. Geschunden und blutüberströmt. Versucht sich keuchend aus dem Stahlnetz zu befreien. Kann sich kaum auf seinen krummen Beinen aufrichten. Hinkend in Handschellen abgeschleppt.
Szenebeobachter Holbein nicht frei von Schadenfreude.
 - Welche Lösung! Wang hat sich selbst ans Messer geliefert! Sich selbst gerichtet!
Janadines Handy vibriert.
 - Oui, oui, Major, montez à bord …
Die Spezialagenten der geheimen Aktionsdivision SA wollen eine Besprechung an Bord der Lambarene, ungestört. Sonderabteilung des DGSE. Waren für die Versenkung des Greenpeace-Schiffs *Rainbow Warrior* zuständig.
 - Üble Typen?!
 - Die wollen nur ausloten, was mit den ganzen Lambarene-Flüchtlingen geschehen soll. Besonders mit den zwei bedrohlichen Piratenmannschaften von DaVinci wie auch Wang. Am besten hier auf der Brücke. Da ist fast alles noch an seinem Platz.
Holbein nickt:
 - Ich geh mal den Professor suchen und seine liebreizende Angetraute.

Sie kamen standesgemäß im Hubschrauber.

Na klar. Der Wind hatte abgeflaut. Die Lambarene lag jetzt ja ruhig, am nachbarlichen Landeplatz. Diese Spezialisten flogen bei jedem Wetter. Die paar Meter. Konnten aber doch nicht gut rüberkriechen wie die Damenschar oder über den abgeknickten Signalmast balancieren wie der wahnwitzige Geiselnehmer!
Unbekümmert unter den noch kreisenden Rotorblättern springt ein blendend aussehender Franzose in goldbetresster Paradeuniform der Marine aus der Kanzel. Klein, Menjoubärtchen, gereiftes Charmegesicht. Offiziersorden- und Ehrenzeichen. Mit ausgebreiteten Armen strahlt er Janadine an zur französischen Begrüßung. Küsschen links-rechts-links.
Holbein, im Anmarsch mit Prof und Mariam, stutzt nicht schlecht. Eine winzige Lidirritation an seinem linken Argusauge: Heftigkeit und Dauer der Umarmung erscheinen doch sehr ausgedehnt!
- Darf ich euch meinen Führungsoffizier vorstellen, Major de Montherlant! – Professor Shi Lang... seine Frau ... und unseren Profiler Holbein ...
- Enchanté...
Unsern Profiler Holbein, der Hammer! Unpersönlicher ging es wohl nicht!
Der Pilot steigt gar nicht erst aus. Startet gleich wieder. Holbein hält die Tür zur Brücke auf. Wie abgestellt.
- Hier sind wir ungestört (gekünsteltes Lächeln). Sind ja alle ausgeflogen.
- Wir brauchen Vorabinfos zu euren Passagieren. Ein kleines Who's-who. Kriminelle, Gefahrenpotenzial und VIPs. Was wir von Dr. Dornier bisher erfahren konnten, sind mehrfache Piraterie und Entführung eines Wissenschaftlers. Andeutungen über verbotenes Genetic Engineering und weitere Schandtaten des Genres. Die be-

kannte Pianistin Shi Lang Lian soll darin verwickelt sein. Und trotzdem will keiner auf die Lambarene zurück!
Schaut sich anerkennend um. Solcher Luxus!
Fließendes Deutsch, geringer charmanter Akzent. Gute Geheimdienstschule oder Elsässer? Und dieses wissende Lächeln. Auch das von Janadine. Holbein möchte am liebsten die Türklinke verbiegen. Doch diesen Kraftakt bewältigt er nicht. Da springen ihm seine beigen Zellen zu Hilfe:
- Zeig doch dem Major, dem menjoubebärteten Lackaffen was eine Holbeins Seemannsfaust-Harke ist! Flagge zeigen!
Holbeins Hand legt sich liebevoll auf Janadines Schulter und zieht sie delikat an sich. Gehauchter Kussmund. Herausfordernder Blickkontakt. Auch zum Geheimdienstoffizier.
- Major de Montherlant, großartig, Sie verfügen jetzt ja über das perfekte Double meiner geschätzten Partnerin für Ihre offiziellen Zwecke. Das macht es Ihnen leicht, den Entschluss von Dr. Dornier zu respektieren, sich nun doch endlich aus den Diensten des DGSE zurückzuziehen. Sie wissen: ihre wissenschaftliche Forschung, ihre vorrangige Berufung.
Janadines heftiges Schulterzucken unterdrückt er gelassen. Hält den Blick des Führungsoffiziers unschuldig lächelnd aus. Wie das Selbstverständlichste der Welt.
- Aber Madame Dornier hat uns doch …
Holbein lockert seinen Griff.
Janadine:
- Verstehen Sie mich nicht falsch, Major, selbstverständlich werde ich das ‚Algenprojekt' weiterhin mit Überzeugung und sachlicher Hingabe wissenschaftlich begleiten. Es liegt mir, wie Sie wissen, sehr am Herzen. Weni-

ger Ihr Flugzeugträger. Festes Land unter den Füßen brauche ich langsam wieder, und meine Freunde brauchen mich. Neigt sich Holbein zu. Der strahlt und kommt zur Sache:
- Die Infos stellen wir zusammen. Schlage eine interne Anhörung unserer Passagiere auf Ihrem Schiff vor. Professor Shi Lang sollte als besonderer Kenner der Materie aus seiner Sicht berichten. Er wurde schließlich gewaltsam auf die Lambarene entführt. Für die Piraterie von DaVinci sowie den gewalttätigen Übergriff von Wang und seiner Mannschaft werden Sie wohl nach internationalem Seerecht die nötigen Maßnahmen ergreifen. Beispiellos vorsichtig werden Sie wohl agieren müssen, um die aufgebrachte und hysterische Damenklientel auf den rechten Weg zu bringen. Eine Herkules-Aufgabe...

TEIL IX

1.

In der Mannschaftsmesse des Flugzeugträgers.
Riesiger Raum unter Deck.
Die verschönte und verwöhnte Damenriege im Foyer, leicht zerzaust. Nach Sturm und Flucht vor giftig grünen geruchsintensiven Laboremissionen. Abgesondert die Mannschaften von DaVinci und Wang. Unter strenger militärischer Bewachung. Im Hintergrund Mannschaften und medizinisches Personal des Kreuzfahrtschiffes.
Auf dem Podium das erweiterte Gremium der „Siegermächte".
Major de Montherlant eröffnet das einzigartige Meeting, als Vertreter des DGSE. Mit am Tisch, für den militärischen Führungsstab des Flugzeugträgers, Capitaine Dupont. Professor Shi Lang, Experte vom weltgrößten Wissenschaftszentrum für Genom-Entschlüsselung in *Shenzhen*. Profiler Holbein, als internationaler Beobachter, Aufdecker des Lambarene-Skandals. Janadine, Undercover-Agentin, als Beisitzerin.
Symposium ausgeklügelten Macht-und Millionenpokers.
Knappe Statements. Kritische Analysen. Bericht des Profs über die skandalösen Vorfälle im Lambarene-Genlabor.
Der französische Kapitän erläutert seine Befugnisse als Verantwortlicher für die Schiffssicherheit. Sein Recht, in kritischen Situationen auch Personen festzunehmen. Notfalls mit Gewalt. Betont aber ausdrücklich, dass man hier nicht Gericht halte.
Zentrale Frage: die geflüchteten Passagiere und die Festgenommenen. Und was soll mit dem verlassenen und von

rechtmäßigen- oder Piraterie-Eignern aufgegebenen Kreuzfahrtschiff geschehen?!
Holbeins starker Auftritt. Wie nebenbei erklärt er:
- Die Sorge um die *Lambarene* können Sie getrost mir überlassen. Werde mein Schiff persönlich zurück nach Port Moresby überführen!
Aufruhr im Parkett. Dr. Madison und DaVinci! Dr. Born zwischen ihnen hält sie mühsam zurück.
Holbein unbeirrt:
- Habe die zum Verkauf stehenden mehrheitlichen Anteile an der *Lambarene* erworben. Zusammen mit einem Investoren-Konsortium aus der (legalen) Transplantationsforschung.
DaVinci, offenbar nicht wirklich ‚entschärft' durch den Gehirn-Chip. Begehrt auf:
- Dieser Möchtegern-Investor und abgehalfterter Profiler blufft doch nur! Habe niemals meine Anteile verkauft!
Holbein mit abwehrender Handbewegung:
- Und die Vollmachten und Abtretungserklärungen an Ihre reizende Betreuerin und Schönheitschirurgin, Frau Dr. Born? Schon vergessen? Ihre ganz besonderen Zuwendungen? Ihr Vorkasse-Engagement?
DaVinci stürmt vor. Will Holbein an die Kehle. Zwei Mariner fangen ihn ab.
Capitaine Dupont mahnt zu Besonnenheit. Das werde doch alles zu klären sein.
DaVinci, zurück an seinem Platz, schnappt sich die Chirurgin und schüttelt sie.
Verständliche Übersprunghandlung!
Jetzt legt man ihm Handschellen an.
Donnernd landet ein Hubschrauber.
Der Major:
- Wir erwarten noch einen wichtigen Gast!

Die Tür fliegt auf.
Jericho, LKA Stuttgart, als Bevollmächtigter von EU-ROPOL!
Das Europäische Polizeiamt, Behörde Europol, unterstützt die EU-Mitgliedstaaten bei der Bekämpfung schwerwiegender Formen der international organisierten Kriminalität. www. Bfdi.
Holbein, kein bisschen überrascht.
Jericho wedelt mit einem Ordner aus rotem Leder. Vor dem verblüfften Flugzeugträger-Kapitän.
- EU-Haftbefehl und Auslieferungsverlangen:
1. Gegen Herrn DaVinci. Verdacht der Wirtschaftskriminalität, Steuerflucht und fortgesetzter Geldwäsche. In Deutschland und der Schweiz.
2. Gegen Herrn Dr. Madison. Missbrauch von Titeln, Genmanipulationen an implantiertem menschlichem Erbgut, Embryonentransfer und Leihmutterhandel in großem Stil.
- Monsieur l'Administrateur juridique Jericho, unterbricht ihn der Kapitän, Sie werden wissen…
Madison, auch nicht endgültig ruhiggestellt, echauffiert sich. Brüllt los:
- Wir genießen Immunität auf diesem französischen Kriegsschiff! Artikel 32 SRÜ (Seerechtsübereinkommen der Vereinten Nationen)! Sie können uns gar nichts!! Sie dürfen keine Rechtsgewalt hier ausüben!
- Ruhe! fordert der Kapitän.
Jericho gelassen:
- Immunität, erst mal richtig. Aber kein Asyl! Der Kapitän wird Sie den chinesischen Strafverfolgungsbehörden übergeben. Und dann landen Sie schnell wieder bei dem zuständigen korrupten Regional-Gouverneur. Den ja DaVinci freundlicherweise mit Ihrem Schiff entführt hat.

Der lässt Sie in seinem privaten Knast elendig verrotten.
Da werden Sie wohl doch lieber freiwillig mit mir kommen.
Wang, ganz hinten im Parkett, wittert Morgenluft.
Der Gouverneur, sein alter Spezi! Aber mehr als wittern kann er nicht: bewegungsunfähig in seiner schmuddeligen Zwangsjacke. Vorsorglich mit den Füßen an seinen Sitz gekettet.
Der menjoubärtige Oberregler nimmt Holbein aufs Korn.
- Großer Schiffseigner, Sie müssen uns als erstes aus der erzwungenen Umklammerung Ihres zivilen Kreuzfahrtschiffes befreien! Die Beschuldigten liefern wir schon ordnungsgemäß bei den zuständigen Behörden ab.
Holbein wusste ja, was auf ihn zukam, trotzdem wischte er sich jetzt die Schweißperlen von der Stirn.
Eine zuverlässige Crew zusammenstellen. Ein Ziel bestimmen für die zahlreiche, ungeduldige Klientel des abgehalfterten Schönheits- und Glücksgurus Madison.
Und dann erst über die Zulassung erwünschter Passagiere entscheiden.
Holbein unter Zugzwang.

2.

Den zuverlässigen Korsakow wieder ans Ruder bringen. Und die glutäugige Mulattin in Kapitänsuniform als zweiten Mann der Frauenequipe. Hatte Holbein schon im Hafen von Lae den freien Blick versperrt.
- Ein Problem, sich mit dem Riesenkahn wieder freizuschwimmen?
- Nehnum problema! Net problem!
- Vai, davai!
Holbein, der Weltenkundler, verknüpft selbstherrlich Portugiesisch mit Russisch, um die beiden auf Trab zu bringen. Die beiden wie Herr und Frau Klabautermann über die Torpedorutschen zurück auf ihr Schiff.
Vor dem Befreiungsmanöver heißt es aussortieren. Die Spreu vom Weizen trennen. Wie beim Hammelsprung im Parlament teilen sich die Passagiere in zwei abgesperrte Bereiche an Deck. Nur handverlesene Passagiere dürfen wieder auf Holbeins Schiff. Hundertwasser befragt die hysterisch drängelnde, vorwiegend chinesische Verschönerungsklientel nach ihren Wünschen. So manche besteht auf weiteren Näschen- und Grübchen-Korrekturen. Die wollen zurück auf die schwimmende Beauty-Farm. Die Wiedereinstellung evakuierten Klinikpersonals kein Problem angesichts der lukrativen Situation mit Kreuzfahrtluxus.
Das Aussortieren klappt weitgehend reibungslos. Bis auf die Ästhetik-Chirurgin Dr. Born. Die drängt sich vor. Holbein lässt sie nicht an sich vorbei.
- Sie wollen doch nicht ernsthaft auf meinem Traumschiff Ihr lukratives Verschönerungsskalpell weiter wet-

zen?! Nach Ihren skandalösen Machenschaften und erfolgreicher Männerabzocke!
- Hören Sie, Profiler, Schriftsteller, Mann. Ich will S i e! Zahle Ihr Konsortium aus. Dann sind Sie für mich da und Ihr eigener Herr! Und wenn Sie nur 50% von dem Potenzial bringen, mit dem Sie in Ihren Romanen kokettieren, sind Sie das viele Geld auch wert...
- Potenz?...ial? Haben Sie den Verstand verloren? Ich und käuflich? Und wie Sie wissen, auch in besten Händen.
- Die Aufzeichnungen unserer Kameras in der Isolierstation beweisen, dass Sie Ausnahmen machen ... das Double Ihrer „besten Hände", Sie erinnern sich?
Die erfolgsorientierte Hand der schönen Chirurgin erkundet wie beiläufig in dem allgemeinen Durcheinander den Triggerpunkt in Holbeins Beinkleid.
- Mich erpressen Sie doch nicht, und schmieren mich auch nicht mit Ihren Silberlingen! Sie abgefahrene miese kleine Nymphomanin! Mein Freund Jericho sollte mal Ihre ergaunerten und gefälschten Vollmachten unter die Lupe nehmen. Und dann wandern Sie ganz schnell in den Knast! Madison und DaVinci werden Sie dort freudig erwarten.
Da...! Ein Vibrato wie von tausend Streichern! Lässt den ganzen Koloss erzittern. Brummen und sanftes Schütteln der anlaufenden Turbinen. Holbein seinerseits schüttelt tough das frivole Chirurgen-Tätzchen ab. Wie lästige Krümel von der Sonntagshose. Französische Kommandos vom Deck des Flugzeugträgers. Auch der startet seine Maschinen. Die nimmer-männersatte Dr. Born presst sich jetzt rigoros zwischen Holbein und seine Absperrung. Genießt den erschlichenen Körperkontakt zu dem begehrten neuen Schiffseigner. Da schwingt eines der

mächtigen bleibeschwerten Tauenden verirrt über die Absperrung. Trifft ausgerechnet die von Leidenschaft Getriebene am Kopf. Und wirft sie als hilfloses Bündel Holbein vor die Füße!
Jetzt muss er sich erbarmen. Erste Hilfe! Und schon klebt Blut an seinen Händen. Immer ärgerlich abzuwaschen. Doch schnell erlösen ihn herbeieilende Marinesanitäter. Und „Action"!
Kapitän Korsakow, mit seiner hilfreichen Frauenpower an der offenen Brückennock. Bedient Bug- und Heckstrahlruder des Kreuzfahrtriesen in prästabilisierter Harmonie. Wie Leibniz es ausdrücken würde. Vorsichtig weg vom seitlich aufragenden Flugzeugträger. Meisterhaft! Beifall von den offenen Decks und von den schon wieder tanzenden Soldatinnen an Land.
Die *Lambarene* schwimmt sich frei und macht souverän am Nord-Kai des Hafens fest. Aufbrausender Jubel erneut. Endlich fester Boden, wenn auch nur aufgeschüttet.

3.

Jubel ja – Landgang – nein.
Zu früh gefreut! Der chinesische Hafen-Brigadier lässt keine Zivilisten an Land.
Und wie kommen jetzt die auserwählten Passagiere zurück auf die Lambarene?
Holbein rauft sich die Haare. Das hätte er früher bedenken müssen! Auch Kapitän Dupont als Chef des Flugzeugträgers richtet nichts bei dem Hafenkapitän aus. Obwohl doch quasi militärischer Kollege.
Der Chinese verzieht keine Miene. Unbeeindruckt von Rang und Ehrenzeichen des Franzosen. Und von der internationalen Flagge des Roten Kreuzes auf dem Nachbarschiff.
Verständnisloses Achselzucken.
- Kranke? Die Flagge? Kann jeder hochziehen. Auch als Terroristen-Tarnung! Nichts zu machen. Hier im militärischen Sperrgebiet. Bestimmt keine Shoppingmall für vagabundierende Wohlstandstouristinnen! Schon gar nicht in der Nähe vom Raumfahrtbahnhof für unsere Weltraumrakete ‚Langer Marsch 5'. Revolutionierende Sensation internationaler Marsmission. Da brauchen wir bestimmt keine Kreuzfahrt-Gaffer!
Er wusste noch nicht das, was Du jetzt weißt, orientierter Leser. Die Rakete startete programmgemäß 2 Tage später.

Holbein gibt nicht auf.
- Ihre Soldatinnen könnten doch eine Absperrung am Kai errichten. Die Passagiere einzeln …

- Wenn die bewaffnet sind oder Sprengstoffgürtel tragen? Yǒngyuǎn! *Nie und nimmer!*
- Und der Staatserpresser Pei Cheng Wang, Ihr abtrünniger Ex-Geheimdienstoffizier? Die Zentrale Hongkong hat Sie doch bestimmt informiert.
- Den können Sie an uns ausliefern, mit samt seiner Meute von Deserteuren! Ohne den Sturm hätte unsere Flugabwehr diesen Galgenvogel längst von der Brücke Ihres Kapitalistendampfers gefegt.
- Wenigstens etwas. Dann sind wir zumindest das gröbste Gesindel los. (Dupont erleichtert.) Das Gros überführen wir halt mit unseren Rettungsbooten und Hubschraubern auf die Lambarene.

Holbein, verärgert über diesen sturen Hafen-Bock legt noch mal nach:

-Brigadier, dann passen Sie aber auf Ihre leckeren Soldaten-Tanzmariechen am Kai gut auf. Wangs wilde Deserteure sind ausgehungert von der langen Zeit auf See!

Dienstmiene. Keine Antwort.

Janadine löst sich aus dem Hintergrund. Holbein fühlt eine warme Hand.

- Mach dir keinen Kopf! Das Umbooten werden wir auch noch schaukeln. Hundertwasser kann die feinen Dämchen beaufsichtigen. Freue mich schon auf eine erholsame Kreuzfahrt mit dir und deinem neuen Schiff! Unter deiner liebevollen Ägide …
- Unter mir…? Meinst du das … a…e…igi(d)tte?!
- Keine Vorschoß…Vorschuss-Lorbeeren! Mach endlich! Komm in die Gänge! Wir sollten die Ersten drüben sein!
- Willst du jetzt auch noch drängeln? So dringlich? Erst mit Jericho abstimmen. Der muss den Prof und die restliche Familie zusammentrommeln. Dann Capitaine Dupont

danken und, nicht vergessen, deinen geliebten Major zu verabschieden.
- Keine Angst, den vergesse ich schon nicht!
Natürlich gestaltet sich Janadines Abschied von ‚ihrem' Major überhaupt nicht nach Holbeins Geschmack. Zu lang, zu viel an Leidenschaft und theatralischer Dramatik. Händeringend! Der Major, als wolle er sie nie mehr loslassen!
Erst auf die Lambarene drängeln und dann den pomadigen *Geheimdienst-Franzosen nicht verlieren wollen?!*
Profiler Holbein im Missmut-Modus.
Janadine zurück.
- Kommst wie gerufen Jericho, altes Europol-Gespenst, du könntest Holbein und mich mit eurem Heli schnell mal rüber auf die Lambarene fliegen lassen. Der Hafenguru lässt ja keinen auf seinen Kai. Und später dann den Prof samt unserer Großfamilie.
- Kein Problem. Und die anderen?
- Mit den Rettungsbooten des Flugzeugträgers und den Hubschraubern. Die Franzosen helfen uns. Sind froh, die Zivilisten wieder loszuwerden.
- Auch mein Pilot kann zusätzlich einen Pendeldienst einrichten. Jeweils 12 Personen passen in unseren Eurocopter EC 155. Er muss sowieso auf dem Flugzeugträger bleiben, bis der näher am Festland navigiert.
- Und du, alter Kampfgefährte Jericho?
- Dachte, auf eurem Luxusdampfer ein bisschen zu chillen. Bisschen liften und Fett absaugen lassen. Aber vor allem einen guten Roten. Oder gibst du elender Geizhals keinen auf dein neues Schiffchen aus?!
- Weiß nicht, ob der zu genießen ist, nach der ganzen Schuckelei.

- Dann lassen wir ihn auch erst chillen. Und überbrücken das mit einem kleinen Marc. Den wird es doch wohl geben, oder?
- Und deine Europol-Zöglinge, Ganove Madison und Oberschlitzohr DaVinci?
- Hab ich dem Geheimdienst-Major mit dem Schriftstellernamen untergejubelt. Der ‚betreut' sie bis zum Abholen!

Schon wieder dieser verdammte Major!
Aber Holbein spricht es nicht aus.

4.

Auf der *Lambarene* steppt der Bär.
Wiedererobert von den Geflüchteten. Entgiftet, frischer Wind! Unter neuem Eigner.
Die Kreuzfahrt-Queen schüttelt sich im wilden Rhythmus der Kapellen. Die Tropennacht vibriert. Ungehemmt erleichtert. Feiern, Schlemmen, Tanzen. Bis zum...
Auf allen Decks, den gedämpften Gängen und in kuscheligen Nischen. Die Stippeföttche-Soldatinnen (Kölner Karneval) immer noch in treuer Wacht am Kai. Das gab's noch nie. Im Schatten vor den beiden Schiffsriesen, die sich in flackernden Lichtern vor den Abendhimmel geschoben haben. Können erst am Morgen bei Hochflut auslaufen.
Die opulent mit Tropenblüten ausgeschmückte Speisegrotte reserviert für die Großfamilie und die obskuren VIPs.
Zuletzt erscheint Capitaine Dupont vom Flugzeugträger. Verlässt als Letzter sein Schiff. Wie es auch der französische Ehrencodex verlangt. In Ausgehuniform, mit Orden und Ehrenzeichen. Im Abschlepptau (Französische Seemannssprache, frei übersetzt) die stramme Schönheitschirurgin, fast unkenntlich aufgemotzt. Eine stolze Erscheinung.
- Keine Sorge! Ne vous inquiétez pas. Sie bleibt nicht lange 'ier...begleitet mich auf meinem Flugzeugträger. Soll mir nur schnell einen kleinen Fleck rausschneiden. (Fingerzeig.)
Holbein holt tief Luft. Malt sich das aus:
Direkt von der Leber ... frei weg? Schnippeln ... Freimachen? Im Liegen natürlich!

Da hat sich Nymphy Born aber schnell Ersatz verschafft.
- Sie bleibt bei Ihnen an Bord, in ihrer Funktion als Zivilistin, wenn Sie gestatten?
- …'abe sie zur ‚Colonel des soins' in meinem Marine-Sanitätscorps gemacht, kein Problem, Monsieur Profil 'olbein.
- Ja, dann …(zögernd, gießt ein) … à votre santé!
- À la vôtre!
- Und Major de Montherlant, wollte der nicht auch kommen? Holbein blinzelt verstohlen zu Janadine.
- Sprach von dringenden Aufgaben. Der feiert lieber anders.
- Und Dr. Dorniers kostbares Ebenbild. Unser wunderbares, geschätztes Double?
- Leistet ihm Gesellschaft …
- Ah …
Die – nicht nur im professionell gelifteten Gesicht – aalglatte Dr. Born zieht ihren notorkorenen Capitaine Dupont zum Ende der Tafel. Professor Huang Hongyun, der Petrischalen-Tüftler, völlig entspannt. So, als könne man ihm seine Genschschnippel-Experimente nicht nachweisen. Neben ihm seine beste Kundin, die große Pianistin Shi Lang Lian samt ihrer Vorzeige-Leihmutter. (In USA erlaubt, in China wie in Europa verboten. Aber für solche VIPs doch kein Problem.) Am Kopfende der ursprünglich hierher entführte Prof und seine junge Ehefrau, sorglos im Gespräch mit Jericho.
Holbein als neuer Schiffseigner und maître à tout faire bringt sich in Positur und seinen Toast aus. Auf die wunderbare Lösung fast aller unlösbaren Probleme. Alte Vereinbarungen würden nun nach Möglichkeit erfüllt.
Vorblick auf die Weiterreise nach Port Moresby.
Champagnerlaune weit und breit. Saftlaune nur bei der

Leihmutter, worauf die Ovulationsquelle peinlichst achtet.
Alles schwelgt.
Aufgeregt gestikulierend:
- In der Funktion als Major- …(Hundertwassers Auftritt).
Schon wieder der Major? Holbein blinzelt erneut zu Janadine…
- In meiner Funktion als *Majordomus* auf der Lambarene habe ich alle Systeme pflichtgemäß an Bord kontrolliert. Auf Sturmschäden überprüft. Alles im Grünbereich. Bis auf, ja auf den separaten Kühlraum für den Kaviar. Katastrophe! Die vorgeschriebene Temperatur von -2 bis +2 Grad erheblich überschritten. Wer weiß wie lange schon. Die PC-Sonde verlangt sofortigen Verbrauch.
- Na und, dann müssen die anderen Delikatessen halt erst mal weiter im Kühlschrank bleiben. Ein Notfall. Kaviardiät. Alle Mann und Frauen an die schwarzen Eier! Das wird doch wohl möglich sein?!
- Wenn das so einfach wäre. Der Bestand beträgt sage und schreibe 120 kg! Auf dem Schwarzmarkt günstig erstanden von unserem russischen Kapitän Korsakow.
- Frau Dr. Born, könnten wir nicht unseren Kundinnen eine Ganzkörperpackung mit Kaviar verordnen…? lässt sich Holbein ironisch hören. Gut, also Hundertwasser, ganze Mannschaft ran an die schwarze Magie!
- Und wenn bei der Behandlung was in den Mund kommt?
- Kann nicht schaden. Hauptsache, du hebst mir ein halbes Pfündchen für morgen auf.
Ein gigantisches Tablett mit prickelnden Wunderkerzen von ausgesuchten Tropenfeen wird hereingetragen. Aber nicht als Dessert. Überraschung!

Nein, der Not gehorchend das Hauptgericht. Unter einem verschnörkelten Riesen-Silberdeckel. Eine absolute Weltneuheit! So die Ansage der Chefin de cuisine.
- Die Zehn-Kilogramm-Dose des bekannten russischen Nobel-Kaviar-Händlers *Armen Petrossian*! (Die gibt es tatsächlich www.hna.de>Welt>.)
Deckel hoch!
Ungläubiger Beifall! Ein Berg glitzernden schwarzen Rogens, hoffentlich wirklich vom richtigen Stör.
Staunen!
Holbein schluckt.
- Passender Vorname: „*Armen*", prae-nomen est omen!
- Bisschen eintönig. Aber für mich alten Teufel zur Not auch ohne Brot! Champagner! .Fische wollen – Fischeier müssen schwimmen. Hauptsache der Wodka eiskalt. Sonst flüssigen Stickstoff aus dem Labor drüber.
Der alte Genteufel Huang, hat schon kräftig vorgeglüht.
- Nix da Labor! Verriegelt und versiegelt. Und solange du deine Füße unter meinen Kapitänstisch stellst, keine Gen-Panschereien mehr, verstanden?! Mein Schiff bleibt sauber!
Gehäufte Beilagen in unendlicher Üppigkeit, was Küche und Kühlschrank hergeben. Aus kundiger Hand kredenzt für die Tafelrunde. Kaviar in allen Variationen, pur bis überbordend. In einem Meer von Alkoholika. Gierige Augen, Münder Hände. Lautes Kichern, gellendes Lachen vom großen Speisesaal her. Helles Gekreische aus Botox-Lippen. Überall ungenierte Schlemm- und Schlabbergeräusche. Klirrendes Kristall. Saufen, Kippen um die Wette. Alles schwimmt.
Die Stimmung explodiert zum Exzess.
Aphrodisisch? Aphrodisiatisch? Dionysisch, arkadisch, die Grenzen fließend.

Kapitän Korsakow mit seiner kollegialen Leichtmatrosin in einer der kuscheligen Nischen . Aber ... das darf doch nicht ... wer schaut schon hin ...der Lüstling ...versenkt kühlen Kaviar in ihrem warmen Dekolleté ...und sich knabbernd darin .... ein liebestoller Saibling.
Janadine hinweist Holbein provozierend mit ihrem heißen Knie. Als wenn er sehbehindert wäre.
Doch der große Autor malt längst an seiner neuen Szene. Gequält von banger Frage: Kann Kaviar bei 37 Grad auch warm genossen werden?
Sieht Janadine hingegeben unter der Ganzkörperpackung. Während er das schwarze Gold, Körnchen für Körnchen, kolossal von ihrer malossolen Haut verschlingt. Mit seinen Wodka-Lippen, statt ökofrevlerisch die Entsorgung einer empfindungslosen Brause zu überlassen.
Und die vielen ausgehungerten schönheitsgierigen Kundinnen? Mit Kaviar testosteronaufgepeitscht wie unter Drogen? Männermangel? Übergriffe? Kaviarchaos?
Holbein schon recht schwerzüngig:
- Hundertwasser, alter Schlangenbeschwörer, sieh zu, dass im großen Speisesaal unser Natterngezücht nicht tropisch alle Dämme bricht. Im allgemeinen Kaviarrausch! Deine Pflicht als Majordomus ...spiel den besänftigenden Ochsen in der wilden Weiberherde!
- Aye aye, Sir! ... lallt er lächelnd zurück ...i'll do my very best.
Gut, dass die Lambarene nicht mehr schwankt.
Der Kaviar treibt Janadine zum Aufbruch. Und sie Holbein fürsorglich vor sich her. Zu ihrer Koje, zu ihrer Nische .Lockt ihn mit kaviarschwarzem Humor:
- Rein wissenschaftlich gilt der Rogen der *Acipenseridae* als Placebo. Wirkt also maximal nur zu 70 Prozent. In

meiner Applikation aber, die deiner Fantasie bestimmt nichts schenkt, sprengt sie die volle Punktzahl!
 - Wieviel Gramm hast du denn dabei? Und wo? Die Dosierung macht's schließlich!
 - Ein Zoladkowa Gorzka Shot Glas fasst 40ml Wodka.

5.

Dreimal satt sonorer Typhon-Ton.
Letzte Haltetrosse fallen. Die Lambarene schiebt sich majestätisch bei Hochflut aus dem Hafen. Der französische Flugzeugträger antwortet mit lautstarker Abschieds-Sirene.
Mannschaften angetreten. Salut. Auf dem Kreuzfahrtschiff ausgelassenes Damen-Winken von allen Decks. Trotz der orgiastischen Kaviarfolgen der letzten Nacht. Die neckischen Tanzmariechen vom Kai in chinesischer Militärkluft stehen stramm. Ausgetanzt.
Und nur zwei Passagiere können sich nicht mal die Hände reiben. Die beiden Oberdrahtzieher Madison und DaVinci. Gehandicapt (Handschellen) im Europol-Heli. Letzte Fuhre, schwere Jungs vom Flugzeugträger rüber.
Holbein neben Korsakow auf der Brücke. Sorgenvoller Blick. Aber dem trinkfesten Russen ist nichts anzumerken.
Der Hubschrauber setzt mit tosendem Flappen zur Landung an. Jericho und Hundertwasser führen die zwei laut Protestierenden ab in sicheres Quartier.
Holbein hinterher. Fragt besorgt Jericho aus:
- Und der Major de Montherlant?
- Hat sich wohl das teure Double gekrallt. Die wich nicht von seiner Seite. Bleibt auch auf dem Marine-Kahn. Als Nachwuchsagentin mit DGSE-Gesicht.
- Gefällt mir gar nicht. Schleimiger Typ.
- Wegen Janadine?
- Quatsch!
- Touché ... sagt der Fechter, natürlich auf Französisch, also Treffer! Hab die Abschiedsszene gesehen. Und dein

Gesicht. Mir brauchst du doch nichts vorzumachen, alter Feiler.
- Vorsicht! Du bist nur Gast auf meinem Schiff. Und soviel ich weiß, ohne Landeerlaubnis. Bewegst dich auf sehr dünnem Deck. Wie lange bleibst du überhaupt?
- Kann ja abfliegen, wenn's nicht gefällt. Aber erst noch sollten wir einen kleinen Roten zusammen trinken, nach all der seichten Schampus-Brühe.
- Und Spätzle mit Kaviar? Alles umsonst, alter Schwabe?!
- Hanó, dr Bauer frißd nix ohgsalza …
SCHIFFSEIGNER HOLBEIN DRINGEND AUF DIE BRÜCKE!
- Kann man nicht mal eine Minute …?
Schnell noch einen Schluck Roten … for the road … und stiefelt murrend hoch.
Korsakow starrt durchs Weitwinkel-Fernglas. Hämmert dann gnadenlos mit dem teuren Ding auf den Kartentisch und brüllt:
- Tam tam szadi … proklyataya!!
(*Nix 'Tam Tam', gutturales Russisch: Da, hinten, verflucht!*) Bloß nicht schon wieder!!
Holbein reißt ihm das Spektar aus der Hand.
- Grüner Regen! Also doch! Algenkonzentrat aus Löschflugzeugen!
Maschinen Stop, Kapitän! Turbinen rückwärts! Volles Rohr! Rufen Sie Dr. Dornier aus! Muss mit Biologin sprechen, flott! Und Jericho!
Holbeins beige Zellen hatten ihn tausend Mal gewarnt. Keine wirkliche Überraschung. Nur kurz Janadine nach ihrem Engagement am Algenprojekt gefragt. Abgehakt ....deshalb wollte sie ja weg vom DGSE. Dann kam der Kaviar dazwischen.

Korsakow stürzt zur Tür:
- Muss runter zu meinen Maschinen. Rückwärts macht sie kaputt. Nur für den Hafen zugelassen! Diese verdammten scheiß Algen!
Prallt um ein Haar mit Janadine und Jericho zusammen.
- Janadine, gut so schnell! – Gibt ihr sein Glas – Sieh dir die grüne Pampe an! Ist es das, wonach es aussieht?!
- Verdammt, und wie! Das Konzentrat „explodiert" quasi bei Kontakt mit Wasser. Vermehrt und verdichtet sich rapide …so schnell, dass man die Algen buchstäblich wachsen sieht. Zum Einsatz gegen Kriegsschiffe! Ursprünglich als Energiequelle für die Kerosinherstellung. Sind die verrückt geworden?!
- Gegenmittel?
- Das ABAF …anéantissement biologique algue focus, mein Biokiller. Aber der ist auf dem Flugzeugträger geblieben!
- Und der wirkt sofort?
- Meine Erfindung, mein Patent, ein Tropfen wirkt wie Spülmittel in fettigem Wasser!
- Jericho, alter Spürhund, hast du den besagten Kanister gefunden, ohne dass der Major davon Wind bekam?
- Kinderspiel, liegt noch hinten im Heli.
Janadine sprachlos:
- Ihr habt mein ABAF mitgenommen?! Worauf wartet ihr noch. Los! Holt das Zeug und wir …
- Langsam! Meine liebe Jani, … „verrückt geworden"? Warum glaubst du, wird die grüne Algenbrühe ausgerechnet vor unserer friedlichen Lambarene versprüht?
Die coole Biologin mit den drei Doktortiteln wird kreidebleich.
- Willst du damit sagen, das Henry etwa …
- Ach, der gute Henry! Vielleicht ist er das schon!

Greift nach seinem vibrierenden Smartphone. Starrt gebannt auf das Display. Stöhnt laut auf.
- Nein! Das darf doch nicht...! Ein Video! Du, ... in den Armen dieses miesen schleimigen Majors Henry de Montherlant – nackt!
Janadine versucht verzweifelt, nach dem Samsung Galaxy s6 zu greifen. Holbein weicht ihr behände aus. Stößt sie zurück.
- Ekelhaft! Du kennst es doch schon. Und alles in Großaufnahmen! Woher hat das Schwein denn meine Handy-Nummer?! Aha, jetzt kommt's! Auch noch Erpressung. Du sollst auf sein Luftkissenboot kommen. Sonst stellt er das Video ins Netz und schleppt uns nicht frei aus den Algen! Satan! Ah, welch perfider Konflikt!
- Holbein! Du glaubst doch nicht im Ernst?
- Die scharfen Bilder lassen mir keinen Spielraum. Hier! Sieh doch selbst, wie schamlos du dich aufführst!
Hält ihr das Smartphone hin.
Sie tippt das Video neu an.
- Oh, oh, mein armer, liebeskranker Profilneurotiker. Wo bleibt denn bloß dein scharfer Profile-Blick? Eifersucht – macht blind, verflucht!
- Scharfer Blick? Wie bitte?! Auch noch spotten?
- Schlampige Arbeit des Erpressers, die Uhr am nackten Handgelenk ...
- Na und?
- Solltest wissen, dass ich nie eine Uhr trage, wenn ich... und schon gar keine mit Datumsanzeige! Kapier es endlich: ein Fake! Mit meinem Double ...gestern um 1 Uhr 26... na dämmert es? Da hab ich dir doch gerade gezeigt, wo man mit Kaviar den Most holt.
Holbein ungerührt:

- Hab' natürlich gleich das Fake erkannt. So leidenschaftlich kannst du ja überhaupt nicht sein!
- Werd bloß nicht gemein! Taktloser Miesmacher! Zur Leidenschaft gehören immer zwei: wie man in eine Frau hinein ...
- Na bitte, lenk du nur ab von deinem Henry. Wieso spielt er denn dann den wilden Stalker? Säuselt wie Hans Albers „...komm auf meine Lustkissen, Luise!"
- Ja eben, Cyberpsychologe, weil er bei mir nicht landen konnte!
- Dann pfeif ihn endlich zurück! Hält sich wohl für *Donald Trump*!
Zu spät ...
Schon nähert sich das Tosen der Turbinen.
- Schnell, den Prof!
Holbein ruft ihn durchs Mikrophon.
- Werden dem Erpresser-Majörchen mal die Luft aus seiner Lustkissen-Wiege lassen!
- Endlich, Professor, wir brauchen dringend ...aber du hast ja schon dein Köfferchen dabei! Genial!
- Jericho hat mir was geflüstert von Gefahr im Verzuge. Es zieht ja schon in die Ohren, dröhnt und faucht.
- Kannst du mit dem EMP ein Luftkissenboot lahm legen?
- Na klar, Elektronik ist heute Alles. Siehe U-Boot. Wir werden ihm quasi den Wind aus den Turbinen nehmen. Aber wir können ihn auch gleich versenken... neues Gerät von mir.
Erstarrte Miene bei Janadine. Krallt sich an die Reling, dass die Knöchel weiß werden.
Holbein mit unverhohlenem Grinsen:
- Mensch bleiben, Professor, strafen aber nicht umbringen! Kommt in meinen Romanen nicht mehr vor. Paar

unfreiwillige Kreisel drehen, tolle Stunts. So ein bisschen leiden soll er ... nicht wahr, Janadine?
Ihre erstarrte Miene verfinstert sich drohend.
- Du lässt ihn doch nicht ...?
Der donnernde Luftzug des nahen Hovercraft reißt Janadine den Rest ihres Satzes von den Lippen.
Schon schießt das kleine Ungetüm neben den Kreuzfahrtriesen, der kaum noch ohne Maschine vorwärts treibt. Das Luftkissenboot stoppt abrupt. Stellt sich quer gegen die Fahrtrichtung. Eine Wasserfontäne spritzt auf. Das Heulen der Turbinen erstirbt.
Love-Parade.
Der getriebene Geheimdienst-Major flötet ins Megaphon, fordernd, sein üblicher Befehlston. Schreit seine Sehnsucht nach Janadine heraus. Und dieser Irrsinns-Schrei hallt kalt zurück von allen Decks. Wahnsinn! Janadine stürzt an die Reling. 40 Meter unter ihr das uniformierte Häuflein Elend. Holbein reißt sie zurück, bisschen arg tief. Zum Glück kein Publikumsverkehr auf der Brücke. Zu peinlich. Janadine würde am liebsten vor Scham zwischen den Decksplanken versinken.
Holbein lässt den Windmacher erst mal zappeln.
Signaltöne mit dem Typhon. Kurz, lang ... 5x... „Bleib-Weg-Signal"(SeeSchStrO)
- Abdrehen! Das ist Erpressung, Wegelagerei, Piraterie! Wir brauchen auch keine Hilfe aus Ihrer klebrigen grünen Falle...und erst recht naschen Sie nicht von dem Pfirsich aus meinem Garten! Wir legen Ihre Windmaschinen still! Ihnen bleiben genau 3 Minuten!
Der Prof schwenkt seine Apparaturen in Position. Deutet auf die Teppichrolle hinter sich, lüftet den Zipfel: Die Heckflosse eines Torpedos.

- Den habe ich auch repariert. Neue Elektronik. Natürlich ohne Atomsprengkopf. Den unter seinen Luftkissenboot, und das Ding kriegt Flügel!
Der Prof streichelt befriedigt seine Apparaturen, alles schussbereit. Kleiner Stromstoß, und …
In der grünen Brühe, die sich langsam um die Lambarene verdichtet, tauchen Haifischflossen auf. Hunderte!
- Große Biologin, wo kommen diese Killer plötzlich her? Weiß, dass sie Blut wittern können in einer Verdünnung von 1 zu 10 Milliarden. Aber Algen?
- Suchen in dem Algenteppich ihre Lieblingsspeise: ‚Paracanthurus hepatus', den Paletten-Doktorfisch.
- Ja der Doktor immer wie gerufen! *Fortes fortuna adjuvat*. Das Glück hilft den Tüchtigen! Noch ein paar Fischabfälle aus der Bordküche, und …
- Du willst doch nicht etwa …?
- Schieß los, Professor!
- Aus beiden Rohren?
- Erst mal das EMP! Legen Sie ihm seine Elektronik lahm, dann kann er paddeln, mit seinen zarten Händchen…aber aufgepasst! Sonst ist er schnell seine Flossen los.
Holbein grinst sadistisch:
- Haifischflossen, lecker, lecker!
Der Prof legt seinen Schalter um. Nichts! Kein Puff, kein Funke. Er lächelt wie ein satter Hai.
Holbein vergeht sein Grinsen.
- Fehlschuss? Willst du jetzt dein Torpedo auch noch baden gehen lassen, DU!
Der Prof schüttelt sich vor Lachen.
- Nicht bei mir. Meine neue leise Generation …sieh doch selbst!

Das Hovercraft schwappt steuerlos in der Dünung. Die Uniformierten um den Liebeshäuptling haben alle Fender voll zu tun, um die Kollision abzumildern. Der große Sehnsuchts-Skipper hantiert verzweifelt im Cockpit, hebt die Arme zur Lambarene wie zum Himmel. Signalisiert Hilflosigkeit.
Holbein durchs Smartphone:
- Letzte Warnung, wollen Sie mit den Haien baden?
Janadine begreift. Schmilzt hin vor Mitleid. Faucht völlig empört ihren großen Profiler an.
- Der kann doch nicht mehr antworten! Tote Leitungen! Kein Torpedo! Kannst sie doch nicht den Haien zum Fraß vorsetzen. Denk an deine Leser: hast versprochen, keine Leichen mehr!
- Nicht den Torpedo, Professor, Janadine hat recht! Mission erfüllt.
Ein lauter Knall! Leuchtfeuer am Himmel. Seenotrakete sprüht roten Funkenregen. Rieselt nach unten auf das satte Grün der Algen. Verschmilzt zu Rot-Rot-Grün!
(Koalition gefürchtet von Kret(z)schma(r)nn, mit dem Autor weder verwandt noch verschwägert, kann hier aber nicht helfen.)
Janadine erleichtert.
- Danke Holbein, Seenotfall … jetzt müssen wir Hilfe leisten! Funk den Flugzeugträger an. Die sollen sie abholen.
- Aber die Algen!
Janadine überwindet sich, schnappt ihren Kanister von der Brücke. Schwappt die Menge einer Tasse voll 40 Meter in die Tiefe – und tatsächlich tut sich ein See auf in der grünen Suppe. Vergrößert sich zusehends zu einem kleinen Meer der freien Seefahrt.

- Den Rest brauchen wir für die Lambarene. Aber du siehst, mein Zeug wirkt!
Holbein jetzt durchs Megaphon:
- Major de Montherlant, das Spiel ist aus! Wir lassen Sie abholen. Fordern Hilfe von Ihrem Flugzeugträger an. Unser Schiff kann Sie nicht aufnehmen. Hängen selbst hier fest in der von Ihnen verschuldeten Algenplage!

6.

Gott hilft dir, aber er liebt die Ruderer.
(Tschechoslowakisches Sprichwort)
Das war jetzt sprichwörtlich zu beobachten.
Der lustgetriebene Major und seine Marine-Gesellen mussten jetzt auf Handarbeit setzen, um sich frei zu paddeln. Kannten sie das Sprichwort etwa auch? – Auf jeden Fall rechneten sie mit Hilfe aus der Luft. Was sonst, von einem Flugzeugträger?
Man hört ihn schon von weitem: Einen Schwerlast Hubschrauber der Marine.
Ruhige See. Nur das Wimmeln der Haie. Der Abstand zur Lambarene reicht. Dann drei Stahltrossen runter. Eingeklinkt. Strickleiter für die Besatzung. Hangeln sich nach oben. Zu schlechter Letzt: der gefrustete Major mit Stinkefinger!
Holbein so cool wie möglich:
- Siehst du das, Janadine? Diese schleimige Kröte mit seinen Fingern. Quam vis sint sub aqua, sub aqua maledicere temptant! (*Obwohl unter Wasser, versuchen sie doch weiter zu schmähen. Cit. Ovid über die Frösche*). Und von so einem lässt du dich anbaggern und abbaggern!
- Lass gut sein, unbarmherziger Froschfresser! Wir sollten lieber versuchen, den eigenen Arsch ... eh ... dein Schiff... aus der Pampe zu ziehen. Mein Wundermittel, Jerichos Heli und du mit Gießkanne. Der Prof soll fliegen. Als alter Kampfpilot hat er uns schon damals im Dschungel gezeigt, wie man auf den Punkt nach unten geht.

Der Professor Feuer und Flamme. Zieht seine geliebte Mariam hinter sich her.
- Die muss mit! Copilotin! Zu meiner persönlichen Sicherheit!
Auf allen Decks neugierige Zuschauer. Beifall beim Start. Trauten dem alten Wissenschaftler wohl solchen Einsatz nicht zu. Aber jugendliches Ambiente verleiht Flügel.
- Reicht denn dein Zeug überhaupt für diese Algendichte, große Biologin? Bräuchten einen Zerstäuber.
- Nicht nötig. Die Rotoren des Hubschraubers zerstäuben das Konzentrat großflächig. Und der Wind.
- Wind, 15 Knoten, direkt von vorne.
- Fräsen im Rückwärtsmarsch eine Schneise vom Ende des Algenteppichs bis zum Bug der Lamba. Den Rest besorgen Wind und Strömung. Treiben die grüne Masse auseinander. Funktionierte im Test, zigmal erprobt …
Holbein, vorgebeugt vom Sitz dahinter, legt seine Hand auf ihre Schulter:
- Hand in Hand mit deinem anhänglichen Major? Hast du ihm das Kännchen gehalten?!
- Hör endlich auf mit deinen ekelhaften Anschuldigungen, sonst …
- Sonst was, bitte?
- Sonst glaube ich am Ende selbst noch, dass …
Mariam grinst sich einen ab.
Der Prof:
- Hört bloß auf mit der Alberei. Könnt später streiten. Kein Kindergeburtstag. Verdammt riskant! Leite Sinkflug ein. Wie weit soll ich runter?
- So weit, bis die Wasseroberfläche auf den Luftzug der Rotoren reagiert.

- Aye, Aye, Chefbiologin. Klar an Gießkanne. Konzentrat schön langsam komme lasse!
Der Prof spielt gekonnt mit dem Höhenruder. Lässt den Heli auf und ab gegen den Wind tanzen. Großartige Sprühverstärkung!
Zwei riesige grüne Schollen teilen sich wie Packeis. Treiben tatsächlich auseinander. Und öffnen eine breite Schneise.
- Keine Müdigkeit vorschützen! Vorsichtig weitergießen, was die Kanne hält! Jetzt zeigt sich, Janadine, was eine Kannegießer-Meisterin ist.
- Gelernt ist gelernt. Holbein den Kanister ... nachfüllen!
Holbein versucht, cool zu bleiben:
- Hätten der üblen Luftkissen-Bande gar nichts hinschütten müssen für ihre Luftreise! Aber es reicht Sehe ja schon meine gute, neue Lambarene!
Mariam scheinheilig:
- Soll ich dein Zitterhändchen halten?
- Ruhe auf den billigen Plätzen. Noch 100 Meter ... aber ich muss mich konzentrieren. Eine große Welle, ein springender Hai, und wir schmieren ab! Wasser hat keine Balken. Dann gibt es Algensuppe mit frischen Menschenfleisch-Klößchen!
Mariam entsetzt, stöhnt auf:
- Dann flieg doch nicht so irrsinnig tief! Spiel bloß nicht den Helden! Hast schließlich Frau und Kind ...!
Der Prof zuckt zusammen und zieht den Heli steil nach oben. Strahlt wie ein Klumpen Plutonium 94.
- Sicher? Du bist schwanger? Das ist ja ...
- Prof, sollen wir besser abbrechen? Die letzten 50 Meter werden ... Janadine beschwörend.

- Geh ja schon wieder runter. Keine Haie, keine Welle. Stolz-Väterchen Shi Lang wird den Endspurt auch noch schaukeln! Jetzt volle Kanne! Gebt alles!
Bange Minute. Der Crew stockt der Atem.
Da … ein Hai!! Nervenkitzel pur!
- Weit genug weg. Entwarnung!
Geschafft! Endlich freie Fahrt.
Zu beiden Seiten der *Lambarene* blaues Wasser. Wie es sich für ein Kreuzfahrtschiff gehört.
Hoch den Heli!
Von den Decks begeistertes Winken.
Der Lärm der Rotoren verhallt.
Jubelrufe.
Holbein und Janadine klettern aus der Kanzel.
Wo bleibt nur der begnadete Pilot?
Der landet gerade immer wieder freudetrunken bei seiner hoffnungsvollen Göttin aus Elysium.

7.

Die Algen haben sich verzogen.
Die Haie auch. Es lächelt die See. Der Himmel blau.
Jericho stellt sein Glas mit dem kostbaren 2007er Château Lafite-Rothschild Pauillac AC, 1erCru classé, vor sich ab. (Die letzte Flasche zu 890 Euro).
- Wer, zum Teufel, knattert denn schon wieder an unserem Heli?!
Sieht nach seinem Piloten. Zwei Tische weiter. Baggert gerade eines von den zuckersüßen China-Models an. Der Prof sucht möglichst unauffällig den Sitz seiner Nachkommenschaft mit der Hand unter dem Tisch bei Mariam zu erkunden. Der kann also nicht schon wieder am Heli rumspielen.
- Verdammt! Unsere gefährlichen VIP-Ganoven aus den Verliesen der Lambarene? Nicht auszudenken als Freiflieger! Hundertwasser, werden die nicht stündlich…?
- Gerade erst kontrolliert. Die spielen Mensch-ärgere-dich. Hab' aber Holbein eben nach oben schleichen sehen.
- Holbein? Du spinnst! Der vergreift sich doch nicht… Janadine sag du mal was!
- Hat mir geflüstert, er müsse noch schnell was erledigen.
- Was oder Wen? Etwa deinen Major?
- Spinnst du jetzt auch noch, oller Europoler? Der kann doch nicht …
Janadine blass wie Blei. *(Pale as lead - Shakespeare, Romeo u. Julia, Act 2, Scene 5)*
Jetzt das lautstarke Beschleunigen der Rotoren.

Jericho stürzt ans Bullauge. Verschüttet um ein Haar den teuren Roten. Trinkt vorsichtshalber noch schnell aus.
- Beim Barte des Klabautermanns, so wie der fliegt ... das kann nur unser Profiler! Mit viel Pitch auch noch über Kopf! Profilierungswahn!
Janadine kopfschüttelnd:
- Ja, der kann wirklich alles auf den Kopf stellen. Aber wo fliegt der Irre denn jetzt hin?!
- Weit kommt er jedenfalls nicht. Der Tank nur noch halb voll.

Wellness farewell!

Holbein hat endgültig die Schnauze voll.
Over and out!
Funkspruch-Ende!
Dieser Traumschiff-Tourismus geht ihm gewaltig auf den Sack! Nix für einen alten Skipper. Der will hart am Wind segeln und nicht Dampfer dümpeln. Der Heli schenkt ihm endlich Luft zum Atmen. Die freie Luft des Schriftstellers. Seine Leser werden eh schon ungeduldig Seiten überspringen! Genug der ewigen Kreuzfahrerei! Hängt in den Gurten, Kopf seewärts, fördert das Denken.
Holbein dreht dem Hubschrauber die Kufen wieder nach unten. Summt:
- ... blowin' in the wind ...wie der Literaturnobelpreisträger Bob Dylan. Den Nobelpreis brauch ich nicht. Aber den Wind. Muss für die Hinterbliebenen aussehen, als wäre ich eben mal Zigaretten holen.
Da explodieren seine beigen Zellen.
- *Das kannst du doch nicht bringen. Deinen alten Freunden DAS antun! Deinen sehnsüchtigen Lesern! – Schäbiger Autor!*

- Sind alt genug! Sollen langsam mal auf eigenen Beinen stehen. Müssen ja nicht immer Holbeine sein!
- *Und die Geschäftsidee „Lambarene"?*
- Das Konsortium wird's schon richten.
- *Und Janadine an deiner Seite?*
- An meiner Seite? In heimlichen Gedanken bei ihrem ... Die findet einen tragischen Liebesbrief.
- *Wer soll dann deinen Dampfer steuern?*
- Blöder Gedanke, das macht der doch selbst. Autopilot und der russische Kapitän! Erst mal bis Port Moresby. Des Profs neue Heimat und sein schönes Haus! Für das Bordmanagement habe ich Hundertwasser ein paar Zeilen hinterlassen.
- *Aber du rauchst doch gar keine Zigaretten.*
- Dann hole ich eben gerade mal ein Fläschchen *Eau de Vie de Marc*. Längst wieder fällig!

8.

Tropenhimmelblau.
Parbleu! Dem Glücklichen schlägt keine Flugstunde.
Wohin Monsieur Holbein?
- So weit die Rotoren tragen. Solang noch eine Handbreit Kerosin im Tank!
1000 Meter über dem Meeresspiegel. Hochstimmung. Der Autor jubiliert! Sich so elegant aus der Roman-Affäre rauszufliegen. Statt krampfhaft nach einem überzeugenden Schlusskapitel zu tasten. In dem sich die Protagonisten dann glorreich ins Futur verdünnisieren.
Da ...! Die Tankanzeige blinkt ihr rotes Licht, das immer hält, was es verspricht!
Selbst, wenn der hochgeschätzte Leser verärgert aufstöhnt: das hätte Cool-Holbein doch längst vorhersehen müssen.
Hat er natürlich. Und festgestellt, dass der Sprit niemals bis zum Festland reicht.
Festland? Na und? Dann eben Weich-Eiland. Hier wimmelt es doch nur so von einladenden Inselchen oder reizvollen Archipelen.
Paul Gauguins Südseezauber, hier ohne jeden Tourismusrummel. Die wunderbar natürlich-nackten Insulanerinnen! Husten die Rotoren ...
Holbein muss runter. Auch mit der Geschwindigkeit. Und seinen hochgeschraubten Erwartungen. Vielleicht tragen die wilden Weiber ja auch Lendenschürzen am feurigen Kannibalen-Suppenkessel!
Feuer? Leuchtfeuer? Bei Tageslicht mit wolkenlosem Tropenhimmel?!

Grell-gleißend blendet ein breiter Silberstreifen die suchenden Augen des Piloten.
Holbein klappt die Acryl-Sonnenblende mit 50%-tiger Tönung nach unten. Nein, keine *Fata Morgana*, die das Land als Wasser und das Wasser als Land vorgaukelt, nein, ganz einfach eine riesige Photovoltaik-Anlage!
- Wer sagt es denn?! Ein Strom-Archipel! Da kann ich mein Notebook und mein Smartphone aufladen! Mehr begehrt doch das Herz eines Schriftstellers nicht. Hätte sonst die Batterie des Helis ausbauen müssen.
Holbein landet direkt vor einer endlos langen Reihe von zwei Meter hohen Solarpaneelen. Auf kiesigem Schottergrund. Schaltet die Triebwerke ab und klettert vorsichtig aus der Kanzel.
Keine Menschenseele! Keine Wilden. Keine Zahmen. Keine Girlanden-Girlies. Nichts!
Sich bemerkbar machen? Den Lärm des Helis hörte man doch meilenweit. Da bewegt sich etwas! Die Solarwand ändert minimal ihren Winkel zur Sonne. Unter leisem Surren. Also funktioniert die Anlage noch. Intakte Automatik. Vom Betreiber aufgegeben? Eine verlassene Geisterstrom-Oase?
Holbein tastet instinktiv nach seinem kleinen 6,35 mm Browning, immer noch in seiner rechten Stiefelsocke. Setzt einen Fuß umsichtig (sich nach allen Seiten umschauend) vor den anderen. Niedrige tropische Macchia überall. Gelegentlich kleine Palmen und üppig blühende Orchideen.
Jetzt rechts voraus ein Bungalow, hypermodern. Auf der Terrasse davor in einer Lianen-Hängematte.... herunterhängende Locken. Ein kleiner Monitor. Eine langbeinige Schöne. Stöpsel eines mp3Players in den Ohren.
Bekleidet... oder...?

Oben ohne ... zumindest, als sie sich aufrichtet.
Nimmt wie in Zeitlupe die Ohrstöpsel raus:
- Hallo, schöner Fremder, – was für eine Stimme! – Odysseus der Lüfte, was kann ich für dich tun? Ausgesprochen blumiges BBC English. Darfst mich *Circeia* nennen, Schwester der Circe, wenn du mit Bildung aufwarten kannst?
- Angenehm, kleine altmodische Verbeugung, Heiner Holbein, sag' James Joyce zu mir, wenn du Irische Literatur liebst, oder seinen Ulysses. Mich treibt Treibstoffmangel in deine Arme. Unverzeihlich aber ...
- Hab dich in meinem Monitor landen sehen. Gut gemacht. Und wie alle Männer willst du jetzt natürlich nur das eine! Kerosin!
- Und wenn ich noch mehr wollte?
- Vergiss es! Dazu müsste ich Dich in ein Schwein verwandeln. Moderne Frauen brauchen das nicht mehr!
Sie richtet sich ganz auf. Das Feigenblatt sitzt perfekt.
- Verwandeln nicht alle Frauen Männer in Schweine ... nur für das eine? Meinen Segen hast du. Hauptsache, dein Zaubertrank hat was von einem guten alten Marc!
- Connaisseur? Dann vielleicht doch ... Komm mit!
Das klimatisierte Atrium mit beschattetem Glasdach lockt in schwarzem Palmenholz. Afro-Look pur. Aufregender Kontrast zum Elfenbeinglanz der nackten Haut. Zum Greifen nah, direkt vor Holbein, der einzigartige Duft von Haut und tropischem Holz.
- Hier ... probier mal!
Zwei Kristallgläser mit schwerer grüner Flüssigkeit aus einer Ton-Amphore. Der homerische Circentrank?
- Auf des Connaisseurs Gelegenheit!
- Poesie de circonstance!

Das grüne Gift brennt auf der Zunge, im Abgang, und schmeckt ganz leicht nach Meer. Und nach mehr.
- Mein junger Algen-Trester! Na? Marc de Mer!
- Zirzensisch gut! Verleiht Flügel, besser als Kerosin.
- Wie lange kannst du bleiben, Fremder?
- 300 Seiten etwa ...wenn du dich mit Schriftstellern auskennst.
- Hoffentlich nicht aus französischem Adel! Mir hat *ein* Henry de Montherlant gereicht! ‚Erbarmen mit den Frauen', den berühmten Roman kennst du natürlich?
- Ja, leider ... und den Major dazu.
- Nein! Meinen kleinen Henry?
- Und wie! Den aufdringlichen Frauenschönling aus der Geheimdienstbranche. Den Algen-Faun... Hat der sich deiner erbarmt?
- Wollte es, um alles in der Welt. Konnte aber nicht, der arme Kerl. Er hatte mich als Dozentin von der City University London – School of Informatics, extra hier auf die Inseln gelockt. Für eine Firewall gegen Cyberangriffe auf militärische Computernetze, speziell der französischen Marine. Es ging um Absicherung eines geheimen Algenprojekts. Hat mir *monts et merveilles* versprochen, das Blaue vom Tropenhimmel. Mir dieses Tropen-Paradies zu Füssen gelegt. Dann seinen französischen Charme. Der ging vielleicht ran ... und plötzlich nichts mehr! Nada! Niente! Fiasko! Natürlich hab ich alles versucht... bis zum Ende meines allumfassenden Circen-Lateins! Ich glaube, er hatte eine andere Frau im Kopf und sonst wo! Verabschiedete sich dann auf Französisch. Ohne ein Wort.
Nachdenkliches Mienenspiel bei dem Odysseusgleichen.
- Wär's wohl möglich, noch einen kleinen Grünen zu bekommen, rätselhafte Cyber-Circe, du lässt mich staunen!

- Gut mein Destillat, isn't it? Aber Vorsicht, 62 %.
Beide trinken betont langsam. Schlückchen für Schlückchen. Blick in Blick.
- Und was ist mit den Hightech-Installationen auf diesem gottverlassenen Archipel?
- Ein gigantisches Ablenkungsmanöver für die dreisten Hacker aus Russland und China. Eine perfide falsche Fährte durch bewusst eingebaute ‚Schwachstellen' in meinem Programm. Riesen-Fake. Schützt das tatsächliche Geheimprojekt. Als computergesteuerte Totalsimulation. Hier ...
Eine Wand tut sich auf. PCs, Monitore, Sender und Empfänger, das ganze Cyber-Arsenal.
- Unser ausgeklügeltes System, in das sie sich einhacken dürfen. Für sie allein geschaffen. Genialer Trick. Äußerlich unterstützt durch arbeitende Roboter in der Algenproduktion. Es gibt fingierte Treffen von hochrangigen Marineoffizieren. Landen im Jet auf der aufgeschütteten Landebahn. Und ich begrüße sie in Parade-Uniform. Mein Major nie mehr dabei. Die Hacker, die wir natürlich haargenau überwachen, halten meine Person wohl auch für einen besonders raffinierten Schachzug. Wer vermutet schon in einer Frau ...
- Ich vermute in Frauen grundsätzlich alles.
- Noch mehr Marc de Mer?
- Verdammt guter Stoff. Richtet einen richtig auf.
- Dann sollte dich meine ‚Love Matttress' interessieren. Du wirst müde sein von der langen Reise.
- Love- Maîtresse? Noch nie gehört ...

9.

Circeia lehrte Holbein zauberhafte Unermüdlichkeit. Erst am dritten Tag erlischt sie peu à peu wie der Vulkan, der dieses Inselparadies geschaffen.
- Wenn du noch immer bleiben willst, dann zeige ich dir mein Archipelago-Reich.
- Mein Wille ist willig ... dein Reich komme!
- Aber zuerst muss dein Heli weg. Hier aus dem militärischen Sperrgebiet. Dürfen die Hacker nicht verunsichern.
- Weg? Wie meinst du das?
- Stell dich nicht so an. Abfackeln!
- Abfackeln? Europol-Eigentum? Einer Einrichtung des europäischen öffentlichen Rechts? Jericho reißt mir den Kopf ab.
- Jericho? Die EU geht ohnehin den Bach runter. Hätte dich gleich abknallen sollen, noch vor der Landung. Wäre meine Pflicht gewesen. Absolutes Tourismusverbot!
- Nix Tourismus, Notfall! Der Heli ist mir heilig. Wie soll ich denn ohne ihn jemals wieder von hier fortkommen? Falls deine Gastfreundschaft ...
- Mit dem Ding kommst du sowieso nie bis zum Festland. Ich flieg dich mit meinem Lear-Jet, wohin du willst.
- Dein Jet? Und du kannst ihn fliegen?
- Siehste, du vermutest doch nicht alles in einer Frau!
- Auf jeden Fall versündige ich mich nicht an dem armen Heli.
- Wir kennen keine Sünde hier im Paradies, verstanden? Und du brauchst dir deine feinen Schreibergriffel nicht schmutzig zu machen. Einer meiner Kampf-Roboter jagt ihn in die Luft.
Sie hantiert an der großen Cyberwand.

Der Heli erscheint in Großaufnahme. Und „Action!"
Feuerwerk vom Feinsten…himmelhoch-donnernd … reflektiert aus tausenden Solarzellen.
 - Automatisch aufgezeichnet für die Hackerlein. Komm Ulysses, mein vom Himmel gestiegener Joyce-stick, *(kein Druckfehler: Anspielung auf Holbeins neuen Namen ‚James Joyce' und den Steuerknüppel zur Bedienung einer Spielkonsole)*. Auf, auf, zum Inselbummel … in dein neues Paradies …jetzt wo der Troja-Heli …
Holbein seufzt auf: der kostbare arme Heli und die wunderbare Spielkonsole!
 - Wir gehen vorsichtshalber in Uniform. Hier eine für dich…
 - Bitte nicht von deinem Fiasko-Major!
 - Wo denkst du hin, darin wäre doch niemals Platz für … dich!

10.

Tropenhimmelhell.
Sonne äquatornah im Zenit. Luftfeuchtigkeit 98 %. Luftdruck 1000 Hektopascal. Hitzetief. 25 Grad Celsius. Gut auszuhalten in der leichten Tropenuniform.
- Und wovon leben wir hier?
- Wir ...? Heißt das ...? Meine Robos fischen und jagen für uns. Ganz autonom. Die unterhalten Gärten und Treibhäuser. Und alle 14 Tage ein CARE-Paket und Post aus der Luft. Da lassen die Franzosen sich nicht lumpen.
Circeia fasst Holbein am Arm.
- Eine Neuguinea Todesotter... sehr giftig...Vorsicht!
Sie zieht einen kleinen Elektroschocker aus der Uniformjacke.
Die Schlange zischt und schlängelt sich davon.
- Gehört halt zum Paradies. Alles echt. Kein Fake. Man kann sie sogar essen. Aber der Liebe Gott sieht es nicht gern.
- Der Liebe ...?
- Ja, nach altem Glauben hier macht Schlangenfleisch impotent.
- Bloß nicht, unser armes Paradies! Wenn schon keine 72 Jungfrauen ...
- Du und 72?
- Natürlich kann man da deutlich einsparen. Mir reichen zwei oder drei. Manchmal. Vielleicht.
- Elender Aufschneider, könntest Du Dich ja bei mir ein bisschen mehr anstrengen! Aber das bekommen meine Roboter auch noch hin ... hab die neue Software schon im Kopf. Da wirst du staunen. Meine Algorithmen ken-

nen raffiniertere Dinge als deine beschränkte Eros-Weisheit dich träumen lässt!
- Beschränkt? Na warte, komm, wir gehen baden.
- Natürlich nicht in Uniform!
- Und nur ohne Feigenblatt ...wie vor der Schlange.
- Willst Du schnorcheln, da am Korallenriff? Hier, ein Schilfrohr für dich. Ich kann 4 Minuten die Luft anhalten.
- Das wird reichen. Los! Wer zuerst ...
Die beiden rennen wie aufgescheuchte Einlappenkasuare (*Laufvögel von der Insel*) zum Strand. Raus aus den Klamotten. Er kämpft noch mit den Uniformknöpfen. Sie wirft sich schon in die Brandung.
Dafür Holbein als Erster wieder mit dem Kopf über Wasser. Circeia nicht zu sehen.
Sie wird doch nicht... nein, das war ein Flötenfisch.
Weiter draußen bei den Korallen taucht sie auf. Krault zurück schnell und elegant.
Vor Holbein jetzt ihr entsetztes Gesicht.
- Katastrophal! Korallenbleiche überall! Der Anfang vom Inselende!
- Das heißt?
- Bei zu hoher Wassertemperatur stoßen Nesseltiere, die für die Färbung sorgenden Algen ab. Die Korallen sterben. Scheiß Klimawandel! Kein Küstenschutz mehr. Und bei steigendem Meeresspiegel saufen wir dann schließlich ab!
- Wie lange gibst du unserem Atlantis denn noch?
- Hängt vom Schmelzen der Gletscher und der Polkappen ab. Manche von den Salomoninseln sind schon überflutet. Zwischen 2 und 20 Jahren ...
- Für einen Roman reicht's also noch!
- Und dann?

- Circeia... ich bitte dich, selbst Odysseus blieb nur ein Jahr bei deiner Namensschwester.
- Aber James Joyce schrieb an seinem ‚Ulysses' fast 8 Jahre! Davon könntest du dir eine Scheibe abschneiden. Der ist sogar berühmt geworden.
- Ich schreibe nicht für Ruhm und Geld. Schiele aber von Anfang an, wie jeder umsichtige Autor, auf das Ende meines Romans.
- Wenn das so ist, was stehst du hier noch so jämmerlich rum?! Dann bleiben uns gerade mal 366 Nächte!
- Dachte immer, das Jahr ...
- Die letzte Nacht der Liebe zählt natürlich doppelt. Für einen Schriftsteller weißt du wirklich verdammt wenig!
- Und wenn wir ein paar der Tage zur Nacht machten?
- Einverstanden. Das bisschen Schreiben kannst Du ja in den Päuschen ertasten...

EPILOG

Auf der *Lambarene* spielt Lian, die große Pianistin.
Bach. Capriccio B-Dur, Auf die Abreise eines geliebten Brüderchens.
Da gibt es keinen, der den entfleuchten Holbein nicht vermissen würde.
Adagissimo, allgemeines Lamento der Freunde.
Lian bricht ab mit verzweifelter Geste.
- Holbeins Schicksalsmotiv. Damit ließ er schon einmal einen Roman ausklingen.[5] Hab's ihm auf seinen Chip geschickt.
- Du mit deinen Chips! Sag uns lieber, wo er gerade rumfliegt. (Janadine mit einem weinenden Auge. Und verzagter versagender Stimme.)
- Der fliegt nicht mehr!
Jericho reißt sein Diensthandy aus der Brusttasche. Virtueller Zirkelschlag. Im 2-Stundenflug-Radius um die aktuelle Position der Lambarene.
- Nein, bitte nur das nicht! Da gibt es nichts als Wasser! Ich werd' verrückt, die Blackbox meines Helis …
- Und, und…?? Alle aufgeregt durcheinander.
- Der Heli explodiert! Verbrannt wie ein enttarnter Agent!
- Ja, Holbein mochte es immer verdammt warm.
KNALL – BLITZ – DONNERHALL –
Heulende Strahltriebwerke.
Die Lambarene schüttelt sich. Ächzt und taumelt! Feuer und schwarzer Rauch aus allen Aufgängen!
Die Bordlautsprecher röhren:

---

[5] R. Kretzschmar „Alles oder nie"

AN ALLE ! IN DIE RETTUNGSBOOTE !! UNVER-
ZÜGLICH ! WIR SINKEN !
Tohuwabohu der Angstdrängler. Ellbogen vor! Rette sich wer kann! Frauen und Kinder …? Von wegen! Und die Ungeborenen?!
- Die Strafe Gottes! … krächzt Leihmutter Marita kläglich. Klammert sich dabei verzweifelt an Echtmutter Lia, Pianistin und Urheberin des Petrischalen-Paktes zur Invitro-Erzeugung eines neuen Mozartkindes.
- Was faselst du da, mein armes Mädchen, hier straft nicht Gott, hier straft der abgewiesene mickrige Franz-Major mit seinem testosterongesteuerten Raketenaufstand! Dein Christengott ist doch gerade ein Verfechter der Leihmutterschaft. Wie Holbeins Kollege Martin Walser schreibt:
„Der Engel Gabriel kommt zu Maria und sagt, sie soll die jungfräuliche Mutter des Gottessohns werden. …. Maria, die Leihmutter, vom Heiligen Geist gewählt."
(Martin Walser „Muttersohn" Rowohlt 2011 S.472)
- Bist du wahnsinnig, Lian? Nix wie ab zu den Booten! Da könnt ihr weiter philosophieren, wenn's überhaupt noch Plätze gibt. Hundertwasser zieht die beiden fluchend hinter sich her.
- Werden das Kind schon schaukeln… Aber niemals untergeh'n … das kann doch eine Seefrau nicht … keine Angst!
Lallgesang! (Lian hatte zu viel von ihrer chinesischen Aufputschdroge eingeworfen. Konnte ja dem Designer-Fötus niemals schaden.)
Auf der Brücke Schluss mit lustig.
MAYDAY MAYDAY MAYDAY !!

WERDEN AUS DER LUFT ANGEGRIFFEN! KREUZFAHRTSCHIFF LAMBARENE POSITION 10° 50′ S , 166° 30′ O ...
Das Dröhnen eines Kampfjets ohrenbetäubend. Wurftorpedo unter Wasser... Den Bauch der Lambarene hat es aufgerissen.
Die Evakuierung klappt. Der Kapitän wie bei einer Rettungsübung, hält die vorpreschenden Kerle eisern in Schach. Hievt ängstlich kreischende Dämchen vor, die in ihrer superteuer erkauften Schönheit jetzt nicht gleich wieder sterben wollen.
Die Rettungsboote legen ab. Übervoll.
Das Riesenschiff verneigt sich mit eleganter Schlagseite. Die See teilt sich, als habe Moses seine Hand im Spiel. Eine fauchende Monsterfontäne spuckt zischend eine Wasserwand hoch und verschlingt abgurgelnd die entthronte Schönheitskönigin der Meere...

Meldung dpa-international:
*„Bei einem Abwehrangriff auf Einheiten des sogenannten Islamischen Staates, der in dieser Gegend hochaktiv ist, wurde irrtümlich ein Kreuzfahrtschiff in der Nähe der Salomoninseln beschossen und versenkt. Dank einer sofort eingeleiteten spektakulären Rettungsaktion, bei der Luftkissenboote der französischen Marine aus der Luft eingesetzt wurden, waren Menschenleben nicht zu beklagen An Bord befanden sich die international bekannte Pianistin Lang Lian, der chinesische Genom-Experte Professor S. und die berühmte französische Biologin Dr. Dr. Dr. D.
Von dem deutschen Star-Profiler und sagenhaften Krimiautor Heiner Holbein, als Undercover-Ermittler an Bord*

und zu einem Erkundungsflug im Hubschrauber von der ‚Lambarene' unterwegs, fehlt bis heute jede Spur.
Aber du, verehrter Leser bist im Bilde. Siehst ihn als Odysseus in den seligen Gefilden der Zauberin Circe. Nun, er musste wohl schon vorher verhext sein, alles so weit kommen zu lassen. Einfach aus den Klauen eines Krimis abzubrausen, der ohne Tote und ohne widerliche Grausamkeiten auskommen musste! Und jetzt auch noch ohne Bestrafung der Schuldigen?
„Wer unter euch ohne Sünde ist, der werfe den ersten Stein! (Johannes 8,44)
Dann doch lieber lustaktive Ufer am chinesischen Meer! Holbeins komplizierter Weg zur autonomen Selbstverschönerung. Ohne jede pseudo-ästhetische Chirurgie. Aber doch sehr einschneidend ...

Von Rainer Kretzschmar sind bisher erschienen bei BoD und damit im Buchhandel und bei amazon.de

Entführung aus dem Sattel ISBN 3-8311-1361-0
Die Leiche des Reitlehrers ISBN 978-3-8370-2680-1
Die Rotlichtterroristen ISBN 978-3-8370-9310-0
Die Frau aus Kiew ISBN 978-3-8423-7495-9
Todespiaffe ISBN 978-3-844-815-948
Rückwärtsrichten ISBN 978373223
Alles oder NIE ISBN 9783735724946
Die Windkraft-Terroristen ISBN 9783734779664
Der Tanz um den Goldenen IQ ISBN 9783739229904

Vorher erschienen und nur über den Autor zu beziehen (rainer-kretzschmar@t-online.de):
REITEN OHNE ZU KLAGEN
DUELL IM DRESSURVIERECK